Ungeplant planlos

Von Sabine Schubert

Ungeplant

planlos

Sabine Schubert

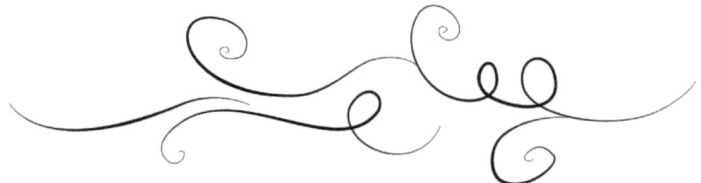

Bibliografische Information der Deutschen Nationalbibliothek:
Die Deutsche Nationalbibliothek verzeichnet diese Publikation
in der Deutschen Nationalbibliografie; detaillierte bibliografische
Daten sind im Internet über http://dnb.dnb.de abrufbar.

© 2018 Sabine Schubert
Herstellung und Verlag:
BoD – Books on Demand, Norderstedt

ISBN: 9783752859775

Erinnerungen

Meine Mutter sagte mal zu mir: „Folge deinem Herzen nur so weit, wie es dein Verstand ertragen kann."

Dieser Satz verfolgt mich seit meinem ersten Schwarm. Er war ein Idiot, aber solche Geschichten kann wohl jeder zum Besten geben. Ich war damals Zwölf und verliebt bis über beide Ohren. In meinen Träumen läuteten schon die Hochzeitsglocken, ich sah ein kleines Häuschen mit weißem Gartenzaun und eine Kinderschar. Wie sollte es anders sein ... Es betraf den Schwarm der ganzen Schule. Alle Mädchen aus meiner Klasse waren hinter ihm her. Aber wie die Jungen in dem Alter eben sind, er hasste alle Mädchen und wollte nichts mit mir zu schaffen haben. Nicht mal den Schulweg mochte er mit mir gehen, dabei wohnte er nur zwei Häuser weiter.

Na ja, das gehört zum Erwachsenwerden dazu. Wem nicht wenigstens einmal das Herz bricht, der hat keines. Ich war damals am Boden zerstört und glaubte, die Welt würde untergehen. Ich traute mich kaum noch in die Schule. Alle wussten von dem Liebesbrief, den ich ihm geschrieben hatte. Er hatte es allen vorgelesen und mich die ganze Klasse ausgelacht. Und trotz Betteln und Flehen schickten mich meine Eltern selbstverständlich in die Schule. Ich habe an dem Morgen tatsächlich mit dem Gedanken gespielt, ganz weit und für immer wegzulaufen. Aber der Satz zum Abschied, den mir meine Mutter mit auf den Weg gegeben hat, hallte mit ihrer sanften Stimme immer wieder durch meinen Kopf. An dem Tag, an dem ich den Brief geschrieben habe, war mein Herz eindeutig stärker als mein Verstand. Der Kerl hatte mir deutlich genug gesagt, dass er kein Interesse hatte. Hätte ich mein Hirn benutzt, dann hätte ich gewusst, dass ein Brief rein gar nichts daran ändern würde. Na ja, eine der vielen Erfahrungen, die uns zu dem machen, was wir sind.

Heute bin ich Zweiunddreißig und stehe kurz vor einem Wiedersehen mit eben diesem Jungen. Vor zwei Monaten kam eine Einladung zum

Klassentreffen ins Haus geflattert. Ich weiß zwar nicht, ob Thomas überhaupt kommt, aber ich freue mich, ihn und die anderen wiederzusehen. Vor zwanzig Jahren habe ich ein oder zwei Tage Spott ertragen müssen und viel geweint, dann war es vergessen und der Nächste stand im spöttischen Rampenlicht. Ich habe nie wieder einen solchen Brief geschrieben.

Vermutlich ist das der Grund, warum niemand zu Hause auf mich wartet. Mit Beuteln beladen komme ich von der Arbeit heim in eine stille und kalte Wohnung. Nirgends brennt Licht, niemand hat die Heizung für den Abend aufgedreht. Nur Henry ist da und maunzt um meine Beine herum. Ich frage mich, wieso er nicht warten kann, bis ich mich ausgezogen und die Einkäufe abgestellt habe. In umgekehrter Reihenfolge natürlich. Zuerst stelle ich die Einkäufe ab, dann ziehe ich die dicke Jacke aus und schenke Henry ein flüchtiges Streicheln.

„Ja, mein Kleiner. Ich bin ja wieder da."

Ich rede mit ihm, damit ich vor mir selbst rechtfertigen kann, dass ich keine Selbstgespräche führe. Das wäre erbärmlich.

Es ist Freitag, das heißt, es gibt einen besonderen

Einkauf. Auf dem Weg vom Büro nach Hause komme ich am Wochenmarkt vorbei. Ortsansässige Bauern verkaufen ihr Gemüse, Fleisch, Eier und so weiter. Mit drei überquellenden Beuteln muss ich mir wieder etwas einfallen lassen, wo ich das alles verstauen soll. Wie jede Woche habe ich mehr gekauft, als ich überhaupt unterbringen kann. Die Eier und die frische Milch wandern mit dem Fleisch und der Wurst in den Kühlschrank, aber dann ... Ich habe eindeutig zu viel Gemüse gekauft. Das meiste Obst kann ich in der schönen Schale drapieren, die meine Großmutter mir gekauft hat.

Diese Frau ist unverbesserlich. Da mache ich mir mit ihr einen schönen Tag in der Stadt, weil ich ihr eine Freude machen will, und sie kauft mir die teuerste Schale, die man sich vorstellen kann. Wir bummelten gemütlich durch die Innenstadt, haben die Schaufenster bewundert und waren in dem ein oder anderen Laden drin. Zum Mittag habe ich sie in ihr Lieblingsrestaurant eingeladen und zum Kaffee lud sie mich zu Kuchen ein. In einem der vielen Schaufenster an diesem Tag habe ich eine wunderschöne Glasschale gesehen. Sie war nicht einfach rund und durchsichtig, sondern blau eingefärbt. Das Blau zog sich in Schleiern durch das

Glas, als hätte man Lebensmittelfarbe in einen plätschernden Gebirgsbach gegossen. Die Form ist schwer zu beschreiben. Am besten drückt es das Wort *unförmig* aus. Der Rand endet rundherum in unregelmäßigen, tropfenförmigen Auswölbungen. Ich fand sie damals wunderschön und finde sie noch heute traumhaft.

Bei dem Stadtbummel habe ich zu meiner Oma gesagt, ich würde nie in meinem Leben über dreihundert Euro für eine Schale bezahlen! Da kann sie noch so schön sein! Und einen Monat später bekam ich sie von meiner Oma zum Geburtstag. Ich wäre beinahe umgekippt! Ich musste ihr versprechen, sie nicht verstauben zu lassen. Ich soll sie benutzen, auch auf die Gefahr hin, dass sie kaputtgeht, und jedes Mal an meine Oma denken. Seither steht sie auf dem Tresen, der die offene Küche vom Wohnzimmer trennt. Und jeden Freitag landet das Obst darin und ich denke bei jeder Kirsche, jeder Weinbeere, jedem Apfel an meine Oma.

Heute weiß ich, dass sie damals die Krebsdiagnose schon hatte. Drei Monate nach meinem Geburtstag starb sie. Überraschend für meine Mutter und mich, weil meine Oma niemandem davon erzählt hat. Ihr Arzt hatte uns dann nach ihrem Tod aufgeklärt.

„Ach Omi.", seufze ich leise, als ich mir gleich eine Pflaume nehme. Sie hat die Schale noch hier stehen sehen, das beruhigt mich irgendwie. Ich hatte sie zum Kaffee in meine Wohnung eingeladen und da es Samstag war, war die Schale prall mit Obst gefüllt gewesen. Sie hat sich wahnsinnig darüber gefreut und gesagt, ich sei ihr jeden Cent wert. Und jetzt, drei Jahre später, finde ich die Schale noch genauso schön wie damals im Schaufenster.

Neben der Schale habe ich die Post abgelegt. Als die Einkäufe mehr oder weniger gut verstaut sind, kann ich mir die Briefe vornehmen. Henry erinnert mich daran, dass die Post warten muss.

„Ist ja gut.", lache ich und hebe ihn hinauf in meine Arme. Er schmiegt sich in meine Umarmung, als wüsste er, dass ich genau das jetzt brauche. Die Nähe zu einem Lebewesen, das mir etwas bedeutet.

„Du hast Hunger, was?"

Und da ich meinen Kater liebe, kann ich das natürlich nicht zulassen und gebe ihm sein Futter. Auch mein Magen sagt, es ist an der Zeit, etwas zu essen. Gemüse hab ich ja genug, also ist es die perfekte Zeit für eine Gemüse-Quiche. Positiver Nebeneffekt: Ich habe wieder Platz in meinen Schalen.

Zum Essen sitze ich meistens am Couchtisch, der Fernseher dudelt im Hintergrund, der Laptop vor mir wartet darauf, ob ich ihn brauche, und ich öffne die Post des Tages. Henry liegt neben mir auf der Couch. Statt auf seinem Kissen, das ich ihm extra gekauft habe, liegt er neben mir, ganz dicht an meinem Bein, und putzt sich.

Mir wird mal wieder bewusst, wie alt ich bin. Das Klassentreffen ist morgen, da kommen Erinnerungen auf. Erinnerungen an meine Pläne und Träume von früher. Erreicht habe ich nicht viel. Immer noch Single, immer noch Mieter einer Wohnung und zu alt, um noch auf viel zu hoffen. Woher sollte auch jemand kommen? Meine einzigen sozialen Kontakte beschränken sich auf meine Arbeit und sporadischen Kontakt zu *Freunden* in sozialen Netzwerken. Heute hab ich mal wieder eine Nachricht von einer Freundin, die ich im Urlaub kennengelernt habe. Seit zwei Jahren schreiben wir uns in langen Abständen. Ich habe keine Lust, ihr zu schreiben, dass es nichts zu schreiben gibt. Was passiert denn in meinem Leben? Ich stehe auf, gehe zur Arbeit, komme heim, schlafe allein und fahre dann wieder zur Arbeit. Mehr hat mein Leben offenbar nicht vorgesehen.

Ich bin hundemüde und beende nach dem Essen meinen Tag. Schnell duschen und die Tasche für morgen packen, das muss genügen. Innerhalb von fünf Minuten bin ich eingeschlafen, als hätte ich einen besonders anstrengenden Tag hinter mir, dabei war es ein ganz normaler Arbeitstag.

Ich fühle eine Müdigkeit in mir, die eher auf eine Achtzigjährige deuten lässt. Die kleinsten Anstrengungen sind mir zu viel. Es fühlt sich an, als hätte ich keine Kraft mehr. Meine Arbeit macht mir Spaß, aber sie schafft mich auch. Mehr als früher. Ich muss einsehen, ich fühle mich *alt*. Nicht so alt wie kurz vor der Rente, wenn Gevatter Tod schon in Sichtweite rückt. Eher wie betäubt. Der immer gleiche Ablauf und die Ödnis in meinem Leben lähmen mich. Ich finde nicht mal genug Kraft in mir, um am Wochenende auszugehen. Es ruft mich nicht wie in der Jugend in die Diskothek, sondern in eine Bar zu einem gemütlichen Drink, vielleicht ein Konzert oder irgendwas. Immer mal wieder sehe ich Anzeigen oder Werbetafeln, bei denen ich denke, da könnte ich mal hingehen. Es würde mir sicher gefallen, aber wenn es dann so weit ist, entscheide ich mich doch dagegen und gehe früh schlafen.

Meine Samstage verbringe ich mit Haushalt, was eben sein muss, und die Sonntage meist mit Nichts auf der Couch. Ein Buch, der Fernseher, eine DVD – das ist alles, was ich in meiner freien Zeit zustande bringe.

Wann hatte ich das letzte Mal Urlaub? Ist gar nicht so lange her, aber weggefahren bin ich nicht. Wohin auch? Allein! Ich war zu Hause, hab es immerhin mal bis in den Park zur Eisdiele geschafft, das war dann der Höhepunkt. Ich habe einfach nichts, worauf ich mich freuen könnte. Niemand, der mich erwarten und im Herzen nach Hause rufen würde, aber auch niemanden, der mit mir die Freuden des Lebens genießt. Meine Kleidung und alles, was sonst noch nötig ist, bestelle ich im Internet. Neben den Lebensmitteln, Toilettenpapier und Waschmittel kaufe ich nichts mehr im Laden. Das heißt, meine letzte Shoppingtour dürfte einige Jahre her sein. Und wieso? Weil ich mir blöd vorkomme, allein loszugehen.

Das Gute ist, dass ich tief und fest schlafe. Und lange.

Dass mein Wecker zum Samstagmorgen schon um

acht Uhr klingelt, ist wirklich eine Seltenheit. Wieso zeitig aufstehen, wenn nichts und niemand auf einen wartet? Das macht es schwer, wenn dann doch mal etwas ansteht.

Wie ich befürchtet hatte, löst das metallische Rasseln des zweiten Weckers in mir den Wunsch aus, das Klassentreffen sausen zu lassen. Ich hätte nichts dagegen, den Wecker auszumachen, mich umzudrehen und weiterzuschlafen bis zum Montagmorgen.

Aber!!! Ich hatte mir ganz fest vorgenommen, genau das nicht zuzulassen!

Mein erster Wecker spielt eine leise und süße Melodie. Die baue ich manchmal unbewusst in meine Träume ein und wache nicht auf davon, deshalb war ein zweiter Wecker unumgänglich, der so penetrant und laut klingelt, dass ich auf jeden Fall davon wach werde. Henry mag den überhaupt nicht und faucht jedes Mal beim ersten Ton. Schiebe ich dann den Kopf unters Kissen und versuche, das Rasseln zu überhören, klettert Henry auf mir herum, bis ich wach bin und den Wecker ausstelle. Bisher hat das immer wunderbar funktioniert. So auch an diesem Samstag, der mich aus meiner Einsiedelei befreien soll. Wenigstens mal für ein Wochenende.

Ein gutes Frühstück besteht für mich aus zwei Tassen Kaffee, einem Glas Fruchtsaft und der Zeitung. Marcus, der Junge aus der Wohnung nebenan, muss seinen Eltern am Wochenende immer die Zeitung hochholen und bringt meine gleich mit. Sie liegt vor meiner Wohnungstür auf der Fußmatte. Dafür helfe ich ihm, wenn er in der Schule Schwierigkeiten hat. Seit er neben mir wohnt, hat sich sein Notendurchschnitt von Vier, Tendenz zur Fünf, auf eine gute Drei verbessert. Da geht noch mehr, das weiß ich, aber es ist besser, langsam aufzuarbeiten, damit er es versteht und verinnerlicht. Das sieht auch seine Mutter ein und wollte mir Geld für die Nachhilfe andrehen. Ich habe damals abgelehnt und werde immer wieder ablehnen. Samstagnachmittags gehöre ich Marcus – der einzige soziale Kontakt abseits des Büros. Außer diese Woche, denn da bin ich schon weg.

Zumindest habe ich vor, dann schon weg zu sein, aber wenn ich nicht bald fertigwerde, verpasse ich meinen Zug.

Jeder, der mich kennt, weiß, dass das absoluter Unsinn ist. Mein Zug fährt zehn Minuten nach zehn Uhr. Von meiner Wohnung zur Straßenbahn sind es fünf Minuten. Die Straßenbahn fährt zehn Minuten bis zum Bahnhof. Zwischen Straßenbahn und Bahnhof liegen auch nur knapp fünf Minuten Fußweg. Daraus ergibt sich für mich, dass ich spätestens neun Uhr die Tür meiner Wohnung verschließe. Eigentlich bin ich gut in Mathematik und im allgemeinen Umgang mit Zahlen. Aber wenn ich irgendwohin will, dann runde ich sehr großzügig. Rund zehn Uhr fährt der Zug (zehn Minuten zur Sicherheit), eine Viertelstunde bis zur Straßenbahn (zehn Minuten zur Sicherheit), eine Viertelstunde Fahrt (fünf Minuten zur Sicherheit), eine Viertelstunde Fußweg zum Bahnhof (noch mal zehn Minuten zur Sicherheit). Und dann noch eine Viertelstunde als offizielle Sicherheit, falls die Straßenbahn ausfällt oder Verspätung hat oder ich noch mal auf Toilette muss oder oder oder. Ich hasse es, zu spät zu kommen. Da nehme ich lieber in Kauf, auf dem Bahnhof eine dreiviertel Stunde rumzustehen und einen Kaffee im Pappbecher zu trinken.

Es ist kalt. Sehr kalt. Der März zeigt seine winterliche Seite. Auf den langen Bahnsteigen pfeift der eisige Wind und treibt die Menschen ins Innere des Bahnhofgebäudes. Oder in ihre Betten. Meines ruft mit kuscheligen Federkissen nach mir. Aber nun stehe ich einmal hier, die Fahrkarte ist bezahlt und ich habe keine Lust, im Nachhinein zu sagen, ich sei umsonst – für gar nichts – überhaupt erst mal aufgestanden.

Der Zug fährt knapp zehn Minuten vor der geplanten Abfahrt ein. Die Strecke endet hier und der Zug fährt wieder zurück. Das heißt, alle Fahrgäste steigen an dieser Stelle aus, sonst würden sie ja wieder zu ihrem Startpunkt zurückfahren. Da zeigt sich dann, wie dämlich die Menschheit doch sein kann. Die neuen Passagiere drängen sich an den Türen des Zugs und lassen den Aussteigenden keine Möglichkeit, den Zug zu verlassen und sich von der Tür zu entfernen. Was für ein Unsinn. Würden die alle etwas mehr Platz lassen, würde das Aussteigen schneller gehen und demzufolge könnten wir auch eher einsteigen. Na ja, ich beobachte es, schüttele den Kopf und versuche, es zu ignorieren und zu vergessen. Ich bin nicht in der Stellung, irgendetwas an diesem Irrsinn zu ändern.

Ich selbst gebe mich dem Gedränge aber nicht hin. Gemütlich stehe ich abseits der Türen, schlürfe den letzten Rest Kaffee aus meinem Becher und werfe ihn weg. Erst wenn alle anderen Fahrgäste eingestiegen sind, steige ich in Ruhe nach. Dann habe ich immer noch genügend Zeit, meinen Platz zu suchen und mich hinzusetzen, ehe die Fahrt beginnt.

Ich reserviere generell einen Sitzplatz, wenn ich längere Strecken zurücklegen möchte. Die Gefahr, drei oder vier Stunden stehen zu müssen, ist mir einfach zu hoch. Und wenn ich ganz ehrlich bin, dann hoffe ich jedes Mal aufs Neue, dass sich jemand auf meinen reservierten Platz gesetzt hat. Die Reservierungen stehen ja an den Sitzen, damit genau das eben nicht passiert, aber über die Dummheit vieler Menschen rege ich mich nicht mehr auf. Ich versuche es wenigstens. Außerdem werden die Reservierungen der neuen Strecke erst aufgezeigt, während der Zug schon im Bahnhof steht und die Meute sich in die Abteile drängt. Wer also zu hastig einsteigt, übersieht die Reservierungen. Als ich den langen Gang entlanglaufe und meine Platznummer suche, leuchten die Reservierungen bereits auf.

Meistens klappt es. Auf meinem Platz sitzt ein Mann, um die Fünfzig, und daneben vermutlich seine Frau. Sie richten sich gerade ein, die Jacken hängen schon an den Haken, die Frau packt ein Buch aus, der Mann ein Handy und eine kleine

Flasche Wasser. Ich bleibe neben ihnen stehen, prüfe noch einmal gemächlich die Platznummer und setze dann ein äußerlich freundliches Lächeln auf. Innerlich ist es ein Triumph für mich, denn diese beiden standen ganz vorn an der Tür und sind schon eingestiegen, während noch nicht mal alle Fahrgäste ausgestiegen waren. Hätten die sich dazu hinreißen lassen, das Einsteigen mit Geduld und Rücksicht ablaufen zu lassen, hätten sie die Reservierung gesehen.

„Entschuldigung?", bitte ich und die beiden sehen zu mir auf. Ich zeige direkt auf den Mann am Fenster. „Diesen Platz habe ich reserviert."

„Da steht nichts dran.", bekomme ich nur knapp zur Antwort und freue mich, ihm widersprechen zu dürfen.

„Doch. Reserviert." Mein Finger tippt genau an die leuchtende Schrift, die mich bestätigt. Das kann der Mann natürlich nicht sehen.

„Alles andere ist voll.", stellt die Frau erschrocken fest.

„Genau deshalb habe ich reserviert." Mir war von vornherein bewusst, dass zum Samstagvormittag der Zug überfüllt sein würde. Wer unbedingt sitzen will, wird sich die Reservierung erlauben müssen.

Gerade schiebt sich aus der anderen Richtung eine Frau durch den Gang. Wenn die jetzt gleich hier an mir vorbei will, werde ich mich vermutlich auf den Schoß des alten Mannes auf der anderen Seite des schmalen Ganges setzen müssen, um sie durchzulassen.

Auch die Fremde sucht an den Sitzzahlen, also hat sie ebenso reserviert, denke ich mir. Es dauert nur noch wenige Sekunden, während ich warte, dass mein Platz geräumt wird, da ist die Fremde auch schon bei mir. Sie ignoriert mich allerdings und funkelt die Frau auf dem Sitz neben meinem herausfordernd an.

„Sie sitzen auf meinem Platz.", stellt sie fest. Nicht barsch oder kaltherzig, aber entschlossen. Ich hatte einen überfreundlichen Ton angeschlagen, um meinen Triumph auszukosten. Die Fremde macht das etwas anders und bekommt prompt die Retourkutsche.

„Wir sind ja schon dabei!", raunzt der Mann auf meinem Platz. Die beiden müssen erst mal alles wieder einpacken.

Als sie es endlich geschafft haben, prüft der Mann

noch mal, ob die Plätze wirklich reserviert sind, doch die Leuchtschrift der Anzeigetafel bestätigt uns. Murrend und fluchend ziehen sie von dannen und ich kann es nicht vermeiden, mir liegt ein Grinsen auf den Lippen. Jetzt, da alle Passagiere eingestiegen sind und der Zug just in diesem Moment losfährt, dürfte es schwer werden, überhaupt noch Sitzplätze zu finden. Zwei nebeneinander wären ein Wunder.

Die Fremde, die da eben gekommen ist, wirft ihre Umhängetasche auf die Ablage über den Sitzen und will sich setzen, doch ich halte sie auf.

„Darf ich?", bitte ich immer noch sehr freundlich. „Ich habe den Fensterplatz reserviert."

„Den will ich ihnen auch nicht streitig machen.", lächelt sie und klingt auf einmal gar nicht mehr so herausfordernd. Es ist ein freundliches und herzliches Lächeln. Sie drängelt auch nicht, als ich erst noch meine Jacke ausziehe, bevor ich mich in die engen Sitze schiebe.

Ehe sie dann ebenfalls endlich sitzt, wir alles gerichtet haben und uns entspannt zurücklehnen, haben wir das weitläufige Bahnhofsgelände mit den dutzenden parallelen Schienenpaaren schon beinahe verlassen.

„Ach ja ...", seufzt sie genüsslich. „Wie schön es ist, auf so langen Strecken sitzen zu können."

Ohne es zu wollen, steigt mir ein leises Glucksen aus der Kehle. „Sehr angenehm.", bestätige ich amüsiert. Sie hat den Sieg offenbar genauso genossen wie ich, nur auf einem anderen Weg.

Mit einem zauberhaft niedlichen Lächeln reicht sie mir die Hand. „Juliana."

„Marlene.", erwidere ich gern. Was sich meine Eltern bei dem Namen gedacht haben, weiß ich nicht. Man spricht bei vollem Namen das letzte E nicht mit. Die meisten nennen mich allerdings Lene oder Lenchen. Und ganz viele eben auch mit vollem Namen inklusive dem letzten E. Nur meine Mutter nennt mich Marle. Ich hasse es, weil es klingt wie eine Partnerin für Henry. Aber na ja, was soll ich machen? Bei neuen Bekanntschaften, wie Juliana, stelle ich mich wenigstens mit der richtigen Aussprache vor und hoffe, sie merken es sich, solange es von Bedeutung ist. Am Ende dieser Zugfahrt ist es für Juliana sowieso egal.

In meiner Handtasche finde ich neben dem allgemein nötigen Inhalt jeder Frauenhandtasche, auch ein Buch. Ich habe vor, dreieinhalb Stunden im Zug zu sitzen, da gehört ein Buch für mich dazu. Und auch heute Abend, wenn ich allein im Hotel sitze, habe ich die Möglichkeit, mir eine Flasche Wein aufzumachen und gemütlich das Buch zu lesen, falls sich keine bessere Alternative bietet.

Ich hätte mir das zusätzliche Gewicht sparen können. Juliana packt eine Tüte Gummibärchen aus und bietet mir eines an. Ich greife gern zu und ehe ich es mich versehe, stecken wir in einer gemütlichen Unterhaltung. Angefangen hat es mit der gestörten Platzreservierung, gefolgt von Gummibärchen und dann ... Ich habe nicht die leiseste Ahnung. Als wir dreieinhalb Stunden später anfangen, unsere Sachen zusammenzupacken, haben wir die Sinnlosigkeit von Monarchien ebenso gestreift wie die Interpretationen von Kandinskys Bildern und Megabauten wie den Eiffelturm oder die Freiheitsstatue. Warum? Wieso? Woher? Ich werde nie in der Lage sein, es zu beantworten, so sehr ich auch darüber nachdenke. Unterm Strich ist es auch egal, denn eines weiß ich mit absoluter Sicherheit: Ich habe die Fahrt in vollen Zügen genossen. Keine Ahnung, ob es an Juliana selbst liegt oder an der Tatsache, dass sie der erste persönliche Kontakt abseits der Arbeit seit einigen Wochen ist. Letztendlich ist es mir völlig egal. Ich habe viel gelacht während der letzten Stunden und werde mit bombastisch guter Laune zu dem Klassentreffen kommen.

In der Einladung steht, wir werden in einem Hotel erwartet. Im großen Saal findet am frühen Abend das Klassentreffen statt. Es hat aber niemand etwas gegen Gespräche vor diesem Zeitpunkt.

In der Rückmeldung, mit der ich mein Kommen bestätigte, habe ich auch um ein Zimmer im Hotel gebeten. Da der ganze Jahrgang anreisen soll, bekommen wir Vorzugspreise. Antje, eine ehemalige Klassenkameradin von mir, hat sich um alles gekümmert und die Preise mit dem Hotel ausgehandelt. Das Angebot dazu steht mit in der Einladung. Ich weiß jetzt schon, dass ich so spät keine Lust habe, mich noch mal über drei Stunden in den Zug zu setzen, daher habe ich um das Zimmer gebeten und es wurde eines auf meinen Namen reserviert.

Antje hat uns in ein sehr schönes Hotel mitten im Harz eingeladen. Nach der angenehmen Zugfahrt fahre ich noch ein Stück mit einer kleinen Eisenbahn, dann wartet schon ein großes Auto auf mich. Ein Angestellter des Hotels holt die Gäste ab, die mit diesem Zug ankommen. Er hält ein großes Schild über seinen Kopf, auf dem der Name des Hotels steht. Kein handgeschriebenes Papierplakat, es ist ein festes Schild, auf dem auch das Logo des Hotels zu sehen ist.

„Guten Tag.", lächelt der Mann, nimmt mir die große Tasche ab und packt sie in den Kofferraum. „Es fehlt noch ein Gast. Wir müssen noch einen Moment warten."

„Kein Problem.", erwidere ich sofort. Es ist nachvollziehbar, dass das Hotel nicht jeden Gast einzeln vom Bahnhof abholen lässt. Die paar Minuten werde ich verschmerzen und trotzdem nicht zu spät kommen.

Zu diesem Zeitpunkt weiß ich noch nicht, um wen es sich bei dem Gast handelt, auf den wir warten. Ich kann nur vermuten, dass es jemand aus meiner Vergangenheit ist. Wenn der ganze Jahrgang in dem Hotel absteigt, dürfte nicht mehr viel Platz für andere Gäste bleiben. Und dass die dann ausgerechnet mit dem gleichen Zug wie ich ankommen, ist doch eher unwahrscheinlich. Nicht ausgeschlossen, aber auch nicht realistisch.

Ich behalte Recht. Von ganz hinten auf dem Bahnsteig hält ein Mann auf uns zu. Christoph. Um Haaresbreite wäre mir die Kinnlade runtergeklappt. Als ich ihn das letzte Mal gesehen habe, war er einen Kopf kleiner als ich, dafür doppelt so breit. Er hatte extreme Akne und ein Doppelkinn. Seine Haare waren immer fettig, selbst direkt nach dem Duschen. Fünfzehn Jahre später ist er zwanzig Zentimeter größer als ich, sportlich gebaut, hat makellos reine Haut und seidig glänzendes, sehr ordentlich gelegtes Haar. An seinem lecker anmutenden Körper hängt ein teurer Anzug und in seinen Händen hält er einen ledernen Aktenkoffer und einen Reisekoffer.

Meine Güte, sieht der gut aus, denke ich so bei mir.

Ich erkenne ihn dennoch einwandfrei. Zweifellos kann ich sagen, dass das der Christoph ist, der mich früher immer schmachtend beobachtet hat, denn eines hat er behalten: die süße Stupsnase. Früher war sie von Pickeln übersät, heute sieht sie einfach niedlich aus.

„Lene!", strahlt er mir entgegen und breitet die Arme aus. Er kommt direkt auf mich zu und ich habe mich zum Glück schnell genug wieder unter Kontrolle, dass ich die Einladung lachend annehmen kann.

„Meine Güte, du siehst klasse aus.", kann ich mir aber nicht verkneifen. Es rollte über meine Zunge, ehe ich über eventuelle Konsequenzen auch nur nachdenken kann.

Rosa Flecken malen sich auf seine Wangen und für einen Moment schlägt er die Augen nieder. „Danke. In den Sommerferien damals hab ich so viel abgenommen, dass ich in der neuen Schule keine Probleme mehr hatte. Und daran habe ich festgehalten."

In unserer Schulzeit war er immer gehänselt worden. Logisch irgendwie und trotzdem nicht schön. Ich habe mit ihm auch nicht viel zu tun gehabt, aber geärgert hab ich ihn nie. In den letzten Sommerferien vorm Abitur war sein Vater in eine andere Stadt versetzt worden und Christoph natürlich mit ihm und seiner Mutter gezogen. Der Wechsel hat ihm offenbar gutgetan.

Er übergibt den einen Koffer dem Mann vom Hotel und nimmt den Aktenkoffer auf den Schoß, genau wie ich meine Handtasche. Christoph bleibt offenbar ebenso über Nacht.

Ich setze mich hinten im Auto neben ihn und strenge mich an, ihn nicht anzustarren. Vor meinem geistigen Auge setzt sich das Bild des dicken, pickligen Jungen daneben und ich kann partout nicht begreifen, dass das ein und dieselbe Person sein soll.

„Erzähl.“, fordert er aufgeregt. „Was hast du gemacht?“

Wie oft ich diese Frage wohl noch beantworten würde? Worüber redet man sonst bei einem Klassentreffen?

„Ich hab Finanzwirtschaft studiert und arbeite jetzt im Finanzamt.“

Ich weiß schon vorher, wie die Reaktion ausfallen wird. Christoph verdreht die Augen. „Dann nimm mir nicht übel, wenn ich nichts weiter dazu wissen will. Wenigstens heute will ich nichts von Buchhaltung und Steuern hören.“

Das habe ich geahnt und lache laut auf. „Ich weiß. Niemand will mit mir über meine Arbeit reden. Was hast du seither gemacht?“

„Ich bin Anwalt. Steuerfachanwalt.“

Das Grinsen ist der Kracher. Wir beschäftigen uns

beide tagtäglich mit Steuern und allem, was noch daran hängt. Da verstehe ich nur zu gut, wieso er dieses Thema nicht vertiefen mag. Mir geht es genauso. Eigentlich absurd, fällt mir auf einmal auf. Wir kommen alle zum Klassentreffen, um anderen zu erzählen, was wir arbeiten, obwohl wir an genau diesem Tag nicht an unsere Arbeit denken wollen.

Christoph trägt keinen Ring an der Hand, also kann ich ihn nicht nach seiner Frau fragen. Aber was dann? Die Arbeit hatten wir ausgeschlossen, an meiner Hand prangt leider auch kein Ring ... Über was sollen wir uns dann unterhalten?

Ich schaue einige Sekunden zum Fenster hinaus. „Es ist schön hier." Etwas Besseres fällt mir nicht ein.

„Und so ruhig.", bestätigt Christoph. „Deshalb hat es Antje ausgesucht."

„Du hast Kontakt zu ihr?", staune ich. Das wundert mich aus Gründen, die ich nicht benennen kann. Vielleicht weil ich selbst zu niemandem von damals in irgendeinem Kontakt stehe. Die Einladung von Antje kam überraschend.

„Nein, eigentlich nicht.", gesteht auch Christoph. „Ich hab sie nur angerufen, weil ich lange nicht zu

Hause war und die Einladung erst vorgestern bekommen habe. Ich wusste nicht, ob noch ein Zimmer frei ist."

„Und? Hattest du Glück?"

„Ja. Genau eines war noch frei."

„Glück gehabt. Darf ich fragen, wo du warst?" Steuerfachanwälte sind ja nicht unbedingt permanent auf Geschäftsreise. Ich hoffe auf einen Urlaub, aus dem er mir erzählen könnte. Es wurmt mich, dass ich nichts zu erzählen habe.

„Bei meinen Großeltern." Ein sehr müdes Lächeln verdunkelt seine Miene. „Mein Großvater ist gestorben und meine Oma war so mit den Nerven am Ende, dass sie aus Versehen ihr Haus in Brand gesteckt hat."

„Um Gottes willen!", hauche ich entsetzt. „Wie geht es ihr jetzt?"

„Besser. Ich bin bei ihr geblieben. Ich konnte sie nicht allein lassen. Zum Glück haben die Nachbarn ein Auge auf sie gehabt und das Feuer gelöscht, ehe es sich ausbreiten konnte. Danach haben sie mich angerufen und meine Oma ins Krankenhaus verfrachtet. Ich hab sie abgeholt und wieder in ihren Alltag ohne meinen Opa geführt. Es war keine schöne Reise, aber jetzt ist sie wieder bei sich und kommt allein klar."

Ich traue mich kaum zu fragen. „Was ist mit deinen Eltern?"

Ein noch schwächeres Lächeln kündigt kein Happy End an. „Sind vor zwei Jahren bei einem Autounfall gestorben. Es gibt nur noch meine Oma und mich."

„Oh Gott.", flüstere ich schon wieder. „Das tut mir leid, Chris."

Er zuckt kurz mit den Schultern, aber ich glaube, er will sich nur einreden, er hätte alles unter Kontrolle. Auch sein Herz. „Ist eben so. Ich kann es nicht ändern. Was ist mit dir? Nervt dich deine Schwester immer noch so?"

Ich senke amüsiert den Blick auf meine Handtasche. Meine Schwester Tina ist vier Jahre jünger als ich. Mit Sechzehn ist es der absolute Horror, wenn einem die zwölfjährige Schwester an den Sohlen klebt wie angetretenes Klopapier. Inzwischen bin ich aus dem Alter raus und genieße es, mit ihr Kaffee zu trinken und zu schnattern.

„Nein.", antworte ich Christoph. „Sie kann noch immer so aufgedreht und nervtötend sein, aber sie läuft mir nicht mehr hinterher."

Gerade biegen wir in die Einfahrt des Hotels ein und dürfen feststellen: Es sieht aus wie eine Hütte, nur größer. Aber die Optik stimmt mit einer Berghütte überein. Ringsherum stehen hohe Tannen, mit einem dünnen, weißen Schleier überzogen. Einige Vögel zwitschern dem Frühling schon entgegen, ansonsten ist es absolut still. Traumhaft. Ich sollte mir eine Karte des Hotels mitnehmen und hierher doch mal in den Urlaub fahren.

Als wäre es in meinem Leben nicht schon still genug ...

Eine Viertelstunde später stehe ich in meinem Nachtquartier. Christoph hat meine Tasche bis vor meine Zimmertür getragen. Ich hätte das allein geschafft, aber er hat darauf bestanden. Das war mir auf angenehme Weise unangenehm.

Das Zimmer sieht gemütlich aus. Ohne karierte Bettwäsche, aber mit einem Holzbett wie auf Heidis Alm. Dazwischen finde ich aber Steckdosen und einen Informationszettel zum WLAN inklusive Passwort, einen Fernseher und ein Telefon. Und ein schönes Badezimmer. Zwar ohne Fenster, aber dafür mit großer Badewanne. Ich glaube, mein

Abendprogramm mit Wein und Buch werde ich dorthinein verlegen.

Aber nicht jetzt gleich. Ich richte mich ein bisschen ein, gehe duschen und ziehe mich um. Für den Abend habe ich mich entschieden, auf einen Hosenanzug zurückzugreifen. Wäre es Sommer und wärmer, hätte ich vielleicht ein Kleid angezogen, aber dafür ist es mir draußen zu ungemütlich. Schneefall hat eingesetzt und der Wind wiegt die Bäume in weit ausschweifenden Bögen hin und her. Draußen will ich jetzt nicht sein.

Das Abendessen ist im Preis inbegriffen. Für das Klassentreffen sollte ein Buffet aufgebaut sein, steht in der Einladung. Und bis dahin? In einer Stunde geht es erst los. Ich könnte ein wenig fernsehen oder meinen Laptop einschalten oder das Buch zur Hand nehmen. Aber ich fürchte, ich könnte etwas verpassen. In dem gleichen Haus wie ich halten sich all meine alten Klassenkameraden auf. Wegen denen bin ich schließlich hierher gekommen und freue mich auf sie. Andererseits werde ich die den ganzen Abend um mich haben. Was spricht gegen eine ruhige Einleitung des Abends? Ich will ja auch nicht die Erste sein, die dann dumm herumsteht und auf den Rest wartet.

Ich weiß ... Da spricht die altbekannte Faulheit aus mir, die ich doch eigentlich zu Hause lassen wollte. Sie scheint sich heimlich in meine Tasche geschlichen zu haben und überfällt mich jetzt unverhofft.

Ein Klopfen an meiner Tür reißt mich aus den Grübeleien und ich hoffe inständig, es wäre jemand, der mir einen Ausweg aus meiner Unentschlossenheit zeigt.

Es ist eine echte Überraschung. Christoph. Er sieht nervös aus. „Hey. Hast du Lust auf ein Glas Wein?"

So sehr er sich auch bemüht, ich erkenne seine Absicht. „Du willst nicht als Erster unten stehen?"

Schon zum zweiten Mal treibe ich ihm die roten Flecken auf die Wangen. „Na ja ...", fängt er an, doch ich weiß: Nichts, das er sagt, würde mich vom Gegenteil überzeugen, weil ich hundertprozentig punktgenau getroffen habe.

„Schon gut.", lache ich und nehme das Jackett vom Kleiderhaken. „Ich habe auch eben überlegt, ob ich schon runtergehen soll."

„Gott sei Dank.", schmunzelt er verlegen.

Damit hat er mir tatsächlich die Hand aus der Unentschlossenheit und Faulheit gereicht. Es fällt mir erstaunlich leicht, mit ihm die Stufen hinabzusteigen. Nur ein Gesprächsthema kenne ich immer noch nicht.

Er dafür schon. „Auf wen freust du dich am meisten?"

Oh je ... Die Frage ist nicht leicht zu beantworten. „Keine Ahnung. Eigentlich auf alle. Die meisten.", korrigiere ich schnell, denn nicht an jeden habe ich positive Erinnerungen. Das ist aber normal, denke ich. Inzwischen sind wir erwachsen und stehen über den Zwistigkeiten von damals. Hoffe ich wenigstens.

Auf Tafeln des Hotels wird uns der Weg zum Saal gewiesen. Direkt davor wurde ein Tisch aufgestellt, an dem Antje steht und neben ihr ein Mann, den ich nicht erkenne. Christoph und ich gehen zu ihnen.

„Hallo.", freut sich Antje. Sie hat noch genauso viele und auffällige Sommersprossen wie damals. Nur die Zahnspange fehlt. Als wir vor ihr ankommen, legt sie den Kopf leicht schief und mustert mich einen Moment. „Ich tippe mal auf Lene."

Habe ich mich wirklich so sehr verändert? An ihr

und Christoph fallen mir tausende Veränderungen auf, wenn es bei Antje auch nicht so gravierend ist wie bei Christoph. Aber ich? Wenn ich in den Spiegel schaue, habe ich manchmal das Gefühl, ich sehe noch genauso aus wie damals, nur eben älter. Wenn ich mir allerdings Fotos von früher ansehe, dann sehe ich das Alter und die Veränderung doch etwas deutlicher.

„Ja.", lache ich leicht. Wie oft sie dieses Spiel wohl heute noch spielen wird?

„Und bei dir hab ich keine Ahnung.", lacht sie nun Christoph an.

„Christoph Bergmann.", grinst er und ergötzt sich regelrecht an dem Schreck in ihrem Gesicht. Ob er das bei mir auch so deutlich gesehen hat? Ich hatte mir ja alle Mühe gegeben, eben nicht so auszusehen wie Antje jetzt gerade.

„Entschuldige. Dich hätte ich nie im Leben erkannt."

„Ich sehe das mal als Kompliment.", feixt er und offenbart zwei Grübchen in den Wangen, die er früher nicht hatte, soweit ich mich erinnere.

Antje gibt uns jedem ein Namensschild, das wir uns vorn an die Schulter kleben können. Das dürfte viele peinliche Moment ausschließen, hoffe ich.

Der Mann, der ihr zur Seite steht, ist jemand, den ich gar nicht erkennen konnte. Ihr Ehemann. Er ist nur hier, um ihr zu helfen. Die Einladung schließt die Partner ein. Ich bin schon mal nicht die Einzige, die allein da ist, das beruhigt mich. Wenigstens Christoph ist ebenso unverheiratet wie ich.

Christoph und ich sind nicht die Ersten im Saal. Einige wenige sind schon da und stehen in kleinen Grüppchen zusammen. Wie beim ersten Schulball.

„Ich hatte dir ein Glas Wein versprochen.", lächelt Christoph und lotst mich zum Buffet, um seine Schuld zu begleichen.

Zu uns am Ausschank gesellt sich ein Mann, den ich ebenfalls kaum wiedererkenne. Thomas! Der Schwarm meiner Jugend! Der Schwarm der ganzen Schule! Der Schönling! Ein Junge, dem jedes Mädchen erlegen war! Und jetzt? Ein zusammengefallenes Gesicht mit deutlich roter Färbung. Ein aufgedunsener Körper und der weithin verströmende Geruch von Alkohol. Er trägt eine Jeans mit einem Fleck am rechten Oberschenkel, darüber ein graues Hemd. Ein Zipfel ist ihm aus dem Hosenbund gerutscht und hängt schlaff an seiner

Hüfte herunter. Die Schuhe sehen aus, als wäre er damit durch das matschige Winterwetter bis hierher gelaufen. Klar ... Fahren kann er in dem Zustand sicher nicht mehr.

„Lene!", ruft er mir schon von Weitem herüber. Mein Blick huscht zu dem Namensschild, doch ich habe mich nicht getäuscht. Das ist tatsächlich der Kerl, der mich damals so hart getroffen hat. Bin ich froh, den nicht abgekriegt zu haben.

„Thomas." Ich empfange ihn mit einem halbwegs freundlichen Lächeln. Hoffentlich sieht man mir die Enttäuschung nicht so deutlich an wie die Verwunderung über Christophs Veränderung.

„Wie geht's dir?", erkundigt sich Christoph. Seine Stimme verrät mir, dass es ihn eigentlich gar nicht interessiert.

„Ich bin nur wegen der Getränke hier.", entgegnet Thomas unverwandt. Er macht nicht mal ein Geheimnis daraus. Dieses Stadium, in dem man versucht, den Alkoholismus zu verbergen, hat er offenbar schon überwunden. Ihm ist einfach egal, was andere denken. Er trinkt, weil er es so will, alles andere ist nicht von Bedeutung. Und so einer trägt einen Ehering.

Thomas brabbelt noch weiter vor sich hin, während er sich großzügig selbst einschenkt. Christoph und ich suchen lieber das Weite und entscheiden uns zu einem Spaziergang an den Fotowänden entlang. Um den ganzen Saal herum hat Antje Tafeln mit Fotos aus der Schulzeit aufgehängt.

„Die Klassenfahrt.", lacht Christoph plötzlich und zeigt auf ein Gruppenfoto vor unserer damaligen Unterkunft. „Da gab es die verdorbenen Spaghetti."

„Ach ja!" Mir fällt es schlagartig wieder ein. „Wir waren alle krank und mussten drei Tage länger bleiben."

„Und Herr Böttcher musste alle Eltern anrufen und beruhigen."

Ich weiß noch, wie meine Mutter mich empfangen hat, als ich endlich wieder zu Hause war. Sie war mit den Nerven am Ende gewesen und schon so gut wie bei der Klassenfahrt aufgetaucht. Sie mag es nicht, wenn uns Kindern etwas fehlt. Aber wenn wir mal krank sind, dann muss Mama wenigstens dabei sein. Das ist heute noch genauso, deshalb erzähle ich ihr, wenn überhaupt, erst hinterher, wenn ich erkältet war oder mir den Magen verdorben habe oder was auch immer.

„Auf der Klassenfahrt hab ich meinen ersten Kuss bekommen.", fällt mir auch noch ein. „Am Abend vor den Spaghetti."

„Von Christian Pape.", kichert Christoph. „Er kam danach in unser Zimmer und hat uns alles haarklein berichtet."

Ist das peinlich! Ich schlage mir eine Hand vor die Augen und wünsche mir, das nicht gehört zu haben.

Lachend stößt Christoph mich an. „Komm schon. Lache darüber. Christian war Feuer und Flamme für dich. Er war so aufgeregt deshalb, dass er nicht schlafen konnte und uns auch noch wachgehalten hat."

„Hey!", lacht plötzlich jemand hinter uns. „Ihr habt mir versprochen, es ihr nicht zu erzählen!"

Breit grinsend steht Christian Pape hinter mir. Er wartet auf eine Reaktion von mir. Aber was soll ich sagen? Die Wahrheit!

„Ich wollte es eigentlich auch gar nicht wissen.", gestehe ich und umarme ihn freudig.

„Dann ist Christoph Schuld an allem.", legt er fest und begrüßt Christoph mit einer ebenso freudigen Umarmung. Inzwischen bin ich mir sicher, ich hätte bereut, wenn ich mir die Chance hätte entgehen lassen.

„Immer ich.", seufzt Christoph tief getroffen. „Es hat sich nichts geändert. Ich musste früher schon immer den Kopf hinhalten."

Daran erinnere ich mich dunkel. Christoph hat bei vielen Streichen oder simplem Blödsinn die Schuld auf sich genommen. Er wollte sich damit die Anerkennung der anderen Jungen verdienen. Freundschaften waren das wahrlich nicht, aber sie hatten eine gewisse Achtung vor ihm. Christoph stand trotz seines Daseins als äußerlicher *Looser* stets bei den beliebten Jungen unserer Klasse. Viele Gespräche gab es nicht, aber er fühlte sich dazugehörig.

Oh je ... Erst hier in diesem Rahmen fällt mir wieder ein, wie fies Kinder sein können. Hinter seinem Rücken haben sie sich über Christoph lustig gemacht, aber im direkten Kontakt waren sie nett zu ihm. Sie brauchten den Sündenbock.

Christophs Pendant unter den Mädchen war Antje, ganz eindeutig. Sie war eine Streberin und warb ständig um die Gunst der Lehrer. Sie sorgte immer in der Pause vor dem Unterricht für Kreide, überwachte das Klassenbuch und brachte ihnen hin und wieder Kekse mit. Außerdem entsprach die Zahnspange nicht dem, was wir als *cool* betrachteten. Dennoch hielten wir sie in unserer Nähe. Nicht als Sündenbock, aber neben jemandem mit einem so offensichtlichen Makel wie einer Zahnspange, fühlt man sich selbst hübscher. Kaum zu glauben, wie ich einmal war. Andererseits denke ich mir, gibt es solche Geschichten in jeder Schule und in jeder Generation. Wir sind erwachsen und lachen heute gemeinsam darüber.

Christian begleitet uns auf der Reise durch die Vergangenheit. Es ist wirklich schön, sie wiederzusehen. Im Laufe des Abends schwatze ich mit jedem wenigstens kurz. Bei einigen bleibe ich länger hängen und lache viel über die *gute alte Zeit*. Mir wird von Minute zu Minute bewusster, dass wir alt geworden sind. Die Kinder von damals gibt es nicht mehr.

Und wie ich prophezeit hatte, will niemand etwas über meine Arbeit wissen. Sobald ich nur das Wort *Finanzamt* ausspreche, verdrehen sie die Augen und fragen nicht weiter. Damit muss ich leben. Christoph und ich sind die Einzigen, die nicht andauernd erzählen, was sie arbeiten.

Ich lerne viele Ehepartner kennen. Die meisten meiner alten Klassenkameraden sind verheiratet, manche sogar schon wieder geschieden. Da wird mir die Zeitspanne nur umso deutlicher vor Augen geführt. Das Mädchen von damals schlummert vielleicht noch irgendwo in mir, aber ich fühle mich nicht mehr so unbeschwert wie damals. Als würde ich permanent auf eine Wand zulaufen. Umso näher sie kommt, desto mehr fürchte ich mich vor ihr. In der Jugend war die Mauer fern, doch jetzt ist sie in Sichtweite. Nur was diese Wand ist, was sie symbolisiert, das kann ich nicht greifen. Die Zukunft allgemein? Das Alter? Oder das einsame Altwerden? Der Tod? Ich weiß es nicht. Ich weiß nur, ich bin ihr deutlich näher als damals bei meinem ersten Kuss.

Die zweite Erkenntnis des Abends: Die wenigstens Ehen halten. Viele sind geschieden, andere leben unzufrieden miteinander weiter. Welches der bessere Weg ist, muss jeder für sich allein entscheiden. Mir kommt es falsch vor, mein Leben mit jemandem zu teilen, den ich eigentlich nicht bei mir haben möchte. Verachtung und Abneigung steigen doch von Tag zu Tag nur an. Dann lieber einen geraden Schnitt und vernünftig auseinandergehen.

Andererseits habe ich Verständnis für diejenigen, die sich gegen die Trennung entscheiden, denn sie können bis ans Ende ihres Lebens sagen: Sie sind nicht allein. Einsam vielleicht, aber nicht allein. Diese Furcht, irgendwann im hohen Alter, wenn die Gebrechen zunehmen wie die zu erwartende Restdauer auf der Erde abnimmt, auf sein Leben zurückzublicken und zu erkennen, dass man nie zu irgendjemandem gehörte. Wenn man sich vom Sterbebett aus, in dem man vielleicht schon seit Monaten oder Jahren gefangen ist, umsieht und niemand da ist. Eine Pflegekraft sieht hin und wieder mal nach, ob das Bett wieder frei geworden ist. Der letzte Besuch von entfernten Verwandten oder Bekannten ist ewig her. Es gibt niemanden mehr auf der Welt, der an einen denkt. Nirgends wird mein Name noch genannt, wenn ich gegangen bin.

Davor fürchte ich mich!

Und ja, wenn es eine andere Möglichkeit gibt, dann würde ich sie wählen. Auch wenn es bedeutet, sich aus dem Weg zu gehen oder ständig zu streiten. Aber dafür müsste erst einmal jemand in mein Leben treten, mit dem ich mich streiten könnte.

Noch ein Punkt fällt mir auf: Viele der Leute, die

genauso alt sind wie ich, haben Kinder. Antje hat schon das Dritte bekommen, bei Monika ist das Zweite unterwegs, Christian, dem ich meinen ersten Kuss geschenkt hatte, ist auch schon Vater und Katharina hat aus Versehen Vierlinge bekommen. Die sind nun auch schon acht Jahre alt. Und was hab ich? Einen Kater!!!

Ich genieße es trotzdem in vollen Zügen. Christoph und ich sind aus Versehen unzertrennlich. Wie konnte das denn passieren? Wir verstehen uns blendend. Die anderen Gesprächspartner wechseln immer mal wieder um uns herum, doch wir beide – wir bleiben und reden und reden und reden und ... Sehr angenehm.

Antje hat das traumhaft schön gemacht, finde ich. Das Buffet ist ellenlang und bietet für jeden Geschmack die passende Mahlzeit. Fleisch, Fisch, Salate, Brote und und und. Das Beste daran ist, dass das Hotel von allem kleine Portionen zur Verfügung stellt. Verschiedene Steaks werden angeboten. Sie sind so klein, dass man sich nicht für eine Sorte entscheiden muss. Ich habe drei Stück gegessen und das soll schon was heißen.

Später, sehr viel später, liege ich in meinem Hotelbett (allein!) und lächle mit geschlossenen

Augen. Es ist nach vier Uhr morgens und ich fühle mich erschöpft nach so einer aufregenden Nacht. Ich bin sogar heiser, weil ich nicht mehr gewohnt bin, so viel zu reden und so viel zu lachen. Meine letzte durchzechte Nacht liegt auch schon meilenweit hinter mir. Ich bin körperlich ausgelaugt, aber leider nicht müde genug, um einzuschlafen.

Antje hat die Musik sehr gut ausgesucht. Typisch 90er eben. Backstreet Boys, Take That, DJ Bobo, Spice Girls, Die Fantastischen Vier, Rednex, Die Ärzte, Scooter, Michael Jackson, Tic Tac Toe, Pet Shop Boys, The Kelly Family, Die Prinzen, Blümchen und viele viele andere, die uns zurück in unsere Jugend versetzt haben. Aus heutiger Sicht ist vieles unbegreiflich, wie wir darauf abgefahren sind. Und wer in den 90ern ein Teenager war, kann auch mit dem Begriff „Macarena" etwas anfangen. Die gesamte Klassenstufe hat tatsächlich heute Nacht dazu getanzt. Ich hätte nicht gedacht, dass wir das noch können. Aber wir konnten es, mal von Thomas abgesehen, und beendeten diesen Tanz mit einem geballten Lachen. Sogar die Texte der meisten Songs haben wir noch drauf. Sie haben uns durch eine sehr wichtige Zeit unseres Lebens begleitet. Vermutlich können wir sie auch im hohen Alter noch singen.

Und welche Erinnerungen sie geweckt haben ... Ich flog damals auf Caught in the Act. Mein Liebling war Benjamin Boyce. Einige, die das jetzt lesen, erinnern sich vielleicht selbst an diese Band. Oder eben die Backstreet Boys. Bei den Mädchen unserer Klasse gab es damals eine deutliche Trennung. Wir waren keine Rivalen, wir konnten aber auch nicht verstehen, wie man die eigene Band nicht besser finden konnte. Ich weiß noch, dass ich mich mal mit Paula deshalb in den Haaren hatte. Sie hatte Benjamin Boyce als *hässlichen Dummkopf* bezeichnet. Bei einer Fünfzehnjährigen können da schon mal alle Sicherungen durchbrennen. Heute haben wir darüber gelacht, wie albern wir uns damals benommen haben.

Nicht nur, wenn es um Musik ging. Nennt mir ein Kind der 90er, das nicht wenigstens eine Diddle-Maus irgendwo im Zimmer hatte. Oder ein Mädchen der 90er, das nicht wegen dem Tod von Lady Diana geweint hat, obwohl man zuvor vielleicht noch nie etwas von ihr gehört hat. Oder wie viele Tränen um Leonardo DiCaprio bei Titanic geflossen sind ... Wie viele Kinder haben ihre Eltern wegen eines Tattoos oder Piercings angebettelt? Ich gehöre auf jeden Fall dazu und bin aus heutiger Sicht froh, dass meine Eltern das nicht zugelassen haben. Damals war ich am Boden zerstört, weil ich mich so uncool gefühlt habe.

Ja ja ... Die gute alte Zeit ...

Wir haben viel getanzt heute Nacht. Ich muss gestehen, ich habe vorzugsweise mit Christoph getanzt. Sogar enge Schmusesongs. Die 90er stechen nicht gerade durch Paartänze hervor, aber Christoph und ich waren uns meist zugewandt. Und Mambo No. 5 kann man auch richtig zusammen tanzen. Oder zu Roxette. Ach ja, es kam so vieles wieder hoch ...

Das Aufstehen fällt mir diesmal entsetzlich schwer. Zum Glück habe ich meine beiden Wecker eingepackt und zur Sicherheit an der Rezeption gebeten, mich zu wecken, falls ich bis Neun nicht beim Frühstück bin. Meine Fahrkarte ist bezahlt, ich muss den Zug also kriegen.

Das fällt mir schwer, als dieses nervtötende Rasseln erklingt. Immerhin kann mich Henry nicht aus dem Bett fauchen. Ich könnte einen späteren Zug nehmen, überlege ich. Dafür bin ich allerdings zu geizig. Ich gönne der Bahn nicht, mein Geld ohne

Gegenleistung zu bekommen. Deshalb schwinge ich mich mit wenig Elan aus dem fremden Bett und gestehe mir jetzt schon einen verschlafenen Sonntag zu.

Zum Frühstück sehen meine alten Klassenkameraden nicht mehr so frisch und gestylt aus wie noch wenige Stunden zuvor. Unsere Augen möchten nicht offenbleiben und die meisten Haare werden vom Haarspray gefestigt in der zerzausten Form des Bettes gehalten. Es ist recht ruhig und ich bin nicht böse darüber. Die wenigen Gespräche, die überhaupt laufen, bleiben leises Gemurmel.

Das Frühstück ist gut. Ich würde vermutlich mehr essen, wenn ich nicht auch das ein oder andere Glas Wein zu viel gehabt hätte. Ich war nicht sturzbetrunken, aber doch beschwipst ins Bett gegangen. Mein Magen möchte noch keine größeren Mahlzeiten zu sich nehmen. Etwas Müsli und ein Croissant zwänge ich ihm allerdings auf. Und Kaffee. Am besten intravenös, sonst verschlafe ich im Zug noch meine Haltestelle.

Christoph kommt in den Frühstückssaal, als ich gerade gehen will. Schade eigentlich. Aber wir wissen schon, dass wir den gleichen Zug nehmen, also werden wir uns dann wiedersehen, wenn uns der Mann vom Hotel zum Bahnhof bringt.

Irgendwie fällt es mir schwer, meine Sachen in den Koffer zu packen. Es ist, als würde ich aus meiner Jugend mit nur einem Schritt zurück in die einsame Realität gehen. Dort will ich aber eigentlich gar nicht hin. Vielleicht blicke ich deshalb noch mal sehnsüchtig zurück in das Zimmer, bevor ich die Tür schließe. Es muss ja sein. Ich kann schließlich nicht hier einziehen. Und selbst wenn ich das tun würde, könnte mir das Zimmer allein weder meine Jugend zurückbringen, noch die Einsamkeit vertreiben. Das muss ich notgedrungen allein hinkriegen. Und zwar zu Hause!

An der Rezeption treffe ich Christoph wieder. Seinen Augen nach zu urteilen, fällt ihm der Abschied ebenso schwer. Antje hat uns versprochen, spätestens in fünf Jahren ein weiteres Klassentreffen zu organisieren. Es war ein voller Erfolg. Die meisten waren gekommen. Das Hotel, vertreten durch den Geschäftsführer, bietet sich natürlich wieder an. Die haben vermutlich eine Menge Umsatz mit dem Treffen gemacht. Alle Zimmer ausgebucht, die Saalmiete, das Catering und die Getränke. Das hat sich gelohnt und sie würden sich freuen, wenn wir wiederkämen. Wenn Antje nur ein bisschen ihres Perfektionismus behalten hat, dann scheidet es allerdings kategorisch aus, dass wir uns in dem gleichen Hotel wiedersehen.

Christoph und ich sind die Einzigen, die mit diesem Zug fahren wollen. Der Mann vom Hotel muss sich also nur mit unserem wenigen Gepäck abquälen.

Die Zugfahrt dauert nur eine halbe Stunde, in der ich mich mit Christoph schon wieder in einem Gespräch verliere. Dann trennen sich unsere Wege. Ich bedaure es und hoffe, er hält sein Versprechen und ich kann es ebenso halten. Wir wollen in Kontakt bleiben und ich fände es schade, wenn es nur eine weitere sporadische Kommunikation gibt. Ich trage gewiss keine rosarote Brille. Anfangs werden wir uns vermutlich öfter schreiben oder auch mal telefonieren. Die Abstände werden größer werden und irgendwann gibt es nur noch die folgende Konversation:

„Hallo. Wie geht's dir?"

„Gut. Und dir?"

„Gut."

Ende.

Vielleicht werden wir es in mehr Worten

verpacken, aber der Inhalt wird ebenso leer bleiben. Und in fünf Jahren, wenn wir wieder etwas älter sind, sehen wir uns zum nächsten Klassentreffen, verstehen uns vielleicht wieder so gut und beginnen das ganze Spiel von vorn. Na immerhin kann ich mich auf das nächste Klassentreffen freuen und nehme mir jetzt schon mal vor, auf jeden Fall hinzugehen.

Auf der anderen Seite liegt es doch an uns, diesen Ablauf zu durchbrechen und wirklich in Kontakt zu bleiben. Wir müssen ja nicht täglich telefonieren und uns mit unseren Alltagsproblemen langweilen. Aber hin und wieder kann man schon mal telefonieren oder eben chatten.

Na ja, noch zehre ich von dem schönen Abend und lasse mich erschöpft auf meinen reservierten Platz sinken. Der Zug steht schon so lange vor Abfahrt da, dass es diesmal nicht so ein Gedränge gibt. Die Reservierungen sind bereits angeschrieben und niemand sitzt auf meinem Platz. Ausnahmsweise hätte ich es nicht gut gefunden, mir meinen Platz erst zu erkämpfen. So kann ich mich gemütlich hinsetzen, noch mal an dem Kaffee schlürfen und zum Fenster hinausschauen. Das Buch werde ich nicht brauchen. Mir geht genug durch den

Kopf, womit ich die nächsten drei Stunden füllen kann.

Kurz vor der Abfahrt setzt sich eine ältere Frau neben mich. Sie sieht mir wohl an, dass ich nicht zum Schwatzen aufgelegt bin. Wir grüßen uns, wie sich Fremde eben grüßen, dann warten wir schweigend, dass es endlich losgeht.

Als der Zug gerade anfährt, kommt noch jemand in den Wagen gehechelt. Das kriege ich kaum mit, weil meine Gedanken zurück ins Hotel reisen. Aber die Stimme erkenne ich.

„Hallo.", sagt Juliana freundlich und ich drehe ruckartig den Kopf zu ihr herum. Sie sieht mich allerdings nicht an, sondern die alte Frau neben mir. „Würden sie wohl mit mir die Plätze tauschen? Ich habe dort drüben reserviert, würde aber gern neben meiner Freundin sitzen."

„Sie kennen sich?", lacht die Alte leise.

„Ja." Juliana nickt mit einem unschuldigen Lächeln. Das hat sie gut drauf. Sie sieht aus wie ein unschuldiges Mädchen. „Offenbar gab es eine Verwechslung bei der Reservierung."

„Kein Problem.", lacht die Alte immer noch, nimmt ihre Handtasche und setzt sich auf den Platz, den Juliana reserviert hat.

Die setzt sich breit grinsend neben mich. „Hi."

Mir ist ganz schwummerig im Hirn. „Hi. Was machst du hier?", will ich leise wissen. Die alte Frau soll das ja nicht unbedingt hören.

Juliana zuckt mit den Schultern. „Ich wollte es mit Zugfahren versuchen. Und du?"

„Sehr witzig. So ein Zufall." Darüber kann ich mich glatt aus meinen Gedanken ziehen lassen. Warum in die Vergangenheit blicken, wenn die Gegenwart so angenehm ist?

„Ja, da meint es jemand gut mit uns.", lacht Juliana. Sie ist ein absoluter Kontrast zu Christoph. Und zu mir, wenn ich ehrlich bin. Während Christoph und ich eher bodenständig, gediegen und kontrolliert durchs Leben gehen, scheint Juliana eine spontane Frohnatur zu sein.

„Wie war es denn?", frage ich. Sie hat mir auf der Hinfahrt erzählt, dass sie auf dem Weg zu einem Bewerbungsgespräch sei, da ist für mich die Frage nach dem Erfolg angebracht.

„Ganz gut, denke ich.", antwortet sie leichthin. Ob sie überhaupt etwas in ihrem Leben ernst nimmt, weiß ich nicht. „Ich habe die Küche gestern Abend übernommen und zumindest hat sich niemand beschwert."

„Das klingt doch gut." Sie ist Köchin, hatte sie erzählt. „Ist es denn was für dich?"

Plötzlich graben sich tiefe Furchen auf ihre Stirn. „Ach, ich weiß nicht. Das Hotel ist wirklich schön und das Restaurant würde mir Spaß machen. Aber es ist so abgelegen, dass ich vermutlich einstaube, bevor ich in Rente gehen kann."

„Wieso hast du dich dann überhaupt dort beworben?" Man weiß doch selbst am besten, ob man ein Landei oder ein Stadtkind ist.

„Anweisung vom Arbeitsamt.", lautet die Erklärung. „Wenn die einem so einen Vorschlag schicken, muss man sich ja bewerben. Ich habe mich nicht auf eine Stadt festgelegt. Bundesweit hab ich mich beworben. Nun hab ich einen Tag dort verbracht und bin froh, wieder in die Großstadt unter Leute zu kommen."

Bei mir sieht es ein wenig anders aus. „Ich bin in ein einsames Hotel zum Klassentreffen gefahren und freue mich auf meine ruhige und stille Wohnung."

Juliana lacht herzhaft. „Wie passend. Wollen wir nicht tauschen?"

„Wenn sich die Gäste des Restaurants mit Fertigessen zufriedengeben." Ich mache keinen Hehl aus meinen kaum vorhandenen Kochkünsten. Was meine Mutter kocht und mir schmeckt und einfach ist, das merke ich mir auch und kann es mir selbst zubereiten. Wie die Gemüse-Quiche zum Beispiel. Spaghetti kriege ich auch gerade noch hin. Ansonsten gibt es Fertigessen, Pizza-Bringdienst oder ich bringe mir selbst etwas vom Chinesen mit.

Juliana amüsiert sich schon wieder prächtig über mich, aber auf eine angenehme Weise. Ich denke, nicht jeder muss kochen können. Dafür kann Juliana nicht viel mit Zahlen anfangen, erzählt sie. Die liegen mir dafür umso mehr. Es ist normal, dass man sich in seinen Vorlieben und auch in seinen Talenten unterscheidet. Das macht uns doch aus. Ich schäme mich nicht für Fertigkeiten, über die ich nicht verfüge. In der Jugend sieht das anders aus. Damals wollte ich alles perfekt können, nur um niemandem eine Angriffsfläche zu bieten.

Die dreieinhalb Stunden vergehen wie im Fluge. Genau wie auf der Hinfahrt kann ich mich mit Juliana prächtig unterhalten. Wir haben nicht gerade viele Gemeinsamkeiten, das macht Diskussionen so spannend und abwechslungsreich. Mit Christoph habe ich sehr viel gemein, das schränkt uns in den Themen dafür ein. Wenn ich mit Juliana rede, habe ich schnell das Gefühl, es gibt keine Grenzen für diese Unterhaltung. Wir können fast jedes mögliche Thema anschneiden. Mit Christoph hätte ich nicht über Kunst reden können, obwohl ich viel darüber lese. Mit Juliana brauche ich aber nicht erst anfangen, Finanzgesetze auseinanderzunehmen. Mit ihr bewege ich mich eher auf einer breitgefächerten Oberfläche, während Christoph mich in die Tiefe eines Themas zieht. Wie verwirrend ...

Zu Hause muss ich gestehen, ich bin so durcheinander, dass ich nicht mal weiß, was ich als Erstes tun soll. Wäsche waschen? Schlafen? Hausarbeit? Fernsehen?

Henry füttern!

Der freut sich, dass ich wieder da bin. Es ist so selten, dass ich mal über Nacht wegbleibe, dass er sich kaum traut, mich aus den Augen zu lassen. Marcus von nebenan sollte gestern Abend mal nach Henry sehen. Er hat ihn auch gefüttert und ein bisschen mit Streicheleinheiten verwöhnt. Nun bin ich wieder da und Henry maunzt um meine Beine herum. Nicht mal sein Futter scheint interessant. Damit steht fest, ich muss alle Aktivitäten verschieben und mich bei Henry wieder einschmusen. Gemütlich auf der Couch, Henry beansprucht gleich meinen Schoß, den Fernseher an und ... Und wieder aufstehen, weil es an der Tür klingelt.

„Wer kommt denn jetzt?", raune ich Henry zu und trage ihn zur Tür. Unterwegs kann ich ihn kraulen und mein schändliches Wegbleiben wiedergutmachen.

„Marcus.", staune ich. Das ist eine echte Überraschung und ruft eine unangenehme Mischung aus Neugier und Furcht hervor. Ob etwas passiert ist?

„Hey. Ich wollte nur sehen, ob sie wieder da sind. Gestern kam ein großes Paket für sie."

„Du machst mich immer neugieriger."

Er lacht und macht kehrt in die Wohnung seiner Eltern.

„Brauchst du Hilfe?", rufe ich ihm nach. Was ist denn bitte ein *großes* Paket? Ist es schwer? Oder unhandlich?

„Nein, nein!", höre ich ihn rufen, dann sehe ich ihn schon wieder. Genau genommen sehe ich von Marcus gar nichts, nur ein Monstrum von einem

Karton, das ein Stück über dem Boden zu mir herüber schwebt. Sehr schwer scheint es nicht zu sein, aber es hat die Größe von einem Schrankkoffer. Was soll das denn sein?

„Wow.", staune ich schon wieder. Solch ein Paket habe ich noch nie zuvor bekommen.

„Was haben sie denn bestellt?", lacht Marcus, wuchtet das Paket in meinen Flur und wischt sich über die Stirn.

„Gar nichts, deshalb bin ich ja so erstaunt. Ich danke dir. Und sag deinen Eltern, es tut mir leid. Ich hatte keine Ahnung, dass ich so was kriege."

„Schon gut!", lacht auf einmal Peggy, die Mutter von Marcus. „Wir wussten ja, dass du heute wiederkommst."

Ist mir das peinlich! „Danke. Ich bin ja gespannt, wer mir überhaupt solche Pakete schickt."

„Viel Spaß mit dem Teil.", wünscht mir Marcus noch und verschwindet mit seiner Mutter in der Wohnung nebenan.

Und ich stehe in meinem Flur vor einem Paket, das mir Angst macht. Henry halte ich immer noch auf dem Arm und gestehe ihm leise meine Bedenken. Leider antwortet er nicht. Er bestätigt mich nicht in der Panik, er nimmt sie mir aber auch nicht. Was soll da schon drin sein? Ich bin nicht so bedeutend, dass mir irgendwer eine Bombe schicken würde. Außerdem wäre die doch wesentlich kleiner und unauffälliger. Fliegt meine Wohnung gleich in die Luft, wissen Marcus und Peggy auf jeden Fall, dass es etwas mit dem Paket zu tun hat. Es sei denn, es fliegt gleich das ganze Haus in die Luft, aber das halte ich für unsinnig.

Mit vorgespielter Tapferkeit schneide ich das Klebeband auf. Henry umrundet das Monstrum, straft es mit verachtendem Blick, und geht dann. Offenbar ist er beleidigt, dass ich dem Paket den Vorzug gebe. Aber ich bin von zu viel Neugier erfüllt, um mich davon abhalten zu lassen.

Es ist quaderförmig und steht aufrecht vor mir. Ich öffne zuerst die kurze Seite oben drauf, das scheint mir am sinnvollsten. Mit dem Aufschlagen des Deckels kommt mir ein Schwall stickige Luft entgegen. Der Geruch des Alters. Ich hätte ja auf meine Oma getippt, aber Pakete aus dem Jenseits wären mir neu.

Obenauf liegt ein Brief. Der Umschlag sieht aus, als hätte er schon Jahrzehnte in irgendeiner Schublade überdauert. So was gibt es heutzutage vermutlich nicht mehr. Anscheinend mit richtiger Tinte steht mein Name in geschwungenen Buchstaben daraufgeschrieben. Allerdings nur die Verniedlichung „Lenchen". Es muss ein Absender sein, der mich gut kennt. Weder auf dem Etikett des Pakets noch auf dem Brief ist ein Absender zu finden.

Ich setze mich auf die Bank neben dem Schuhregal und reiße den Umschlag auf. Das Briefpapier ist vermutlich ein Jahrgang mit dem Umschlag und wurde mit ebenso geschwungener Tintenschrift befüllt.

Liebes Lenchen,

vermutlich fragst du dich, weshalb ich dir das schicke. Ich mache es kurz: Ich habe die gleiche Diagnose wie meine Schwester bekommen. Mir bleibt nicht mehr viel Zeit. Ich will nicht, dass sich nach meinem Tod alle um das Erbe streiten, daher regle ich das jetzt selbst.

Ich habe mein Haus ausgeräumt und alles verschickt, was ich irgendwem überlassen möchte. An dich, deine Schwester, meine Kinder und deren Kinder und so weiter. Die letzten Wochen meines

Lebens werde ich im Krankenhaus verbringen und habe von hier aus alles geregelt.

Ich hoffe, du kannst etwas damit anfangen und denkst ab und zu an mich.

Tante Brigitte

Damit läuft es mir eiskalt den Rücken herunter. Tante Brigitte ist die Schwester meiner Oma, die an Krebs gestorben ist. Tante Brigitte hat ihr Erbe schon vor ihrem Tod verteilt.

Jetzt bin ich noch mehr durch den Wind als vor einer Stunde, als ich in meine Wohnung kam. Tränen rinnen aus meinen Augen. Mir ist plötzlich bitterkalt. Meine Oma und Tante Brigitte waren immer wie enge Freundinnen. Jede von ihnen lebte mit der Familie in einer Hälfte eines Doppelhauses. Sie haben sich so sehr geliebt, dass sie nie voneinandergehen wollten. Sogar im Urlaub waren die beiden Familien zusammen. Meine Oma mit meinem Opa und meiner Mutter. Und eben Tante Brigitte mit ihrem Mann und ihren Kindern. Der Tod meiner Oma hat Tante Brigitte damals sehr hart getroffen.

Auf einmal muss ich an Christoph denken. Seine

Oma war dem Wahnsinn nahe gewesen. Tante Brigitte hat damals niemanden mehr sehen wollen. Selbst ihre eigenen Kinder hat sie nicht ins Haus gelassen. Es hat einige Wochen gedauert, bis sie die Trauer allein für sich überwunden hat. Und jetzt ...

Ich traue mich kaum, das Paket auszupacken. Es wirkt auf einmal größer und schwerer, nur weil emotionaler Druck darauf lastet.

Zuvor brühe ich mir einen Tee auf und mache mich langsam und andächtig ans Werk. Ich möchte dieses Paket mit der Anwesenheit meiner Gedanken öffnen. Ich möchte jedes Stück, das Tante Brigitte mir zugedacht hat, mit Ehrfurcht und Respekt entgegennehmen. Während ich auf den Wasserkocher gewartet habe, habe ich schon den Entschluss getroffen, sie zu besuchen. Vor drei Wochen war ich schon bei ihr, da hatte sie nichts erzählt, nicht mal angedeutet. Sie sah gesund aus. Der Brief kommt zu überraschend für mich.

Respekt und Ehrfurcht finde ich in dem Paket. Aber auch jede Menge zum Lachen. Tante Brigitte hinterlässt mir ein Märchenbuch, bei dessen purem Anblick ich lachen muss. Ich war damals Sieben, als sie mir ununterbrochen daraus vorgelesen hat. Ich war in den Ferien bei meiner Oma zu Besuch gewesen und krank geworden. Draußen war herrlichstes Sommerwetter und ich musste im Bett bleiben. Das fand ich so furchtbar, dass ich nur noch geweint habe und nichts mehr essen wollte. Da kam Tante Brigitte mit dem Märchenbuch herüber. Es ist ein riesiges Buch, in altdeutscher Schrift geschrieben und mit wunderschönen Zeichnungen ausgestattet. Man sah ihm das Alter damals schon an. Die vergilbten Seiten lösen sich bereits aus der Bindung.

Sie hat damals zu mir gesagt: „Wenn das Leben dich ärgern will, dann mache einen Spaß daraus."

Tagelang hat sie von morgens bis abends im Bett neben mir gesessen und Märchen vorgelesen. Meine Oma brachte uns regelmäßig Tee herauf und ein paar Kekse zwischen den Mahlzeiten. Tante Brigitte brauchte den Tee genauso dringend wie ich, weil sie heiser war vom Vorlesen.

Jetzt halte ich das Buch in den Händen, erinnere mich an den Sommer zurück und muss ebenso lachen wie weinen. Auf die erste Seite des Buches hat mir Tante Brigitte den Satz von damals geschrieben: „Wenn das Leben dich ärgern will, dann mache einen Spaß daraus."

Das Paket beinhaltet mehr solcher Dinge. Auch

Bücher, von denen sie glaubte, sie könnten mir gefallen. Ihr alter Pelzmantel, den ich als Zwölfjährige immer heimlich angezogen und mich vorm Spiegel präsentiert habe. Das Besteck aus Silber, an deren Löffel ich meinen ersten Milchzahn verloren habe. Das Bild aus ihrem Flur. Es zeigt einen Waldweg, der in der Mitte des Bildes für meine Augen endet, doch es scheint, als würde er ewig zwischen den Bäumen entlangführen. Es gefiel mir vom ersten Augenblick an und ich weiß schon genau, wo ich es aufhängen werde. Es sind alles Dinge, die ich mit Tante Brigitte verbinde. Es sind Erinnerungen, die sie mir hinterlässt. Erinnerungen, die tausendmal mehr wert sind als der Pelzmantel oder das Silber des Bestecks.

Den ganzen restlichen Sonntag verbringe ich mit dem Paket und den Erinnerungen. Ich lese eines der Märchen, hänge das Bild auf und sortiere ihrem Wunsch entsprechend das Besteck in meinen Haushalt ein. Es dauert gute drei Stunden, ehe ich den Boden des Pakets erreiche. Bis dahin muss ich aber eine der Längsseiten öffnen, sonst wäre ich in das Paket gefallen.

Ganz unten liegt ein weiterer Umschlag. Ein großer, brauner Umschlag mit dem Stempel eines

Notars. Ich kriege Angst!

Dennoch öffne ich ihn und darf feststellen: Seit gerade eben bin ich Besitzerin eines Bankkontos mit mehreren Tausend Euro Guthaben.

Auf diese Neuigkeit hin muss ich mich setzen.

In dem Umschlag liegt nicht nur die offizielle Übertragung, auch ein Zettel von Tante Brigitte. „Ich habe für jeden eines eröffnet. Gönne dir etwas damit, du kannst es ebenso wenig mitnehmen wie ich."

Bong!

Das ist der berühmte Hammerschlag gegen meinen Schädel. Natürlich hat sie Recht – keine Frage. Aber in den vergangenen Stunden habe ich an das Leben gedacht, jetzt kommt der Tod zurück.

Fünfzigtausend Euro sind ein Haufen Geld. Damit kann ich mir etwas sehr Großes kaufen. Aber nicht irgendwas. Ich betrachte das Geld nicht als Kapitalanlage. Ich will es in etwas Besonderes umwandeln. Es soll etwas sein, das Tante Brigitte gefallen und sie zum Lachen bringen würde. Nur was? Ich weiß es nicht und muss die Entscheidung auch nicht jetzt gleich treffen. Es wird Zeit, dass ich unter die Dusche und ins Bett komme. Morgen geht der Alltag wieder los.

Wendung

Seit dem Klassentreffen sind sechs Wochen vergangen. Ich bin meinem Vorsatz treu geblieben und chatte oft mit Christoph.

Am Montagabend nach dem Treffen habe ich mich meinen Social Networks gewidmet. Kaum zu glauben, ich hatte so viele Freundschaftsanfragen bekommen, dass ich theoretisch zu jedem Kontakt halten könnte. Thomas mal ausgenommen. Der hat nicht angefragt und ich habe es auch nicht getan. Aber Christoph, Antje und viele andere sind wenigstens interaktiv zum Greifen nahe. Na ja, wie ich es mir gedacht habe, ist das nur Theorie.

Außer mit Christoph. Der schreibt mir oft auch einfach mal zwischendurch einen Gruß.

„Denke ans Lächeln."

„Ein lieber Gruß zum Bergfest."

So etwas eben. Und jedes Mal kann ich mich dem Lächeln nicht verwehren. Es ist so niedlich irgendwie. Er scheint immer zu wissen, wenn es mir nicht gut geht. Wenn ich einen beschissenen Arbeitstag habe, schaue ich in der Mittagspause bei Facebook rein und kehre mit einem Lächeln zurück zu meinem Schreibtisch.

Ich hab ihm auch von dem Paket von Tante Brigitte geschrieben. Ohne einen Gedanken daran zu verschwenden, was er über mich denken könnte, habe ich ihm von meiner Verwirrung geschrieben. Christoph zeigt immer Verständnis. Er hat sich dafür ausgesprochen, dass ich Tante Brigitte besuche.

Das ist allerdings leichter gesagt als getan. Sie hat ihr Haus verkauft, inklusive der zweiten Doppelhaushälfte, die meiner Oma gehört hat. Das Geld hat Tante Brigitte auf all ihre Lieben aufgeteilt.

Und dann ist sie untergetaucht.

Niemand weiß, in welchem Krankenhaus sie liegt, ob sie überhaupt noch lebt und wie man sie erreichen könnte. Die Handynummer ist tot, der Festnetzanschluss logischerweise auch. Sie will niemanden mehr sehen und ich fühle mich nicht gut damit. Ich weiß, sie liegt irgendwo in einem öden Krankenhausbett, wartet auf den Tod und hat niemanden aus der Familie bei sich. Mein ganz persönliches Horrorszenario und sie hat es selbst so gewählt!

Ich habe mit ihrer alten Nachbarin gesprochen, habe sämtliche Verwandtschaft durchtelefoniert, sogar bei Freunden angerufen und in der Bibliothek, in der sie mindestens zweimal pro Woche war. Auch bei ihrem Friseur, ihrem Lieblingscafé – niemand hat wenigstens eine Ahnung, wo sie steckt.

„Sie will nicht.", hat Christoph dazu gesagt. Ich solle akzeptieren, dass sie allein sterben will. Aber ich kann es nicht akzeptieren. Sie kann sich doch nicht einfach aus dem Staub machen!

Na gut, am Ende hat es meine Oma ja genauso gemacht. Meine Mama hat einen Anruf bekommen, ihre Mutter sei im Krankenhaus. Ehe wir dort waren, war sie schon gestorben. Es war sehr schnell gegangen, weil sie jegliche Behandlung verweigert hatte. Sie hatte ihr Leben fortgeführt, als wäre nichts. Tante Brigitte hat sich von uns allen verabschiedet und war ebenso überraschend aus unserem Leben verschwunden, wenn sie auch vielleicht noch lebt. Nur wo?

Nachdem ich auch noch sämtliche Krankenhäuser durchtelefoniert habe, gebe ich endgültig auf. Sie will nicht, ich muss es so hinnehmen. Ich verstehe es nicht, ich akzeptiere es nicht, aber ich habe auch keine Idee mehr. Sie scheint das Land verlassen zu haben.

Es ist Freitagnachmittag und ich schlendere tatsächlich durch die Stadt. Dass ich das mal noch tun würde ... Ganz allein bummle ich an den Schaufenstern vorbei, trage auch schon ganz stolz eine Tüte mit mir herum und hoffe, es kommt noch etwas dazu. Auf diese blöde Idee wäre ich nicht gekommen, wenn Christoph nicht in mein Leben zurückgekehrt wäre. Er hat mir geschrieben, es verschlägt ihn geschäftlich in meine Stadt. Er hat gefragt, ob ich Lust habe, heute Abend essen zu gehen. Ich habe zugesagt, ohne darüber nachzudenken. Ob das wirklich so eine gute Idee war?

Fest steht: Ich habe nichts zum Anziehen für einen Abend mit einem alten Schulfreund. Jeans und T-Shirt trage ich gern, aber das scheint mir zu leger. Ein Hosenanzug sieht zu förmlich aus, denke ich. Ein Kleid wäre dem Wetter angepasst, aber es soll kein richtiges Abendkleid sein. Ich will nicht den

Eindruck eines Dates vermitteln. Außerdem will ich mich wohlfühlen. Aber Christoph lädt mich in ein hochklassiges Restaurant ein. Da kann ich nicht zu locker gekleidet auftauchen.

Männer haben es da leichter. Er wird im Anzug kommen, nehme ich an. Der passt zu quasi jedem Anlass. Verzichtet er auf die Krawatte, hat er damit das Mittelmaß gefunden, das ich immer noch suche.

Schlussendlich bleibe ich bei einem dunkelblauen Kleid hängen. Es ist nicht das kleine Schwarze, das man mir falsch auslegen könnte. Es sieht aber auch nicht zu lässig, sondern elegant aus. Dazu gibt es eine passende Strickjacke. Es ist warm für Ende April, aber abends vermutlich doch etwas frisch. Die entsprechenden Schuhe habe ich auch endlich gefunden und bin völlig erledigt nach dem Shoppingmarathon. So was bin ich gar nicht mehr gewöhnt.

Ehe ich zu Hause bin, ist es sechs Uhr abends. Ich habe etwa anderthalb Stunden, um zu duschen und mich anzuziehen. Jede Frau wird mich bestätigen: Das ist nicht viel Zeit!

Duschen, rasieren an allen wichtigen Stellen, Nägel lackieren, Haare föhnen, anziehen, Haare frisieren, Make-up und dann noch Kleinigkeiten nachbessern. Und die Handtasche packen. Rekordverdächtig! Darüber vergesse ich beinahe noch Henrys Futter. Sein Blick allein missachtet mich. Er dreht mir demonstrativ den Hintern zu, als er anfängt zu fressen. Ich glaube, er ist eifersüchtig.

Ein rascher Blick zur Uhr. Halb Acht. Ich muss los. Hüpfend versuche ich, mir die Schuhe auf dem Weg zur Tür anzuziehen. Ich glaube, es wäre schneller gegangen, wenn ich erst zur Tür gehastet wäre und mir dort die Schuhe angezogen hätte. Oder umgedreht, aber ich laufe nicht gern auf hochhackigen Schuhen über meinen Boden. Beschweren würde sich hoffentlich niemand bei dem kurzen Stück. Ich finde es dennoch nicht richtig, die Leute unter mir mit meiner Hektik zu nerven. Außerdem fürchte ich jedes Mal, den schönen Boden zu beschädigen.

Das Taxi steht schon vor der Tür und bringt mich in die Innenstadt. Ich wollte nicht meinen eigenen Wagen nehmen, weil ich auf ein Glas guten Wein hoffe.

In Christoph scheint ein Gentleman zu stecken. Außerdem hasst er Unpünktlichkeit genauso wie ich. Ich bin zehn Minuten zu früh dran und er wartet schon vor dem Restaurant auf mich. Er sieht hinreißend aus. Wie ich es gedacht habe, hat er sich für den eleganten, aber nicht steifen Look entschieden. Ich passe gut dazu.

„Guten Abend.", lächelt er, reicht mir die Hand und gibt mir auch noch einen Handkuss. „Du siehst umwerfend aus."

Hoffentlich überdeckt das Make-up meine roten Wangen. „Danke. Du auch."

Seine rosa Flecken auf den Wangen werden von keinem Make-up versteckt. Niedlich.

Er hat einen Tisch für uns reserviert. Ziemlich weit in der Ecke, in einer kleinen Nische, die außer dem Kellner und uns keiner betritt. Ringsherum werden wir von Grünpflanzen optisch in einen eigenen Raum gesetzt. Auf dem Tisch steht ein Strauß weißer Rosen. Auf den anderen Tischen stehen keine Rosen. Mir schlägt das Herz bis zum Hals. Ich habe solche Angst davor, dass ich mich falsch benehmen könnte, dass ich um Haaresbreite über ein nicht vorhandenes Hindernis stolpere.

Im Hintergrund spielt live ein Streichquartett. Leise und dezent. Es ist wirklich schön und stört die Stimmung nicht mit übertriebenem Lärm. Man kann sich unterhalten, wenn man weiß, worüber.

Dass ich es nicht weiß, soll Christoph wiederum nicht merken. Er soll unter keinen Umständen mitkriegen, dass ich mich fühle wie bei meinem ersten Date. Flattrig und schüchtern. Die Hände zittern leicht und ich lege sie lieber auf meinen Schoß, als das Risiko einzugehen, dass Christoph es sieht. Da kann ich auch unauffällig den kalten Schweiß von meinen Händen am Kleid trocknen.

„Wie war der Termin?", frage ich locker und hoffe, er sieht mir nicht an, wie viel Anstrengung mich die gelassene Stimme kostet.

„Ganz gut, denke ich. Ich habe einen neuen Klienten."

„Dann gratuliere ich ganz herzlich.", lache ich, denn sein Grinsen ist die reinste Herausforderung zu einem Lachen. Ich weiß nicht, ob er meine Nervosität gespürt hat und die Stimmung auflockern wollte, oder ob er seine eigene Nervosität überspielen will. Es ist auch egal, denn er schafft den Sprung.

Ein Ober, der durchaus ein Butler sein könnte, bringt uns die Speisekarten und Christoph bestellt Champagner zur Feier des Tages. Ich nehme an, er meint seinen geschäftlichen Erfolg, doch da irre ich mich gewaltig. Er stößt mit mir an, auf mich und auf einen wunderschönen, vor uns liegenden Abend. Himmel noch eins, ich bin so froh, dass ich mit Make-up durch die Gegend laufe.

Das Essen ist erstklassig. Ich habe den Abschluss des Studiums mit meiner Familie hier gefeiert. Es ist teuer, aber man bekommt einen Abend voll wahrem Genuss. Von der Vorspeise bis zur Nachspeise ist es so lecker, dass ich damals gern mehr gegessen hätte, aber keinen Platz mehr in meinem Magen hatte.

Ich muss auf einmal an Juliana denken. Ob sie den Job angenommen hat? Sie ist Köchin, aber ob sie eine gute Köchin ist, weiß ich nicht. Jeder Koch hält sich selbst vermutlich für einen guten Koch, aber diese Entscheidung liegt bei den Gästen, nicht bei dem Koch selbst.

Es ist nicht das erste Mal, dass ich an Juliana denke. Beim besten Willen kann ich mir nicht vorstellen, wie sie in irgendeiner Provinz in einer Restaurantküche steht und Touristen bekocht. Sie würde zugrunde gehen, das weiß ich, obwohl sie eine Fremde ist. Aber die Abgeschiedenheit passt nicht zu ihr. Sie ist ein Stadtmensch und würde in einem popligen Dorf nicht glücklich werden.

Nicht zum ersten Mal stelle ich mir die Frage, ob es von der Arbeitsagentur wirklich gewollt ist, einen Menschen auf Krampf in eine Anstellung zu vermitteln, wenn der Nervenzusammenbruch schon absehbar ist. Früher oder später würde Juliana mit Burnout und Depressionen für eine lange Krankheitszeit ausfallen. Das müsste die Krankenkasse bezahlen und dürfte, wenn man mich fragt, die Arbeitsagentur in Regress nehmen.

„Hast du was von Thomas gehört?"

Ich schrecke aus meinen Gedanken an die wuselige Köchin und lande prompt in dem noblen Restaurant bei dem Charmeur. „Was?" Ich habe keine Ahnung, was Christoph eben gesagt hat.

Er lacht leise in sich hinein. „Wo sind deine Gedanken gerade?"

„Bei einer Köchin.", murmle ich verlegen. Das ist mir vielleicht peinlich. Wieso taucht Juliana immer wieder in meinem Kopf auf? Sei es im Supermarkt, wenn ich an ihre Erzählung zur Erdbeerallergie denke, oder im Büro, wenn sie mir in Gedanken mal wieder erklärt, wieso das für sie keine Option wäre. Sie scheint überall zu sein. Sogar hier, bei meinem Fast-Date.

Christoph mustert meinen Teller. „Wieso? Schmeckt es dir nicht?"

„Es ist himmlisch.", kann ich ihn beruhigen. Auf keinen Fall habe ich irgendetwas an dem Menü auszusetzen. „Sie sucht nur einen Job. Egal. Was hast du eben gesagt?"

Er merkt, dass ich nicht weiter darüber reden will, und wiederholt seine ursprüngliche Frage. Über Thomas will ich ja nun eigentlich erst recht nicht reden. Zum Glück kann ich nichts berichten. Er hat sich nicht bei mir gemeldet, ich nicht bei ihm. Ende.

„Er liegt im Krankenhaus.", weiß Christoph jedoch vorzubringen.

So leid Thomas mir dafür tut, aber ich kann mir die Verachtung nicht verkneifen. „Die Leber, nehme ich an?"

Christoph nickt gedankenverloren. „Antje hat es von seiner Schwester erfahren."

Antje, das Tratschweib - daran hat sich nichts geändert. Sie war schon früher die beste Anlaufstelle, wenn man Informationen über irgendjemanden brauchte. Manches scheint sich nie zu ändern.

Jedenfalls ist Christoph bestens informiert und eine Viertelstunde später hab ich doch noch Mitleid mit Thomas. Seine Frau ist mit seinem Geschäftspartner durchgebrannt und hat neben sämtlichen privaten und geschäftlichen Rücklagen auch sein einziges Kind mitgenommen. In einer Nacht- und Nebelaktion sind sie alle Drei spurlos verschwunden. Niemand weiß, wo sie stecken, und Thomas hat nach jahrelangem Suchen aufgegeben, seinen Sohn je wieder in die Arme schließen zu dürfen. Seither hängt er an der Flasche. Verschuldet, verzweifelt und gebrochen. Armer Kerl ...

Nach dem Essen brauche ich dringend etwas Bewegung. Es war so lecker, dass ich deutlich mehr gegessen habe, als es normal für mich ist. Christoph bittet mich um eine kleine, intime Stadtführung, die ich ihm nicht verwehren kann und nicht verwehren will.

Inzwischen hat sich das Nachtleben ausgebreitet. All die großen und kleinen Geschäfte haben geschlossen, dafür pulsiert das Leben in den Lokalen. Die Wirte haben sich auf das warme Frühlingswetter eingestellt. Es ist zu frisch in der Nacht, um im Freien zum Quasseln zu sitzen. Dafür hat unsere Spezies diverse Möglichkeiten erfunden, sich unter freiem Himmel aufzuwärmen. Die einen haben Wärmestrahler aufgebaut, andere setzen eher auf gemütliche Feueröfen und wieder andere haben Decken an ihre Gäste verteilt. Überall wird laut geschnattert und gelacht. Christoph und ich schlendern gemütlich durch eine Barmeile. Von beiden Seiten werden wir durch die unterschiedlichen Wärmespender erhitzt und lassen uns auf dem Gelächter treiben.

Wenig später ist es absolut still um uns herum. Es ist ein reines Wohnviertel, ohne jegliche Geschäfte. Ich habe mich nur für diesen Weg entschieden, weil die Häuser hier so malerisch anzusehen sind. Sie sind teilweise jahrhundertealt und wunderbar erhalten. Statt sie durch Glas und Beton zu ersetzen, haben die Eigentümer sich dafür entschieden, das schiefe Fachwerk beizubehalten und für weitere Jahrhunderte zu rüsten. Kleine Fenster mit bunten Fensterläden, üppige Verzierungen über den Türen oder kleine Steinfiguren an den Ecken und Erkern. In diesem Viertel findet man auf einen Blick verschiedene Baustile und Epochen.

Christoph hat mir zum Klassentreffen erzählt, er sieht sich gern Kirchen an, wegen der Bauweisen, deshalb habe ich diesen Weg eingeschlagen und liege nicht falsch damit. Er ist beeindruckt und ich erzähle ihm, was ich dazu weiß. Zum Beispiel, welches das älteste Haus der ganzen Stadt ist. Oder von dem jahrelangen Streit der Eigentümer. Die Stadt hatte einen großen Topf zur Beihilfe für die Restaurierung bereitgestellt. Allerdings nur, wenn sich alle dafür entscheiden, das gesamte historische Viertel zu bewahren. Einige wollten aber lieber modernisieren, statt den alten Charme zu erhalten. Es eskalierte so sehr, dass sich Nachbarn auf den kleinen Gassen trafen, nur um sich anzuschreien. Zu guter Letzt hat das Altertum jedoch über die Moderne gesiegt. Nach und nach haben sie sich von der einmaligen Chance auf Renovierungsbeihilfe mitreißen lassen. Viele von ihnen hätten sonst gar nicht sanieren können.

Christoph hängt mir an den Lippen und scheint jede noch so kleine Bemerkung aufzusaugen. Das Zentrum des Viertels ist eine winzige und niedliche Kapelle. Ohne große Vorplätze oder sonstiges. Nur die kleine Kapelle, die lediglich durch schmale Gassen von den Wohnhäusern abgetrennt wird. Um diese Uhrzeit ist sie verschlossen, aber die Restaurierung des Viertels beinhaltete die nächtliche Beleuchtung der Kapelle. Kein Flutlicht, das die

Anwohner stören würde, sondern romantisches und verträumtes Licht, sehr gedämpft. Es durchbricht kaum die Dunkelheit, sorgt aber dafür, dass man auch bei Nacht die Schönheit dieses Ortes erfassen kann.

Zum krönenden Abschluss des Abends gönnen wir uns einen Cocktail in einer modernen Lounge. Im Hintergrund spielt recht laute Musik, jedoch nicht laut genug, um uns vom Schwatzen abzuhalten.

Es ist schon wieder zwei Uhr morgens, ehe mich Christoph zum Taxi bringt.

„Wann fährst du?", frage ich leise. Es ist so still um uns herum, dass ich meine eigene Stimme als störend empfinde.

„Sonntagnachmittag. Ich hab ein Zimmer hier in der Nähe und habe gehofft, du schenkst mir morgen noch etwas Zeit."

Nichts lieber als das, denke ich und muss aufpassen, nichts Unüberlegtes zu tun. Ich hätte den Abend gern mit einem Kuss oder einer heißen Nacht beendet, aber ich traue mich nicht. Ich habe Angst, dass das zu vieles zerstören würde, das ich so sehr genieße. Der Abend war zu schön, um ihn mit einer

Kurzschlusshandlung, die mir peinlich wäre, zu verderben.

„Was hältst du von Zoo?", schlage ich amüsiert vor. Er hat mir erzählt, er war seit Jahren in keinem Zoo mehr und würde gern mal wieder in einen gehen. Wieso also nicht?

„Klingt nach einem aufregenden Samstag.", lacht er zum Glück. Ich hätte mich mit dem Vorschlag ja auch lächerlich machen können. „Soll ich dich abholen?"

„Wir müssen eh hier vorbei, also hole ich dich ab."

„Gegen Zehn?"

„Ich werde da sein.", verspreche ich guten Gewissens. Für nichts auf der Welt würde ich das verpassen wollen. Wann war ich eigentlich das letzte Mal im Zoo?

Das Taxi steht schon neben uns. Christoph wünscht mir noch eine gute Nacht und verabschiedet sich mit einem sanften Kuss auf meine Wange. Nicht mehr. Gentleman oder Desinteresse? Ich weiß es nicht, aber ich wanke ganz schön, als ich mich ins Taxi setze und dem Fahrer die Adresse ansage.

Was ist nur los mit mir? Ich bin mittlerweile über

Dreißig und fühle mich trotzdem so prickelig wie in meiner Teenagerzeit. Ich freue mich plötzlich auf so vieles, das mir zuvor unwichtig erschien. Sogar ins Büro fahre ich gern. Der Himmel ist blauer, die Sonne scheint heller, jede Farbe ist strahlender, jeder Duft intensiver. Ich kann kaum schlafen, brauche eigentlich nichts zu essen. Kann es wirklich sein? Ich bin mir so unsicher, doch ich könnte fast sagen, ich habe mich verliebt. Vielleicht genieße ich aber auch nur, aus meinem öden Alltag ausgebrochen zu sein und mich nicht mehr ganz so einsam zu fühlen.

Zu Hause blinkt mein Anrufbeantworter. Ich habe gar keine Lust, mir die Nachricht anzuhören. Ich fürchte fast, mir gefällt der Anrufer nicht oder die Nachricht. Die wartet auch noch bis zum Morgen, wenn ich mich hoffentlich nicht mehr fühle wie bekifft im Wolkenschloss. Etwas rationaler möchte ich wieder denken können.

Das ist und bleibt ein Wunschtraum. Nicht mal das Rasseln meines Weckers stört mich, weil ich schon durch die sanfte Melodie wach werde und mich genüsslich in meinem Bett räkle. Außer Henry liegt leider immer noch niemand neben mir, aber es fühlt sich so an, als hätte Christoph neben mir geschlafen.

Zum Glück nur in meinen Gedanken, denn ich sehe furchtbar aus. So gut Haarspray auch ist, am nächsten Morgen stehen mir immer die Haare zu Berge. Es nützt nichts, eine Dusche muss her. Nicht eiskalt, aber kalt genug, um auch die Schatten unter meinen Augen zu verscheuchen.

Pünktlich zehn Uhr (genau genommen schon eine Viertelstunde zu früh) stehe ich vor dem Hotel und warte auf Christoph. Er kommt gerade zur Tür heraus. Ebenso wie ich hat er für diesen Tag auf eine gemütliche Jeans zurückgegriffen. Ich habe auch auf die hohen Schuhe verzichtet. Wir wollen den ganzen Tag auf den Beinen sein, da sind Turnschuhe bequemer.

Der Samstag ist so anders als der vergangene Abend. Diesmal sind wir ausgelassener und lachen viel. Wir sind wie Kinder und freuen uns, wenn sich die Löwen zu etwas Bewegung entscheiden, statt träge herumzuliegen. Wir essen Zuckerwatte und an meinem Rucksack hängt ein mit Helium gefüllter Ballon. Wir beobachten die agilen Erdmännchen und bestaunen die traumhaft schön inszenierte Unterwasserwelt. Ich fühle mich so leicht und unbeschwert wie damals, als ich meinen Kindergeburtstag im Zoo gefeiert habe. Ich war die

Königin der Welt und bin es heute wieder. Nichts und niemand vermag eine Kraft aufzubringen, mir diese Freiheit zu nehmen, mich einzusperren oder mir auch nur Vorschriften zu machen. Heute gibt es nur Christoph und mich als freie, ungezwungene Menschen.

Das ist offenbar ansteckend. Schon nach einer Stunde Zoobesuch fällt mir auf, wie uns vor allem ältere Leutchen beobachten und lächeln. Sie sehen so zufrieden aus, wie ich mich fühle. Eben unbeschwert.

Damit der Tag nicht so abrupt endet, entscheiden wir uns, den Fußmarsch fortzusetzen und spazieren durch den angrenzenden Park. Diesmal etwas gediegener, wir werden schließlich auch nicht jünger. Dann bringe ich Christoph zurück ins Hotel, er lädt mich zum Italiener ein und dann fahre ich nach Hause. Allein. Aber doch nicht ganz allein, denn der Kuss zum Abschied, den Christoph mir heute schenkt, beflügelt mich so sehr, dass ich ihn mit mir nehme. Diesmal trafen sich unsere Lippen zu einem Tanz der Sinne.

Ich bestehe, glaube ich, nur noch aus Wachs. Irgendwas ist mit mir geschehen und ich finde es wundervoll.

Leider ist es nicht von langer Dauer, denn Sonntagnachmittag steigt Christoph in den Zug, winkt mir noch und fährt dann davon. Er fährt fort in sein Leben und ich bleibe zurück in meinem Leben. Nur für dieses Wochenende tangierten sich unser beider Leben, bevor sie getrennt weiterlaufen. Das ist wohl Schicksal.

Kein besonders faires Schicksal, aber so ist es eben. Dementsprechend mies gelaunt verbringe ich den Sonntagnachmittag mit den liegengebliebenen Hausarbeiten. Es muss ja gemacht werden und den Samstag habe ich lieber mit Christoph verbracht.

Wir verbringen auch die Sonntagnacht mehr oder weniger zusammen. Nicht leibhaftig, sondern im Chat. Ehe ich endlich ins Bett komme, ist es drei Uhr morgens. Eigentlich lohnt es sich kaum, sich überhaupt noch mal ins Bett zu legen. Früher kursierte unter uns Teenagern die Regel, alles unter drei Stunden lohnt sich nicht. Aber ich bin kein Teenager mehr und brauche wenigstens ein bisschen Schlaf.

Meine Kollegen halten mich für krank und ich widerspreche nicht. Ich sage nur, es geht mir nicht gut, und das stimmt auch. Aber ich will nicht, dass sie mich für so verzweifelt halten, dass ich wie vor rund zwanzig Jahren die Nacht zum Tag mache.

Es ist gerade mal Neun, als mein Handy eine SMS anzeigt. Christoph. „Bist du auch so fit wie ich?" Und einen Grinse-Smiley dahinter.

Das darf jetzt nur nicht ausufern. Ich bestätige meine nicht vorhandene Fitness und schreibe ihm nur kurz, ich hätte genug zu tun, um nicht einzuschlafen. Besser die Reißleine gezogen, bevor ich eine neuerliche Konversation auf elektronischem Wege entstehen lasse, worüber ich meine Arbeit vergessen würde. Christoph antwortet auch nicht.

Zum Mittag brauche ich dringend frische Luft. Ich fühle mich einerseits so schlapp, als würde mich tatsächlich eine Erkältung in die Knie zwingen wollen. Andererseits fühle ich mich lebendig und frisch. Ziemlich widersprüchlich und ich will mit dem kurzen Ausflug dafür sorgen, dass sich das unangenehme Gefühl auflöst und nur das angenehme zurücklässt.

Ein Ziel hab ich nicht. Ich laufe einfach drauf los und genieße das Leben um mich herum. Autos über Autos, Menschen über Menschen und der typische Lärm einer Stadt. Die offenen Türen der Geschäfte, das Gedränge an den Haltestellen der Stadtbahn und klingelnde Handys rundherum. Genau diesen Schuss Leben brauche ich wie ein Junkie seinen Schuss aus der Nadel. Das Chaos einer Innenstadt ist der Defibrillator meiner Seele.

Und manchmal begegnen einem auch echte Überraschungen. Ich überlege noch, was ich essen möchte. Soll ich mich in der Fußgängerzone in den Außenbereich eines Cafés setzen oder einen Hotdog kaufen und weiterlaufen? Ich bin unentschlossen und lasse den Blick über alle Tafeln mit angebotenem Essen schweifen. Döner in allen Variationen, Pizza zum Mitnehmen oder am Tisch essen, verschiedene Bäckereien und Cafés, Imbisse und teure Restaurants. Wozu habe ich Lust? Vielleicht auch lieber etwas vom Gemüsehändler an der Ecke? Wenn ich ihn darum bitte, würde er mir sicherlich eine Paprika aufschneiden oder eine Gurke wenigstens in kleine Stücke teilen.

Und dann huscht mein Blick ganz kurz über ein Gesicht. Es dauert noch einen Moment und ich nehme im Hinterkopf schon auf, was an der Kreidetafel des nächsten Lokals steht, bis ich dem Gesicht einen Namen zuordnen kann.

„Juliana.", staune ich, ohne es aufhalten zu

können.

Ich habe sie erschreckt. Sie zuckt zusammen und reißt ruckartig den Kopf aus der Zeitung zu mir hoch. Dann fängt sie richtig niedlich an zu strahlen. „Marlene!", ruft sie hocherfreut, springt auf, wirft die Zeitung achtlos auf den Tisch und fällt mir um den Hals. Na mit so einer überschwänglichen Freude habe ich nun nicht gerechnet und versuche lachend den Angriff abzufangen, ohne auf dem Schoß eines anderen Gastes zu landen.

„Schön, dich zu sehen. Was machst du hier?"

Meine Frage hat sie entweder nicht gehört oder ignoriert sie. „Mensch, so ein Zufall. Setz dich. Nadja!", ruft sie laut ins Innere des Lokals hinein und winkt aufgeregt. Eigentlich fuchtelt sie so wild mit den Armen, dass ich Angst bekomme, mit einem Veilchen zurück ins Büro zu kommen. Ich setze mich lieber und weiche den herumwirbelnden Extremitäten aus.

Die Bedienung kommt zu uns. Lachend. „Ist ja gut. Jetzt weiß die halbe Stadt, wie ich heiße."

Ich kann mir ein Glucksen nicht verkneifen. Juliana reagiert gar nicht darauf. Mir ist allerdings nicht ganz klar, ob sie den leisen Vorwurf überhört hat oder ob es ihr einfach egal ist.

„Nadja, das ist Marlene.", verkündet Juliana und zeigt direkt auf mich.

Plötzlich ziert ein breites Grinsen das schmale Gesicht der Bedienung. „Ach nein. Lerne ich dich doch noch kennen. Freut mich."

„Jetzt hab ich Angst.", rutscht mir heraus. Wieso erzählt Juliana einer Bedienung in einem Restaurant meiner Heimatstadt von mir?

„Kein Grund." Nadja bekräftigt es mit einer gelassenen Handbewegung. „Jule hat nur von euren Zugfahrten erzählt. Was möchtest du denn?"

„Was gibt es denn?" Ich versuche krampfhaft, mir nicht zu überlegen, was Juliana erzählt haben könnte. Mein Kopf zuckt hin und her und sucht irgendwas, an dem ich festmachen kann, in welcher Art Restaurant ich gelandet bin. Sitze ich in einer Pizzeria, brauche ich vermutlich nicht nach einem Steak zu fragen.

„Ich hole die Karte.", lächelt Nadja.

Vermutlich dauert meine Pause nicht lang genug, um erst die Karte zu studieren. Ich wende mich an Juliana. „Kannst du mir was empfehlen?" Als Köchin wird sie mir hoffentlich einen guten Rat erteilen.

„Nimm den Gulasch, er ist himmlisch. Und wenn ich das sage, soll das was heißen."

„Dann nehme ich den.", sage ich einfach mal zu Nadja. Damit dürfte mir eine schwere Entscheidung genommen worden sein. „Aber ohne Knoblauch bitte. Ich habe nachher noch einen Termin."

Nadja lässt uns vorerst wieder allein und mir gegenüber sitzt eine junge Frau, die sich immer noch mit Grübchen in den Wangen freut, dass wir uns wiedergesehen haben. Das ist mir peinlich. Ich freue mich ja auch, das zu leugnen, wäre Unsinn, aber ich sehe hoffentlich nicht aus wie ein Kind beim langersehnten ersten Schnee des Winters.

„Woher kennt ihr euch?", frage ich.

„Wir haben zusammen gelernt. Seit dem ersten Tag der Ausbildung zur Köchin sind wir Freunde."

„Hast du dich gegen die Einöde entschieden?" Merkwürdig. Eigentlich ist Juliana doch eine Fremde für mich. Gut, wir haben uns zweimal dreieinhalb Stunden unterhalten, aber so richtig kennen wir uns ja nicht. Und trotzdem wallt in mir eine unbekannte Neugier auf. Ich möchte wissen, wie es ihr ergangen ist in den letzten knapp zwei

Monaten. Ich möchte wissen, ob sie einen Job gefunden hat, ob sie glücklich ist, ob sie sich wo auch immer eingelebt hat und ob alle Kollegen nett zu ihr sind. Wie bei meiner Schwester. Bei ihr will ich so was auch immer haargenau wissen, weil es mich interessiert, was im Leben meiner Schwester vor sich geht. Aber bei Juliana? Es fühlt sich genauso an, aber sie ist nicht meine Schwester. Sie ist eine Fremde.

„Ja.", lacht sie. „Ich wollte das nicht. Ich hab lange darüber nachgedacht und gehofft, sie würden mich ablehnen, aber ich bekam eine Zusage. Aber dann hab ich mir gesagt: Ich bin Neunundzwanzig, nicht Zweiundneunzig. Ich bin zu jung, um mich selbst um mein Glück zu bringen. Ich wäre dort nie glücklich geworden, das ist mir an dem einen Wochenende klar geworden."

„Dann hast du dich hoffentlich richtig entschieden. Hast du denn inzwischen einen Job?" Erst in dem Moment wird mir bewusst, dass ich die letzten sechs Wochen immer wieder an sie gedacht habe und ihr die Daumen gedrückt habe. Nicht nur, dass sie überhaupt eine Anstellung findet, auch dass sie glücklich in diesem Umfeld ist. So ein sonniges Gemüt verdient nichts als die Schönheiten des

Lebens. Leider ist das Leben meist nicht so leicht zu meistern, aber ich denke, Juliana gehört zu den Menschen, die sich nur an den positiven Seiten festhalten und die negativen unbeachtet hinter sich lassen.

Sie richtet sich auf, strafft die Schultern und hebt den Kopf. Ich weiß schon vor dem ersten Wort, dass sie zufrieden ist. Und stolz.

„Hab ich.", nickt sie. „Ich bin jetzt offiziell die Chefköchin im Hilton."

„Wow!", rufe ich vor Begeisterung viel zu laut. „Herzlichen Glückwunsch!"

„Danke.", lacht sie und entspannt sich wieder. „Ist wirklich stressig, aber genau das Richtige für mich. Hektisch, wuselig und es macht mir unglaublich viel Freude."

„Das ist doch die Hauptsache. Ich freue mich für dich." Mehr, als ich mir eingestehen mag, und noch mehr, als ich erklären könnte.

„Danke.", grinst sie schon wieder mit einem Blick, der mich an ein freches Schulmädchen erinnert.

„Bist du deshalb hergezogen?"

„Hergezogen?", lacht sie schon wieder. „Ich wohne seit sieben Jahren hier."

„Achso.", murmle ich nur. Wie dumm ich doch bin. Es ist meine Heimatstadt und ich kam nicht mal auf den Gedanken, dass sie schon so lange hier wohnt. Aber bei über einer Million Einwohnern kenne ich ja nun nicht jeden. Wieso überrascht mich die Tatsache dann so, dass Juliana eine von den zig Einwohnern ist, die ich nicht kenne?

Zum Glück kommt Nadja zurück und erlöst mich aus der peinlichen Situation. „Lass es dir schmecken."

Ich kann ihr gar nicht antworten. Wer zum Teufel soll das denn essen? Vor mir steht eine riesige Schüssel mit Gulasch und daneben ein Körbchen mit verschiedenen Brotscheiben. Einige sind mit Käse überbacken, andere mit Kürbiskernen belegt. In meiner Nase kitzelt der feurige Geruch von ungarischem Gulasch. Ich weiß jetzt schon, dass es schmecken wird.

„Hau rein.", lästert Juliana über meinen Anblick.

Das holt mich halbwegs zurück und ich rolle das Besteck aus der Serviette. „Das schaffe ich nie und nimmer allein."

„Auch gut." Juliana zuckt mit den Schultern, steht auf und kehrt von der Theke mit einem Löffel zurück.

Ich habe inzwischen den ersten Bissen genommen und kann guten Gewissens sagen: Wow, ist das lecker. Wirklich scharf und herzhaft, aber so lecker, dass ich Juliana kaum etwas abgeben mag. Mein Hirn arbeitet allerdings noch ordnungsgemäß und überzeugt mich, dass ich die ganze Schüssel sowieso niemals allein geleert bekomme.

Juliana ist eine Granate für sich. Ich schiebe die Schüssel über den Tisch weiter zu ihr. Und was macht sie? Kniet sich auf den Stuhl, stützt sich auf den Tisch und bedient sich. Gerade läuft ein alter Mann an unserem Tisch vorbei und grient vor sich hin. Juliana bemerkt ihn nicht mal, aber ich bin mir sicher, es wäre ihr ohnehin egal, was andere von ihr denken.

„Das allein ist ein Grund, immer wieder hierherzukommen.", kommentiert sie den Gulasch.

„Verrät Nadja dir das Rezept nicht?"

„Ich kenne das Rezept. Wir haben es zusammen in der Ausbildung erarbeitet. Eine Partnerarbeit. Das war das erste Mal, dass wir offiziell ein eigenes

Gericht kreieren sollten. Frag nicht, wie viele Versuche wir gekostet und fast wieder ausgespuckt haben."

„Klingt spannend.", gluckse ich und forme in meinem Hinterkopf das dazugehörige Bild. Juliana und Nadja beanspruchen die Küche der Eltern von einer der beiden. Julianas vielleicht. Der ganze Raum sieht aus wie ein Schlachtfeld, auf jeder nur möglichen Oberfläche stapeln sich dreckiges Geschirr, Rezeptbücher, Zutaten, die man vielleicht noch braucht, und Zutaten, die man bereits geschnitten hat. Und dazwischen zwei angehende Köchinnen, die sich kaum trauen, den unzähligsten Versuch überhaupt zu kosten.

„War es wirklich.", bestätigt Juliana amüsiert. „Wir hatten eine Woche Zeit und Nadja hat fast jeden Abend bei mir verbracht. Irgendwann sind wir dann eingeschlafen und morgens brach das Chaos aus. Nachmittags kam sie dann mit zu mir, weil sie mich mit dem Abwasch nicht allein lassen wollte, wir haben neue Versuche gestartet und das ganze Spiel ging von vorn los."

Angelockt von dem Thema oder der guten Laune, gesellt sich Nadja zu uns. „Ich erinnere mich.", lacht sie ebenfalls. „Ich konnte irgendwann schon keinen

Gulasch mehr sehen. Außerdem haben wir unsere anderen Hausaufgaben vernachlässigt und mussten dann einen fünfzigseitigen Aufsatz an nur einem Wochenende schreiben."

„So war ich nie.", gestehe ich lachend. „Ich habe Hausaufgaben immer an dem Tag gemacht, an dem ich sie aufbekommen habe."

„Und bei größeren Sachen?", will Nadja wissen. „So einen Aufsatz recherchiert und schreibt man doch nicht an nur einem Nachmittag. Es sei denn, man gerät unter Zeitdruck."

So ein Streber war ich dann doch nicht. „Nein, aber ich habe mir die Tage eingeteilt bis zum Abgabetermin. Tag Eins: Ideen sammeln. Tag Zwei bis Drei: Recherche in der Bibliothek. Tag Vier hab ich dann meist die Bücher genauer durchforstet und meine Gliederung aufgestellt. Am fünften Tag hab ich dann geschrieben und am sechsten Tag noch mal alles korrigiert und die Reinschrift angefertigt. Am siebten Tag hab ich nur noch auf Rechtschreibung kontrolliert und konnte es am achten Tag ordnungsgemäß abgeben."

Die beiden Ladys sehen aus, als würden sie an dem Lachanfall gleich ersticken. Ja, ich bin ein

Ordnungsfreak. Meine Bücher sind nach Themengebiet und dann alphabetisch nach Autor sortiert. Meine CDs und DVDs sind nach dem gleichen Schema fein säuberlich im Regal an ihrem angestammten Platz eingeordnet. Die Vorratsdosen in meinen Küchenschränken stehen in geraden Reihen und sind beschriftet. Die Etiketten von Konserven und Ähnlichem zeigen alle nach vorn. Meine Haarbürste hat ebenso ihren angestammten Platz wie meine Kaffeetasse beim Frühstück, die Zeitung und jeder einzelne Blumentopf. Wenn ich Geschirr benutze, dann landet es anschließend sofort in der Spülmaschine oder ich wasche es gleich ab. Wenn der Mülleimer voll ist, wird der Müll raus zur Tonne gebracht und nicht so lange gestopft, damit noch etwas hineinpasst, bis der Beutel platzt. Leergut steht an der Wohnungstür, das nehme ich mit, wenn ich zur Arbeit fahre, und stelle es in Reih und Glied in die Kiste im Kofferraum. Gehe ich dann einkaufen, habe ich immer sämtliches Leergut dabei, das seit dem letzten Einkauf angefallen ist. Und so weiter und so fort. Meine Mama hat immer gesagt, Tina ist das Chaos und ich bin die Ordnung. Zusammen sind wir das Genie.

Davon erzähle ich auch Juliana und Nadja und

habe mehrere Herzinfarkte zu verantworten. Die beiden brechen in so lautes Gelächter aus, dass es ihnen nicht nur die Tränen auf die Wangen treibt, sondern alle Menschen ringsherum erschrocken zu uns herumfahren. Noch nie zuvor war mir mein Ordnungstick so peinlich wie in genau diesem Moment, da ich so offen ausgelacht werde. Tina macht auch immer ihre Scherze darüber, doch das beruht auf Gegenseitigkeit. Sie hat sich bisher aber auch noch nie so geschüttelt vor lachen.

„Ich bin eindeutig das Chaos.", hechelt Juliana und nutzt die Serviette, um ihre Augen zu trocknen. *Meine* Serviette, weil sie sich nur einen Löffel mitgebracht hat. Und Nadja nimmt einfach ihre Schürze.

„Ich kann nicht mehr.", keucht sie nebenher. „Jule ist das krasse Gegenteil. Ich hab noch nie erlebt, dass sie pünktlich eine Arbeit abgibt oder zu einer Verabredung kommt. In ihrer Wohnung muss man unter den dreckigen Kleidern die Couch erst mal suchen. Vielleicht solltest du ihre Wohnung mal aufräumen."

„Ich vermute, da kriege ich graue Haare, bevor ich fertig bin." Auch ich muss lachen und bitte Juliana mit einem Blick um Vergebung. Dabei ist das gar nicht nötig. Ihr ist das nicht mal halb so peinlich wie mir mein Ordnungstick.

Sie macht eine wegwerfende Handbewegung und zuckt völlig unbeteiligt mit den Schultern. „Ist eben so. Ich bin, wie ich bin, hab ich meiner Mutter früher immer gesagt. Keine Ahnung, wie oft sie mich aufgefordert hat, mein Zimmer aufzuräumen. Gemacht hab ich es nie und irgendwann kam ich dann immer aus der Schule und das Zimmer war so ordentlich, dass ich nichts mehr gefunden habe. Das *Genie* beherrscht das Chaos."

„Deswegen wollte ich nie in eine WG mit dir ziehen.", sagt Nadja und steht auf. Die Schüssel ist inzwischen tatsächlich leer, ebenso wie das Körbchen mit dem Brot. Ich habe jede Sorte gekostet und werde allein deshalb bestimmt mal wieder herkommen.

„Wollt ihr noch was?", fragt Nadja.

So gern ich das annehmen würde, ruft mich die Pflicht zurück ins Büro. „Nein, ich muss los. Die Rechnung bitte."

Ausnahmsweise komme ich mal zu spät. Ich hab genug Überstunden, damit ich mir keine Sorgen über eine Viertelstunde machen muss, aber es ist ungewöhnlich für mich. Dafür ist aber die Müdigkeit verflogen. Ich bin topfit und trage das amüsierte Lachen noch als Lächeln mit ins Büro. Voller Elan kann ich mich am Nachmittag dem Steuerzahler widmen, dessen Unterlagen ich einsehen möchte. Die Steuererklärung ist die reinste Katastrophe, deshalb habe ich ihn aufgefordert, mir die Originalbelege zu bringen, um das zu prüfen. Ohne Juliana und Nadja wäre ich vermutlich nicht so schnell gewesen. So träge, wie ich mich am Vormittag gefühlt habe, wäre mein Hirn gar nicht fähig gewesen, all die Zahlen und Informationen aufzunehmen.

In den folgenden Tagen spielt sich alles irgendwie neu ein. Christoph und ich haben uns eine Deadline zugelegt. Spätestens zweiundzwanzig Uhr ist Schluss im Chat. Da wir beide sehr pünktliche Charakter sind, halten wir uns immer daran, sofern am folgenden Morgen einer unserer Wecker klingelt. Für mich betrifft das eigentlich nur Montag bis Freitag. Christoph hat ab und zu auch samstags Termine, dann erinnere ich ihn Freitagabend daran und halte mich strikt an unsere Abmachung. Noch so ein Tag wie den Montag und ich würde das kommende Wochenende komplett durchschlafen.

Das bringt mir eine bittere Erkenntnis:

Wir werden alt!

Chaos

Seit dem Klassentreffen hat sich vieles verändert, finde ich. Zuvor war ich so träge, dass ich mich um viele schöne Stunden gebracht habe, nur weil ich in mir keinen Elan gefunden habe, überhaupt erst einmal aufzustehen. Und jetzt? Jetzt tanze ich sprichwörtlich durch mein Leben, komme beschwingt nach Hause und falle trotzdem todmüde ins Bett. Es ist eine andere Art von Müdigkeit. Ein bisschen hab ich das Gefühl, die vielen Erlebnisse abseits des Büros, und seien sie nur interaktiv, schaffen mich. Ich bin es nicht mehr gewohnt, mich mit mehr als meinen eigenen Sorgen zu beschäftigen. Sorgen, die ich immer weniger als Last empfinde, nur weil ich sie teilen kann und die Kraft in mir finde, sie anzugehen. Mein Leben ist wertvoller geworden und der wertsteigernde Faktor heißt ganz eindeutig Christoph.

Ich habe gemerkt, wie wichtig es für mich ist, mich nicht immer nur im Kreis zu drehen. Ich brauche Abwechslung und das Gefühl des Lebens. Immer nur arbeiten und schlafen entspricht nicht gerade dem, was man als *Leben* bezeichnet.

Aber ich bin auch feige. Ich habe Angst, ganz schnell wieder in den alten Trott zu fallen, aus dem mich Christoph befreit hat. Das möchte ich nicht. Ich möchte wieder spüren, wie das Leben in meinen Adern pulsiert. Ich möchte am Abend wissen und benennen können, warum ich müde bin. Das reine Existieren sollte mir nicht die Kraft rauben, sondern die Abwechslungen; das Ausbrechen aus dem Alltag.

Um das zu unterstützen, habe ich mich in einem Fitnessclub angemeldet. Ob ich das durchhalte, weiß ich noch nicht, aber es macht Spaß. Vom öden Laufen auf dem Band oder Radeln halte ich nicht viel. Wenn ich laufen will, dann kann ich das auch im Park tun. Und wenn ich radeln will, dann kann ich auch einen Ausflug mit dem eingestaubten Fahrrad machen. Ich will mich nicht abstrampeln, ohne irgendwo anzukommen. Aber Aerobic macht mir wirklich Spaß. Wir sind sieben Frauen, alle etwa in meinem Alter. Zugegeben, der Großteil erfüllt das Klischee von Frauen im Mittelalter, die dem Schlankheitswahn verfallen. Aber Carolin und Nadine sind nett und nur dabei, weil es ihnen Spaß macht. Trotz des mörderischen Muskelkaters. Vor allem nach dem ersten Mal ...

Jedenfalls habe ich mir selbst versprochen, nicht wieder in dieses Loch der einsamen Trägheit zu stürzen. Dank Christoph habe ich mich mit viel Kraft aus diesem Loch herausgekämpft und wäre blöd, wenn ich selbst wieder hineinspringen würde. Mir würde eine Menge Lebensqualität verloren gehen. Dafür ist mir mein Leben zu teuer.

Wie das mit Christoph weitergeht, steht auch noch in den Sternen. Ich mag ihn, daran zweifle ich nicht. Die gemeinsamen Gespräche genieße ich, lasse mich völlig fallen und mache mich frei von allem, das mir nicht gefällt. Er kennt meinen Job und kann mir auch bei kniffeligen Sachen folgen, die mich bis in den Feierabend begleiten, und mir Rat geben. Oder auch einfach nur einen abweichenden Blickwinkel. Schematisch betrachtet treibe ich die Steuern für den Staat ein und Christoph unterstützt die Steuerzahler, nicht von mir ausgebeutet zu werden. Wären wir im Krieg, würden wir auf unterschiedlichen Seiten stehen, das macht es eben bisweilen hochspannend. Unsere Diskussionen können auch mal hitzig werden, aber nie auf feindlicher Ebene.

Wie das im Leben nun mal so ist, kann es nicht nur Sonnenseiten geben. Ich genieße jede Unterhaltung mit Christoph, ich mag ihn und freue mich, wenn wir uns wiedersehen. Auch mein Körper reagiert auf ihn und seine Berührungen. In seinen Armen kann ich mich gehenlassen und fühle mich wie eine Königin.

Aber eines fehlt: das ganz besondere Gefühl. Ich war schon das ein oder andere Mal verliebt. Dieses Hochgefühl, wenn man glaubt, die Welt aus den Angeln heben zu können, gibt sich nach einiger Zeit. Das ist normal, denke ich. Zurück bleibt ein tieferes, gediegeneres Gefühl der Zusammengehörigkeit. Aus Verliebtsein wird Liebe. Dann baut man keine Seifenblasen mehr, sondern realistische Zukunftspläne. Keine Luftschlösser, sondern ein Heim mit ordentlichem Fundament.

Und genau dieses Gefühl fehlt bei Christoph. So oft ich abends auch wachliege und darüber nachdenke, kann ich mir partout nicht vorstellen, wie wir mit sechzig Jahren zusammen auf der Veranda unseres Häuschens sitzen, ich mit dem

Strickzeug in der Hand, er mit der Pfeife am runzligen Mundwinkel, und unsere Kinder und Enkel im Garten beobachten. Nicht mal in meinen Träumen und Gedanken kann ich mir ausmalen, wie es wäre, mit ihm zusammenzuleben. Er hat schon bei mir übernachtet, oder ich bei ihm, aber nie im Alltag. Es war immer Wochenende und kein Wecker hat uns aus den Träumen in den Alltag gerissen. Er trinkt morgens meist auch nur Kaffee und isst nichts, genau wie ich. Aber wie das aussehen würde, wenn wir uns morgens für einen Arbeitstag verabschieden? Wie ich heimkommen würde und er schon da wäre oder ich das Abendessen vorbereite, bis er von der Arbeit kommt? Nein, das bringt meine Phantasie nicht zustande.

Dabei sind wir doch inzwischen schon einige Wochen ein Paar. Ein Fernpaar, denn mehr als ab und zu mal ein Wochenende ist uns nicht vergönnt. Unsere Beziehung beruht mehr auf der elektronischen Kommunikation. Kann man das überhaupt *Beziehung* nennen?

Mittlerweile haben wir den Winter endgültig abgehängt. Es ist Frühsommer, die Röcke in der Innenstadt werden kürzer, die Eisdielen laufen über und überall um mich herum herrscht noch das rege

Treiben nach dem Winter. In den langen, dunklen Monaten wird man faul und lustlos. Wird das Wetter wieder schöner, zieht es uns ins Freie unter den blauen Himmel, wir lassen uns von der Sonne kitzeln und gönnen uns das erste Eis des Jahres. Unsere Körper erwärmen sich, erwachen aus der Winterruhe, und drängen darauf, sich zu bewegen. Im Hochsommer setzt dann wieder die hitzige Trägheit ein, wenn es so heiß ist, dass einem jede Bewegung zu viel ist.

Es ist Donnerstag und ich habe noch etwas gefunden, das ich nun unregelmäßig, aber häufig verfolge: Ungarisch essen. Mindestens aller zwei Wochen gönne ich mir eine lange Mittagspause, spaziere gemütlich zu Nadja und schwatze mit ihr, während ich ihr köstliches Essen verspeise. Mittlerweile habe ich vieles der Karte probiert. Juliana ist meist dabei, wenn sie nicht gerade selbst in der Küche des Hotelrestaurants steht. Ich freue mich jedes Mal, die beiden zu sehen. Sie sind beinahe Freundinnen geworden, obwohl sich unsere Treffen auf das Mittagessen beschränken.

Mir knurrt schon der Magen. Nehme ich mir vor, Nadja zu besuchen, dann esse ich am Abend zuvor nichts und auch den ganzen Vormittag nicht, sonst würde ich die Portionen nie schaffen. Ich habe sie mal gefragt, wieso sie keine kleineren Rationen ausgibt, statt immer etwas wegzuwerfen.

Sie hat gelacht und gesagt: „Ich schmeiße selten etwas weg. Männer freuen sich über die Portionsgröße und für die Frauen biete ich an, es einzupacken, damit sie den Rest mitnehmen können."

Das ist nicht dumm, denke ich immer wieder. Nach dieser Erklärung habe ich mal auf die anderen Gäste geachtet. Tatsächlich sind die Teller der Männer meist bis zum letzten Krümel leergefuttert. Und die Frauen freuen sich, wenn ihnen angeboten wird, das Essen mitzunehmen. So ist jeder zufriedengestellt und es werden keine Lebensmittel verschwendet. Ich würde vermutlich auch aufessen und den Teller ablecken, wenn ich vorher nicht platzen würde. Dafür habe ich Donnerstagabend immer noch eine fertige Mahlzeit.

Es hat sich irgendwie eingeschlichen, dass ich immer donnerstags zu Nadja gehe. Warum, weiß ich nicht. Wie? Das weiß ich auch nicht. Mir ist es nicht mal aufgefallen, aber Nadja hat mich vor zwei Wochen donnerstags schon erwartet. Mein Einstiegssaft stand an meinem Stammplatz und wartete auf mich. Da habe ich sie gefragt, woher sie denn wissen konnte, dass ich ausgerechnet an diesem Tag komme. Und ebenso lachend wie meistens hat sie mir geantwortet, dass ich immer donnerstags aller zwei Wochen komme. Tja, ich muss mich damit abfinden. Mein ganzes Leben läuft in geregelten Bahnen. Änderungen sind durchaus möglich und auch wünschenswert, aber schwer durchzusetzen. Alles Unregelmäßige schubse ich zurecht in ein Muster und bemerke es nicht mal! Das nervt mich, ich kann es aber auch nicht abstellen.

Heute sehe ich schon von weitem Juliana an einem der Tische sitzen. Sie erkennt man auf große Entfernungen, weil allein ihr Kleidungsstil hervorsticht. Statt Sommerkleid oder Jeans und T-Shirt trägt sie meist Schlaghosen, mal aus dünnem Stoff, mal aus dickem Cord, und dazu bunte Blusen. Ich glaube, sie besitzt dieses eine Kleidungsstück in allen Farbvariationen, die man sich nur vorstellen kann, und nahezu jeder Sorte Stoff. Heute trägt sie eine, in der Blau in sämtlichen Nuancen in Spiralen verläuft. Sehr interessant. Zu auffällig für mich, aber an ihr gefällt es mir. Es steht ihr. Der Stoff ist so dünn, dass ich sogar erkenne, dass ihr Büstenhalter ebenso blau ist.

Ein weiteres Erkennungsmerkmal sind Julianas Haare, obwohl man sich da auf keine besondere Frisur verlassen kann. Die scheint immer mal krass zu variieren. Genauso wie die Farbe. Im Moment trägt sie blondes Haar mit knallpinken Spitzen. Ohne erkennbares System hat sie die Strähnen mit kleinen Klemmen nach oben gesteckt. Die pinkfarbenen Spitzen der Strähnen stehen wild von ihrem Kopf ab. Sie sieht aus wie ein Igel, der in einen Farbeimer gefallen ist.

Juliana sticht rein äußerlich immer aus der Masse hervor, obwohl sich ihr ganzes Erscheinungsbild täglich komplett ändern kann. Das Einzige, das sich nie verändert, ist ihr Gemüt. Von weither kann man sie lachen sehen und hören. Sie trägt eine Aura um sich, die nichts als Lebensfreude versprüht wie ein Springbrunnen. Das ist ansteckend und bei allen Leuten um sie herum hebt sich die Stimmung.

Nicht so am heutigen Donnerstag!

Sie sitzt ganz in der Ecke des Außenbereichs vorm Café, stützt die Ellenbogen auf den Tisch und rauft sich die Haare, soweit es die Frisur eben zulässt. Ich hätte nicht gedacht, dass man diese Frohnatur mal so ernst erleben könnte.

Das gefällt mir nicht!

Nein, das ist absolut falsch!

So soll sie nicht sein! Sie soll nicht so zusammengefallen auf einem Stuhl hocken und verzweifeln. Sie soll lachen, sie soll fröhlich sein, sie soll einfach sie selbst sein! Das da in der Ecke ist nicht mehr als ein Abbild der Juliana, die ich kennengelernt habe.

„Was ist passiert?", frage ich.

Sie hat mich nicht mal bemerkt. Ich stehe schon neben ihrem Tisch und sie zuckt erschrocken zusammen.

„Marlene.", keucht sie starr vor Schreck.

„Entschuldige.", bitte ich ernsthaft und setze mich zu ihr. „Was ist passiert?"

„Wieso?"

Ich zeige über meine Schulter Richtung Marktplatz. „Schon von der Ecke da drüben aus habe ich gesehen, dass irgendwas nicht stimmt. Kann ich dir helfen?"

Sie verdreht die Augen und wedelt mit einem Brief in ihrer Hand. „Ich hab keine Ahnung, was die von mir wollen."

„Wer?" Ich halte einfach mal die Hand nach dem Brief auf. Es wird sich doch hoffentlich klären lassen, was in einem Brief steht. Davon lässt man sich doch nicht so die Laune vermiesen, wenn man nicht mal weiß, was die überhaupt wollen. Gäbe es eine schlechte Nachricht, könnte ich schlechte Laune verstehen, aber ohne den Inhalt zu kennen?

Sie gibt mir den Brief jedenfalls bereitwillig und in ihren Augen flammt ein kleiner Hauch Lebensenergie auf. Sie ist gerade dabei, all ihre Hoffnung in meine Hände zu legen. Und ich habe nicht vor, sie zu enttäuschen.

„Das ist alles?", lächle ich ihr über den Tisch zu.

Das ist wahrscheinlich die einzige Situation, die ihr unangenehm ist. Sie zieht ein wenig den Kopf ein, lächelt schüchtern und hebt die Schultern. Ist das eine Antwort?

„Die wollen einfach nur ein paar Unterlagen."

„Wo steht denn das?", fragt sie und zerfurcht dabei erneut ihre schöne Stirn. Das soll sie lassen! Das gefällt mir nicht! Es passt einfach nicht zu ihr!

Der Brief beinhaltet zwei Seiten, beidseitig bedruckt mit grauenhafter Schrift. Das Schriftbild ist wirklich schauderhaft, aber für mich nicht neu. Auf der ersten Seite steht groß und breit „Finanzamt".

„Hier." Ich lege ihr die richtige Seite vor und tippe auch noch an die richtige Stelle.

Das hilft Juliana aber auch nicht weiter. „Und was wollen die?"

Lachend nehme ich den Brief wieder an mich und schaue genauer hin. „Die Rechnungen zur letzten Steuererklärung."

„Sag bloß, du verstehst das?"

Symbolisch ziehe ich den Hut und grinse breit. „Marlene   Schneider,   Abteilungsleiterin Steuerprüfung."

Während Juliana der Mund auf-, aber nicht wieder zugeht, beginnt hinter mir ein altbekanntes Lachen. „Wie praktisch.", gluckst Nadja und stellt meinen Saft vor mir auf den Tisch. „Dann kannst du ihr ja vielleicht helfen? Ich verstehe auch nur Bahnhof."

Genau wie viele andere, das weiß ich. Leider hab ich da nichts zu sagen, sonst würden sämtliche Bescheide und Briefe anders aussehen und auch anders formuliert werden. Die meisten, die nicht tagtäglich damit zu tun haben, müssen sich erst in den Brief vertiefen, um den Sinn zu finden. Es ist unübersichtlich und viel zu bürokratisch formuliert.

Ich kann schon verstehen, warum die meisten Menschen lieber einen Bogen ums Finanzamt machen.

„Hab ich dir das zu verdanken?!", regt sich Juliana plötzlich auf. „Das Einzige, das ich verstanden habe, ist, dass ich 500 Euro bezahlen soll. Als Strafe. Aber wofür?"

„Ganz ruhig, tief durchatmen. Nein, ich habe das nicht angestoßen. Ich kenne ja nun nicht sämtliche Vorgänge der ganzen Abteilung."

Sie entspannt sich ein wenig. „Also fungierst du als mein Dolmetscher? Von Beamtisch zu Deutsch?"

Das gefällt mir. „Dann spreche ich sogar drei Fremdsprachen. Englisch, Französisch und Beamtisch."

„Hat das Beamtisch-Studium lange gedauert?", fragt Nadja mehr oder weniger ernsthaft. „Du bist etwas zu jung für den Abschluss eines zwanzigjährigen Studiums."

Ich kann nicht mehr. Die beiden sind besser als jedes Fitnesscenter. Bauchmuskeln bekommt man in deren Gegenwart immer.

„Ich bin eben ein Naturtalent." Dabei stimmt das nicht. Es dauert seine Zeit, sich in Beamtisch hineinzufinden, aber wenn man es täglich anwendet, wird irgendwann alles Routine. Auch Chinesisch oder Beamtisch.

„Also kannst du mir das erklären?", bittet Juliana, nachdem wir uns noch ein wenig über die Beamtenwelt lustig gemacht haben. Ich habe damit kein Problem. Die meisten Witze über Beamte sind nicht mal so weit hergeholt. Dienst nach Vorschrift, lautet die Devise. Dass hinter jeder Steuernummer ein Mensch steckt, entfällt den meisten Beamten. Aber das ist bei den Versicherungen genauso. Da ist man auch nur eine Versicherungsnummer.

„Werde ich.", verspreche ich. „Dir wird ja auch keine Steuerhinterziehung vorgeworfen. Per Zufall werden hin und wieder einige Steuererklärungen genauer überprüft. Dann müssen die Rechnungen vorgelegt werden, wenn sie nicht schon bei der Erklärung eingereicht wurden. Das hast du nicht getan. Und dann dürfen und müssen wir Strafgelder verhängen."

Ich habe Juliana das Leben zurückgegeben. Sie hat sich wieder aufgerichtet und Farbe bekommen. Leider die rote Farbe der Wut. „Warum schreiben die das dann nicht einfach? Warum muss das so kompliziert sein? Ein einfacher Dreizeiler hätte es doch getan! Und wieso antworten die nicht auf meine Nachfrage?"

„Keine Ahnung, jetzt komm mal wieder runter. Ich kann dir die Fragen nicht beantworten, weil ich die Akte nicht kenne. Hast du morgen Zeit?"

So leicht kann man ihren Frust verscheuchen, weil der einfach nicht zu ihr passt. Das freche, lüsterne Grinsen schon eher. „Willst du ein Date?"

„Witzbold.", lache ich und auch sie lacht wieder. „Stelle die Rechnungen zusammen und komm morgen vorbei. Dann klären wir das."

„Du bist ein Schatz." Dieses Lächeln ist nicht frech, sondern einfach nur dankbar. „Und welche Rechnungen?"

„Für die letzte Steuererklärung."

„Alle? Ich kaufe mir immer das Programm, das mich alles abfragt. Ich trage es ein, fertig. Das Programm macht dann deine Formulare daraus."

Meine Formulare? Mir ist neu, dass ich die entworfen oder für irgendwen angefordert habe. Das liegt weit über meinem Rang im Staatsdienst.

„So machen es viele und verschenken damit viel Geld. Wusstest du, dass du die Reinigung deiner

Arbeitskleidung absetzen kannst?"

„Echt?!", staunt plötzlich Nadja dazwischen. Die steht die ganze Zeit schon neben uns, aber um ehrlich zu sein, habe ich sie vergessen. Wieso? Nur weil sie nichts sagt? Deswegen vergesse ich doch nicht gleich die Anwesenheit eines mir bekannten Menschen. Eigenartig...

„Ja. Man kann an vielen Ecken Kleinigkeiten absetzen, die in der Summe dann deutlich zu spüren sind. Egal.", entscheide ich, denn das Gespräch, das sich hier ankündigt, sprengt den zeitlichen Rahmen meiner Mittagspause. „Juliana, soll ich dir helfen, alles zusammenzustellen?"

Da ist wieder das schüchterne Lächeln eines Mädchens. „Würdest du das tun? Ich bekoche dich auch."

„Das ist ein Wort." Ich bin jetzt schon gespannt. „Dann komme ich auch endlich mal in den Genuss deiner Kochkünste."

„Wann?"

„Heute noch. Deine Frist läuft morgen ab."

„Ich weiß, deswegen bin ich ja so frustriert.", seufzt sie. „Ich will keine 500 Euro für etwas bezahlen, das ich nicht mal benennen kann."

„Außerdem würde dir das auch nicht helfen. Die Rechnungen musst du nämlich trotzdem vorlegen."

„Und ich dachte, damit kann ich mich freikaufen."

Wenn ich diese Formulierung auf Arbeit anbringe, habe ich vermutlich den Lachanfall des gesamten Hauses zu verantworten. Allein die hypothetische Überlegung, irgendwelche reichen Schnösel, die sich mit einem Fünfhunderter den Allerwertesten abwischen, könnten sich damit aus sämtlicher Steuerschuld freikaufen ... Ich glaube, dann wäre unser Land bereits sang- und klanglos untergegangen.

Wie auch immer ... Ich bin auf jeden Fall verabredet. Nadja leiht uns netterweise den Block, auf dem sie die Bestellungen notiert, und Juliana schreibt mir ihre Adresse auf. Bis sechzehn Uhr sitze ich im Büro, also bin ich pauschal gegen siebzehn Uhr bei ihr. Das ist natürlich Unsinn, weil ich nicht mehr als eine halbe Stunde bis zu ihr fahre, aber besser zu früh als zu spät.

Für den Rest meiner Mittagspause wird das Thema *Steuer* von Juliana als Tabu deklariert. Schade eigentlich. Dabei hätte ich wenigstens mitreden und mit Wissen glänzen können.

Zurück im Büro geht es mir nicht so gut, wie ich zuvor gedacht habe. Normalerweise folgt auf eine Mittagspause mit Juliana und Nadja ein energiegeladener und produktiver Nachmittag im Büro. Heute ist das aus undefinierbaren Gründen anders.

Je näher mein Feierabend rückt, desto mehr prickelt etwas in meiner Magengegend. Solange ich mich in die Arbeit vertiefe, kann ich es ignorieren, aber wenn ich eine Akte schließe und mir eine neue vornehme, spüre ich es wieder.

Ich nehme die Kaffeetasse und führe sie besonders langsam zu meinen Lippen. Ich habe eben eine Akte beendet. Mir bleiben nur wenige Augenblicke, bis ich mich in den nächsten Fall vertiefe. Dazwischen gönne ich mir einen Schluck Kaffee und dehne den Moment so weit aus, wie es eben geht. Ich möchte dieses Gefühl festhalten, es auskosten. Stelle ich die Tasse ab und lese weiter, ist das Gefühl verschwunden, solange ich mich konzentriere. Werde ich durchs Telefon herausgerissen, blitzt es wieder kurz und intensiv auf.

Eine externe Nummer ruft an und während ich meinen Spruch aufsage, schweift mein Blick zur

Uhr. Noch eine halbe Stunde! Und wieder schießt mir dieses Gefühl wie ein Blitz durch den ganzen Leib. Das Ticken des Sekundenzeigers wird lauter als die Stimme an meinem Ohr.

Ich wende den Blick ab und versteife mich darauf, das Anliegen meines Anrufers zu erfahren. Ich kann der Frau recht schnell helfen und sehe noch einmal zur Uhr hinauf.

Fünfundzwanzig Minuten.

Ich atme langsam und kontrolliert durch. Wovor hab ich nur solche Angst?

Einige Kleinigkeiten kann ich noch abschließen, dann räume ich meinen Schreibtisch auf. Wenigstens bei mir muss alles seine Ordnung haben. Da muss der Stiftehalter stehen, dort der Locher und dort meine noch offenen Akten. Ich mag es nicht, wenn ich morgens ins Büro komme und anfange, alles zu suchen.

Wie es bei Juliana wohl aussieht? Ob Nadja Recht behält und ich erst einen Stapel Wäsche beiseiteräumen muss? Oder hat sich Juliana den Tag damit verdorben, dass sie an meinen Ordnungstick denkt? Ich kann es mir nicht vorstellen, was eventuell meine Nervosität erklären würde. Ich fürchte mich davor, in einem Saustall zu stehen und hinter jedem Schrank eine Rechnung zu finden. Ich weiß nicht, wie ich verarbeiten soll, den Chaoten in Juliana so direkt vor Augen geführt zu bekommen. Ich mag sie, vielleicht sogar wegen eben dieser chaotischen Einstellung. Ändert sich das, wenn ich das Chaos mit eigenen Augen sehe? Dann würde es mir vermutlich schwerfallen, noch zu Nadja zum Essen zu gehen, weil ich immer fürchten müsste, Juliana zu begegnen.

Vielleicht war es doch keine so gute Idee, zu ihr zu gehen. Ich hätte sie zu mir einladen können. Dort finden wir aber nicht all ihre Rechnungen.

Noch eine Viertelstunde.

Eigentlich genügt es, wenn ich eine Viertelstunde länger arbeite, aber dann muss ich ja immer noch eine halbe Stunde warten.

Ich entscheide mich dagegen, eine Überstunde anzufangen. Ich werde pünktlich aufbrechen. Außerdem befehle ich mir selbst, die letzten fünfzehn Minuten nicht damit zu verbringen, dem Sekundenzeiger bei seinen Umdrehungen zuzusehen. Ich nehme mir eine letzte Akte, bei der ich weiß, dass ich nur einen Brief schreiben muss.

Alles andere liegt bereits vor, ich muss ihn nur noch formulieren. Das lenkt mich genug ab und fordert genau dreizehn Minuten, ehe ich die ganzen Ausführungen ordentlich getippt habe. Abschicken werde ich ihn erst morgen. Das will ich mir noch mal durchlesen, wenn ich mehr bei Verstand bin. Außerdem ist die Post von heute sowieso schon weg.

Computer aus, Kaffeetasse in die Küche bringen, Stifte alle wegsortieren, Akten ordentlich stapeln und zum Schluss den Monitor ausschalten. Dann ist es so weit. Ich verlasse mein Büro. Das bedeutet, ich wage den ersten Schritt Richtung Chaotin. Auf dem Weg ins Parkhaus prickelt jede Zelle meines Körpers. Von meinem Bauch aus rutscht dieses Kribbeln etwas tiefer und das Reiben meiner Hose im Schritt stimuliert Gefühle, die ich jetzt nicht haben will.

Bevor ich losfahren kann, muss ich durchatmen. Was ist denn nur los mit mir? Schematisch betrachtet, fahre ich zu einem geschäftlichen Hausbesuch. Juliana ist der Steuerzahler, ich bin das Finanzamt. Zusammen werden wir versuchen, ein gemeinsames Problem zu klären. Ich bin gut in meinem Job. Es geht um keine Großfirma, sondern um eine simple Angestellte. So schwer werden die

Fragen von ihr doch nicht sein. Wovor fürchte ich mich denn? Mir fällt nichts ein, das ich ihr nicht beantworten könnte. Und selbst wenn ich wider Erwarten etwas nicht weiß, wäre das doch auch kein Weltuntergang. Ich könnte es morgen recherchieren und Juliana anrufen. Ganz einfach. Es gibt nicht den geringsten Grund für mich, so nervös zu sein. Es gibt auch keinen Grund, den Motor jetzt nicht zu starten.

Ich erschrecke zu Tode, als es neben mir plötzlich klopft. Meine Lider schwingen auf und reflexartig drehe ich mich zu dem unerwarteten Geräusch. Dieter.

Schnell lasse ich das Fenster runter. „Hey." Ich lächle freundlich, obwohl er mich aus meiner Trance gerissen hat und ich schon wieder dieses Kribbeln im Bauch spüre. Was will der denn?

„Alles in Ordnung?", fragt er besorgt. Seine Augen sagen mir, er hätte eben ein Erdbebenopfer aus den Trümmern geborgen.

„Ja, wieso?"

„Weil du hier saßt wie ohnmächtig."

Oh ... Na ja, ich habe versucht, mich zu entspannen. Wie beim Yoga habe ich versucht, mich auf mich selbst zu konzentrieren. Mit dem Betonklotz des Parkhauses vor Augen geht das aber nicht, deshalb habe ich mich zurückgelehnt und die Augen geschlossen.

„Nein." Diesmal lächle ich aufrichtig, weil mich seine Sorge irgendwie rührt. „Ich bin nur müde und habe überlegt, ob ich wirklich fahren kann."

„Achso.", lacht er. „Na dann. Schönen Feierabend und schlaf gut."

„Du auch, danke."

Über die Situation muss ich noch eine Weile lachen. Was dachte der denn? Dass er mich als Leiche findet? Viele Menschen verachten uns, das weiß ich, deshalb ist das Parkhaus auch gut gesichert und die Post wird durchleuchtet, bevor sie verteilt wird. Aber mal ehrlich: Wer ist so blöd und überwindet alle Sicherheitsmaßnahmen, wenn er mich in fünf Minuten auf offener Straße erwischen könnte? Er müsste mir nur folgen und würde mich bei Juliana finden. Mein Wagen wird unbeobachtet am Straßenrand stehen und ich ungeschützt bis zur Haustür laufen. Na ja, niedlich finde ich Dieters Sorge trotzdem. Er ist für die Pfändung zuständig und hat vermutlich sogar noch mehr Feinde als ich.

Umso näher ich Julianas Wohnung komme, desto weiter sinken meine Mundwinkel und ich zwinge mich, an Dieter zu denken. Seinen Namen habe ich fast vergessen und sein Gesicht verblasst in der Erinnerung. Mein Navigationssystem zeigt mir die restliche Entfernung und die geschätzte Restzeit an. Die Minuten verfliegen und unaufhörlich rückt Juliana näher. Und mir wird schlecht. Ich will zu einer Köchin zum Essen gehen und mein Magen will sich schon vorher entleeren. Irgendwas läuft da völlig schief in mir.

Direkt vor dem Haus ist kein Parkplatz frei. Ich muss in der nächsten Seitenstraße parken und bin dankbar dafür. So komme ich zu einem kurzen Spaziergang, wenn man es denn so nennen möchte. Für diese Bezeichnung sind es meiner Meinung nach zu wenige Schritte, aber sie helfen mir, mich zu beherrschen. Mir sitzt Panik in den Gliedern, aber die muss Juliana bitte nicht auf den ersten Blick sehen. Die frische Luft tut gut und da ich wie immer viel zu zeitig bin, bleibe ich noch einige Minuten vor dem Haus stehen, beobachte die Menschen auf den Gehwegen und an den Fenstern, und ziehe die Luft bewusst tief in meine Lungen, bis in den Bauch hinein. Es hilft nur bedingt. Und eine Erklärung habe ich auch immer noch nicht gefunden.

Schließlich gehe ich doch ins Haus. Die Haustür steht offen und laut Klingelschild muss ich in die zweite Etage. Es gibt nur zwei Wohnungen pro Etage in dem Altbau. Das ist natürlich praktisch und erleichtert vieles.

Als ich gerade klingeln will, reißt jemand die Tür auf. Ein junger Mann rennt mich beinahe noch über den Haufen.

„Huch!", ruft er lachend. „Alles in Ordnung?"

„Alles bestens.", schmunzle ich.

„Na dann. Ciao Ciao!", ruft er und hastet die Stufen hinab. Der bricht sich noch die Knochen, wenn er über seine eigenen Beine stolpert. Er nimmt nur jede dritte Stufe und ist im Handumdrehen aus meinem Sichtfeld verschwunden. Die Wohnungstür ließ er sperrangelweit offen.

Ich luge unsicher hinein. „Hallo?"

Auf den ersten Blick werde ich wohl keine Wäscheberge beiseiteräumen müssen. Ganz im Gegenteil, die Wohnung sieht sauber und aufgeräumt aus.

Juliana kommt grinsend um die Ecke gebogen.

„Du hast meinen Bruder kennengelernt?"

„Kommt der auch immer zu spät und hat es eilig?", kann ich mir nicht verkneifen. Das ist für mich die einzige Erklärung für diesen Überfall eben.

Juliana winkt mich lachend in ihre Wohnung. „In der Hinsicht sind wir absolut gleich. Angeblich haben wir das von unserer Großmutter. Komm, setz dich."

So sehr ich es möchte, kann ich mir weiteren Spott nicht verkneifen. „Hat er dir beim Aufräumen geholfen?", vermute ich. Mein Blick streift einmal durch das ganze Wohnzimmer. Es gibt keinen Flur. Von der Wohnungstür aus gelangt man direkt in das große Wohnzimmer. Links und rechts liegen noch Flure mit weiteren Türen, aber vor mir gibt es nur weiße Ledersofas vorm Kamin um einen kleinen Tisch herum. Links grenzt eine offene Küche an den Wohnraum. Eine Küche, deren Gegenwert ich mir nicht mal vorzustellen wage. Als Köchin setzt man da vermutlich andere Maßstäbe. Meine Mikrowelle ist mein bester Freund.

Juliana läuft jedenfalls knallrot an und ich weiß mich bestätigt. „Ich mache von meinem Aussageverweigerungsrecht Gebrauch.", erklärt sie piepsend und mit eingezogenem Kopf. Offenbar bin ich nicht die Einzige mit Aufregung vor diesem Treffen.

„Schon okay. Du hast eine schöne Wohnung."

„So sauber war die seit meinem Einzug nicht mehr.", lacht sie und geht wieder zur Küche, von wo aus mich schon ein wunderbarer Duft anlockt. „Fühl dich wie zu Hause. Willst du was trinken?"

„Gern.", antworte ich und streife als Erstes die Schuhe von den Füßen. Ich soll mich wie zu Hause fühlen, hat Juliana gesagt. Dort sind die Schuhe das Erste, das ich loswerde. Zum Glück trage ich keine weißen Socken. Es fällt also nicht auf, wenn der Boden nicht gewischt wurde.

„Und was?", ruft sie und ich gehe zu ihr. Irgendwas wendet sie gerade in der Pfanne.

„Was hast du denn? Mit einem Glas Wasser wäre ich zufrieden."

„Saft?", bietet sie an und lächelt mich umwerfend niedlich an. Sie hat ja mitbekommen, dass ich bei Nadja gern Saft trinke. So hat sie mich bisher jedoch noch nie angesehen.

„Aber keine Orange." Das ist die einzige Einschränkung. Ich mag keinen Orangensaft.

„Traube?"

„Gern.", nicke ich sofort, denn den trinke ich am liebsten.

„Hell oder dunkel?"

„Dunkel, wenn du hast."

„Sonst hätte ich nicht gefragt."

Ich habe mich an den Tresen gesetzt, der wie in meiner eigenen Wohnung den Küchenteil optisch vom Wohnzimmer trennt. Juliana stellt mir ein Glas hin, das sogar direkt aus der Spülmaschine kommt, und gießt leckeren Saft ein.

Das Schweigen stört mich. Ich weiß aber auch nicht, was ich sagen soll. Mir bleibt nur sinnlose Konversation, um nicht in der Stille zu ertrinken.

„Es riecht köstlich."

„Freut mich. Dauert aber noch. Oder isst du so zeitig zu Abend?"

„Eigentlich nicht. Meistens zwischen Sechs und Sieben."

Ich sehe ihr an, wie sie eine ganz bestimmte Bemerkung unterdrückt. Sie presst kurz die Lippen zusammen, bevor sie den Mund aufmacht. „Wie passend. Müsste genau in der Mitte deiner Essenszeit fertig sein."

Auch ohne dass sie es ausgesprochen hat, weiß ich, was ihr da auf der Zunge lag. Ich habe eben meine Routine. Ich stehe jeden Tag zur gleichen Zeit auf und esse jeden Abend zur gleichen Zeit. Ich dusche auch meist zur gleichen Zeit. Natürlich gibt es Schwankungen im Minutenbereich, aber es hat sich so eingespielt. Das nennt sich Alltag, dachte ich.

Vor Juliana ist es mir trotzdem unangenehm. „Kann ja nicht jeder so ein Chaot sein. Hast du beim Aufräumen die Rechnungen gefunden?"

„Alles, was ich dazu habe, liegt in der obersten Schublade."

Sie zeigt direkt auf ein breites, weißes Sideboard an der Wand. Ich fasse das einfach mal als Einladung auf und mache mich auf den Weg zu meinem Teil der Verabredung.

Mir vergeht die Lust, als ich die Schublade öffne. Sie besitzt offenbar nicht mal einfache Schnellhefter. Da liegen nur stapelweise lose Papiere. Und oben drauf bildet eine Schicht knitteriger Zettel den Abschluss. Das sind wahrscheinlich alle

Rechnungen, die ihr beim Aufräumen in die Hände gefallen sind. Auf einen Blick sehe ich drei verschiedene Jahre.

„Oh je.", kriecht mir aus der Kehle, ehe ich es aufhalten kann. Zum Glück ist Juliana in der Küche so gefangen, dass sie es nicht gehört hat. Am liebsten würde ich das ganze Schubfach auskippen, sortieren und heften. Zusammengehörige Seiten sind nicht zusammengeheftet und fliegen völlig wild durch die breite Schublade. Das wird ein Puzzle, keine Steuererklärung.

Ich fange dennoch an, ich hab es ja versprochen. Zum Glück liegt auf dem Sideboard nichts. Kein Staub, aber auch keine Deko oder Bilderrahmen oder sonst was. Dort kann ich mich ausbreiten und erst mal nach Jahren sortieren. In meiner Aktentasche habe ich Büroklammern, einen kleinen Locher und so weiter. Sogar Heftstreifen und einen Minitacker. Das sind meine Instrumente, mit denen ich dem Chaos zu Leibe rücke!

Ich bin völlig vertieft in die Sortierung, als mir Juliana das Saftglas bringt. Sie stellt es auf das weiße Sideboard auf ein paar Papiere, die nun einen roten Ring aufweisen. Ich nehme ihr das Glas ab, lege ein Taschentuch auf das Fensterbrett hinter dem

Sideboard und stelle das Glas dort ab.

„Entschuldige.", kichert sie und versucht, den Traubensaftring vom Papier zu wischen. Das funktioniert natürlich nicht. Sie verschmiert es nur noch mehr.

„Schon gut.", schmunzle ich. „Ich hätte Nadjas Warnung ernster nehmen sollen. Immerhin hab ich alles aus dem richtigen Jahr zusammen. Jetzt lass uns hoffen, dass es wirklich alle Rechnungen sind. Übrigens musst du das nicht dein Leben lang aufheben." Ich deute auf einen nicht gerade kleinen Stapel. „Das kann alles weg."

„Echt? Ich dachte, ich muss das mit Achtzig immer noch vorzeigen können."

„Musst du nicht.", versichere ich. Damit wäre in der Schublade wieder Platz für die kommenden Jahre.

Besonders viel hat sie eh nicht abgesetzt. Bei den meisten Dingen verlässt sie sich auf die Pauschale. Eigentlich sind es pro Jahr nur die Formulare der Steuererklärung, der Steuerbescheid natürlich und die Lohnsteuerbescheinigung. Hin und wieder hat sie Rechnungen mit angegeben, die ich dazugeheftet habe, aber es hält sich in Grenzen. Da habe ich schon ganz andere Sachen gesehen.

Auch für das vergangene Jahr, wegen dem ich ja ursprünglich hergekommen bin, sind es nur sechs Belege, die ich gefunden habe. Ob das wirklich alles ist, was der Kollege haben will, wird sich nach dem Essen zeigen. Erst mal bittet Juliana mich zu Tisch. Diesem Lockruf kann ich natürlich nicht entsagen.

Es riecht so lecker, dass ich am liebsten den Dampf essen würde.

Womit ich nicht gerechnet habe, ist die Übertreibung einer Köchin. Das Gedeck sieht aus wie in einem vornehmen Restaurant. Weißes Tischtuch und viermaliges Besteck. Ich kriege jetzt schon Angst vor dem Völlegefühl.

Wir beginnen mit einem Carpaccio mit Senfdressing. Angerichtet wie in einem Sternerestaurant. Mir läuft das Wasser im Munde zusammen.

Ich werde auch nicht enttäuscht. Juliana hat wirklich was drauf. Und Spaß daran, ich sehe es ihr an. Sie lächelt ein glückseliges Lächeln in tiefster Zufriedenheit. Sie ist vollkommen ausgeglichen und mit sich und der Welt im Reinen, nur weil sie kochen darf. Das ist gut für mich. Bis auf die

Menge.

Als Nächstes serviert sie eine Steinpilzsuppe, für die ich töten würde. Meine Güte noch mal! Das ist so lecker! Mir zergehen die Pilze auf der Zunge. Irgendwas hat sie da drangemacht, das ich als eindeutige Note herausschmecke, aber nicht benennen kann.

Mir fallen die Augen zu beim ersten Löffel.

Ein leises Lachen holt mich zurück.

„Wow." Mehr fällt mir nicht ein.

„Meine Prüfungssuppe.", verrät sie lächelnd.

„Volle Punkte, nehme ich an?"

„Na ja, nicht ganz, aber fast. Ein Punkt wurde mir bei der Anrichtung abgezogen."

„Dafür gibt es auch Punkte?", staune ich. Wieso eigentlich? Dass es bei einem Koch nicht nur auf den Geschmack ankommt, ist doch logisch. Nachvollziehbar auf jeden Fall.

„Sicher.", grient Juliana. „Mit dieser Suppe hab ich übrigens auch meinen jetzigen Job bekommen. Von der Ausbildungsprüfung bis jetzt hab ich sie noch verfeinert und natürlich auch an der Anrichtung gearbeitet. Nadja hat erzählt, du isst gern

Pilze."

„Esse ich wirklich gern, das ist mir nur immer zu aufwendig.", gestehe ich ohne Gewissensbisse. Solange ich keine Familie zu ernähren habe, sehe ich auch keinen Grund, mich für die mangelnde Nutzung meiner Küche zu schämen. Hätte ich Kinder, sähe das anders aus. Die würde ich nämlich nicht nur von ungesunden Fertiggerichten ernähren.

„Dann komm zu mir.", bietet Juliana sofort an. Vielleicht hätte ich die Klappe halten sollen. „Für mich selbst koche ich nie. Für eine Person ist es schon blöd und dann auch noch für mich selbst ... Außerdem fällt auf Arbeit genug ab."

Das ist verständlich. Etwas anderes nicht: „Warum steht dein Bruder nicht jeden Abend hier?"

Juliana lacht laut auf. „Würde er vermutlich, wenn seine Freundin dann nicht beleidigt wäre. Sie mag mich nicht besonders. Das beruht auf Gegenseitigkeit."

„Oh. Ist das nicht blöd? Die Freundin deines Bruders solltest du doch wenigstens ein bisschen mögen."

„Würde ich vielleicht, wenn sie ihren reichen Daddy nicht immer so raushängen lassen würde.

Julian ist ..."

Ich muss sie unterbrechen. Habe ich mich verhört? „Julian? Ihr heißt nicht wirklich Julian und Juliana."

„Doch.", lacht sie schon wieder. „Wir sind Zwillinge und ich hab mich während der Schwangerschaft immer hinter ihm versteckt. Es war eine echte Überraschung zur Geburt, als ich auch noch kam. Unsere Eltern wussten von einem Jungen und haben sich den Namen Julian ausgesucht. Für mich ist ihnen vor Schreck nichts Besseres eingefallen. Jedenfalls ist er verrückt nach dieser Schnepfe. Sie liebt ihn, deshalb mag ich sie eigentlich. Aber wenn ich mich mit der unterhalte, beginnt jeder Satz mit: Mein Vater hat ..."

„Nett." Ich bin noch gar nicht über die Namensgebung hinweg. „Meine Schwester hat mal einen Kerl mit nach Hause gebracht, der das krasse Gegenteil war. Mit Sechzehn von zu Hause abgehauen und auf der Straße gelebt. Sie wollte unsere Eltern überzeugen, dass er mit in ihr Zimmer ziehen könnte."

„Oh." Juliana räuspert sich, um nicht zu lachen, dabei ist es aus heutiger Sicht wirklich lustig.

Damals dachte ich, die hat nicht mehr alle Tassen im Schrank. Bin ich froh, dass meine Eltern das nicht zugelassen haben.

Ich kann nur knapp dem Drang widerstehen, den Teller abzulecken. Wenn von der Suppe noch was übrig bleiben würde, könnte ich vielleicht ganz vorsichtig bitten, mir etwas einzupacken. Das wäre perfekt fürs Wochenende. Vorausgesetzt, Juliana gibt den Rest ab und ich kann es auch noch irgendwie heil bis nach Hause transportieren.

Jedenfalls bin ich satt und Juliana fängt gerade erst an. Was genau ich da esse, will sie mir erst nach dem Gang verraten. Es sieht aus wie kleine Steaks. Dazu gibt es schon wieder leckere Pilze. Ich kann kaum glauben, dass ich den dritten Teller bis zum letzten Krümel geleert habe. Dafür fühle ich mich wie eine Seekuh.

„Und was war es nun?", will ich natürlich trotzdem unbedingt wissen.

„Känguru."

Okay, damit habe ich nicht gerechnet. Ich glaube, bisher habe ich noch nie Känguru gegessen. Ich kann nur sagen: Solange Juliana es zubereitet, schmeckt es köstlich.

Nachtisch gibt es auch noch, da muss ich dann allerdings kapitulieren. Nach der Hälfte ist einfach Schluss. Es ist so lecker, dass ich weit mehr gegessen habe, als ich mir selbst zugetraut habe. Aber zum Schluss kämpfe ich nur noch um jeden Bissen.

„Ich kann nicht mehr.", jammere ich lachend. Juliana hat mich zum Sofa gebeten, wo ich mich nur an die Lehne fallen lasse und mir wünsche, den Knopf meiner Hose öffnen zu dürfen. Ich habe ja gewusst, es würde in Völlerei enden. Ich fühle mich wie ein Mastschwein, das bereit zur Schlachtung ist.

„So schlimm?", fragt Juliana mit einem mitleidigen Lächeln. Sie setzt sich neben mich und hat netterweise mein Weinglas mitgebracht.

„Ziemlich. Es war traumhaft lecker. Danke."

„Wenn es weiter nichts ist, als ein bisschen zu kochen. Willst du dich hinlegen? Ich wollte nicht, dass du dich hier schlecht fühlst."

Sie hat tatsächlich ein schlechtes Gewissen, ich höre es genau aus ihrer Stimme heraus. Irgendwie ist sie an diesem Tag sowieso ein bisschen anders als sonst. Seit ich angekommen bin, trägt sie ein warmes, sehr herzliches Lächeln auf den Lippen.

Nicht einfach fröhlich, sondern zutiefst ausgeglichen.

„Nein, ich muss noch arbeiten.", schnaufe ich und klinge wie ein Nashorn kurz vorm Angriff. Zum Glück habe ich den Stapel mit dem richtigen Jahr schon auf den Couchtisch gelegt, so muss ich nicht erst aufstehen. Obwohl mir ein Verdauungs-spaziergang wohl guttun würde.

Soweit ist jedenfalls alles da, außer eine Rechnung für ihre neue Arbeitskleidung. Die fehlt.

Juliana verdreht die Augen. „Na toll. Wo soll ich die denn jetzt hernehmen?"

„Wenn du sie nicht findest, muss das rausgerechnet werden. Bis morgen hast du ja noch Zeit." Ich lege die gesammelten Werke wieder auf den Couchtisch. „Ansonsten bringst du das morgen mit."

Da ist es wieder. Ein Glitzern in ihren Augen, das ich beim Mittag schon gesehen habe. Und dazu ein schiefes Grinsen. „Du willst also ein zweites Date?" Schon ist das Glitzern verschwunden und sie nimmt sich die Papiere. „Ich werde morgen zum Finanzamt kommen. Kann ich das direkt bei dir abgeben oder wo muss ich da hin?"

„Klar. Ich erwarte dich morgen Früh, acht Uhr vorm Haupteingang. Dann klären wir das und ich streiche die fünfhundert Euro Strafgeld."

Kommt sie morgen nicht, kann ich nichts mehr für sie tun. Dann würde sie die Erinnerung an die Zahlung kriegen und zwei Wochen später würde ihr Gehaltskonto gepfändet werden. Dabei ließe sich das leicht verhindern. Bei einer Chaotin, wie Nadja sie beschrieben hat, bin ich mir aber nicht sicher, ob sie wirklich kommt.

Als ich endlich zu Hause unter der Dusche stehe, lasse ich den Abend noch einmal durch meinen Kopf fegen. Es ist fast Mitternacht. Wir sind noch ins Schwatzen geraten und eine Stunde war verflogen wie ein Wimpernschlag. Es ist irgendwie so leicht, mit Juliana zu reden. Zumindest in der Theorie sind wir grundverschieden. Wieso fällt es uns dennoch so schwer, uns aus einer Unterhaltung zu ziehen? Schon auf dem Bahnhof haben wir noch zusammengestanden und geredet. Auf der Hinfahrt zum Klassentreffen habe ich meinen Anschlusszug kriegen müssen, sonst würden wir vielleicht immer noch dort stehen. Und auf der Rückfahrt war sie von einem Freund abgeholt worden, aber wir hatten es beide Male ausgekostet bis zur letzten Minute.

Juliana hat mir nicht nur die Suppe eingepackt. Vermutlich bin ich noch bis in die nächste Woche hinein versorgt. Von dem Nachtisch kann ich mich gleich gar nicht lösen. Vor der Dusche, nach der Dusche, vor der Post, nach der Post – immer wieder gehe ich am Tresen vorbei und nehme einen Löffel voll aus der Schüssel, die direkt neben der Schale meiner Oma steht. Vor allem die Suppe hätte es ihr angetan. Sie stammt aus einer ländlichen Gegend mitten im Thüringer Wald. In ihrer Kindheit und Jugendzeit gehörten Pilze einfach dazu. Wenn ich mit ihr im Wald unterwegs war, wusste sie immer ganz sicher, welche Pilze ich essen könnte. Leider habe ich mir zu wenig davon gemerkt, um Pilze sicher für mich zu sammeln. Ich greife auf Gekaufte zurück. Bei mir schmecken die nie so gut wie bei Juliana, aber dafür bin ich auch keine Köchin.

Ehe ich endlich im Bett liege, ist es zwei Uhr morgens, ich bin hundemüde und kann trotzdem nicht schlafen. Henry hat sich schon aus dem Staub gemacht, weil ich mich von einer Seite zur anderen drehe und nicht zur Ruhe komme. Wie heute Nachmittag, als mich diese Nervosität beinahe vom Arbeiten abgehalten hat, steigt eine Ruhelosigkeit in mir auf, die mir Schlafen unmöglich macht. Das werde ich am Morgen bereuen, so viel steht fest.

Sobald ich die Augen schließe, sehe ich Juliana. Kennengelernt habe ich sie – hoffentlich nimmt sie mir die Formulierung nicht übel – als aufgedrehten Hippie. Chaotisch, bunt, immer gutgelaunt und frei in alle Richtungen. Ihr ist völlig egal, was andere Leute über sie denken. Sie kleidet und stylt sich, wie es ihr eben gefällt. Sie lässt sich auch die Meinung nicht durch gängige Vorgaben einschränken. Von Regeln, Pünktlichkeit und Vorschriften hält sie auch nicht viel. Ich beneide sie irgendwie dafür, ohne so recht erklären zu können, wieso ich sie beneide. Ich war nie so. Pünktlichkeit ist für mich eine der wichtigsten Tugenden. Ebenso Zuverlässigkeit. Ich bin mir auch mit mir selbst einig, dass ich rein äußerlich nie so auffallen möchte wie Juliana. Das passt zu ihr und ihrem freien Geist, aber nicht zu mir. Also wofür beneide ich sie?

Heute Abend hat sie mir eine andere Seite gezeigt. Neben der völlig verrückten Chaotin gibt es in ihrem Herzen offenbar einen sehr sanften und familiären Teil. Sie hat genossen, mich zu bekochen. Das sage ich nicht nur, weil ich hoffe, noch einmal in den Genuss ihrer Kochkünste zu kommen. Direkt ausgesprochen hat sie es auch, aber das war gar nicht nötig. Mir beim Genießen zuzusehen, hatte ihr ein Lächeln ins Gesicht gezaubert, das nichts als Zufriedenheit ausstrahlte. Ich kann mir gut vorstellen, wie sie ihre acht Kinder und ihren Mann bekocht und glücklich damit ist, wenn es allen schmeckt. Die würden vermutlich alle mit Übergewicht kämpfen.

Mir dreht sich der Magen um!

Nicht von dem üppigen Mahl, sondern von der Vorstellung, wie Juliana im Alltagstrott gefangen in der Küche ihres spießigen Einfamilienhauses steht und ihren Mann mit den Kindern zum Essen ruft. Das wiederum passt nämlich nicht zu der freien Chaotin. Es wäre ein Gefängnis für sie. Das Kochen würde ihr eine gewisse Freude bereiten, aber ich denke, Wäschewaschen, Hausputz, die Spielsachen der Kinder aufräumen, die Hausaufgaben kontrollieren, ihren Sohn zum Fußball fahren und ihre Tochter vielleicht zum Ballett? Nie und nimmer könnte sie damit glücklich werden. Irgendwann vielleicht, aber vermutlich nicht in den nächsten zehn bis zwanzig Jahren.

Noch einmal drehe ich mich auf die andere Seite. Zum x-ten Mal in dieser Nacht habe ich das Fenster im Blick. Die beigen Vorhänge sind zugezogen, aber dünn genug, um den hellen Mond vor meinem Fenster in Schleiern erkennen zu können. Er scheint mich auszulachen und mein Schlafzimmer extra zu erhellen, damit ich nicht mal in der Dunkelheit zu Müdigkeit finde. Es ist taghell!

Mit dem Gedanken daran, dass der gleiche Mond vielleicht auch gerade in Julianas Schlafzimmer scheint, gefällt mir die kalte, weiße Helligkeit plötzlich.

Aber sie hält mich vom Schlafen ab, also drehe ich mich noch einmal um. An der Wand gegenüber des Fensters bewegt sich der Schatten eines Traumfängers. Den habe ich schon, seit ich denken kann. Laut meiner Mutter war es ein Geschenk meines Urgroßvaters zu meiner Geburt. Er hat ihn selbstgemacht. Meine Eltern haben ihn über mein Kinderbett gehängt. Vom Säugling bis zum Teenageralter. Da hatte ich dann eine Phase, in der ich das doof fand. Ich bin meiner Mama sehr dankbar dafür, dass sie ihn nicht weggeworfen hat, wie ich es wollte. Sie hat ihn aufbewahrt und nach dieser Entwicklungsphase der Befreiung wieder an mich übergeben. Seither hängt er über jedem meiner Betten. Egal wie oft ich noch umziehe in meinem Leben, der Traumfänger kommt mit. Allerdings müsste ich erst einmal schlafen, bevor ich überhaupt träumen kann.

Ich mag den Traumfänger. Er ist wertvoll für mich. Auch wenn mir das Schattenspiel im Augenblick schwer auf die Nerven geht. Dazu die Lehne meines Stuhls, auf der noch mein Hut hängt. Blöd, wie ich eben bin, denke ich kaum ans Einschlafen, sondern suche Figuren, die ich im Schatten erkenne. Die Ente dort in der Ecke zum Beispiel. Ihr Schnabel steht offen, als würde sie mich anquaken und sagen, ich solle endlich schlafen. Ich kann noch so lange überlegen, was diesen Schatten wirft, ich finde es nicht heraus. Was tue ich also? Ich setze mich auf, drehe immer wieder meinen Kopf herum und suche den Ursprung der Ente. Das macht natürlich überhaupt nicht müde und irgendwann klingelt mein Wecker.

Super!

Schon wieder eine durchzechte Nacht. In meinem Alter sollte ich das unterlassen. Zum Glück ist Freitag und ich habe das ganze Wochenende zur Erholung vor mir.

Beim Frühstück werfe ich noch schnell einen Blick in meine Emails und darf feststellen: Ich werde vermisst! Christoph hat geschrieben und gefragt, ob alles in Ordnung ist. Er hat mich am Abend zuvor im Chat vermisst. Ich schreibe ihm nur kurz, dass ich bei einer Freundin war und wir uns festgequatscht haben. Mehr fällt mir nicht ein.

Falsch ist diese Aussage ja nicht, aber eben auch nicht ganz richtig. Um ehrlich zu sein, habe ich mit keiner Silbe an Christoph gedacht. Wir schreiben uns jeden Abend wenigstens ein paar Sätze. Es ist nicht nur für mich ein schönes Gefühl, wenn man nach Hause kommt und einen jemand erwartet. Nicht persönlich, aber wenigstens im Chat. Das genieße ich Tag für Tag, genau wie Christoph. Ich wusste doch genau, dass er mich ebenso erwartet. Ich hätte ihm eine SMS schreiben können, dass es an dem Abend eben nicht ginge. Wieso hab ich es nicht getan, nicht mal daran gedacht? Juliana und ihr Festschmaus haben Christoph in meinem Geist völlig ausgeblendet.

So genau schreibe ich ihm das natürlich nicht, aber es nagt an mir. Ich fahre zu einer eigentlich Fremden, um ihr bei der Steuer zu helfen, und vergesse darüber meinen Freund. Kein besonders gutes Zeugnis für mich als Christophs Freundin.

Dementsprechend mies ist meine Laune, als ich

zur Arbeit fahre. Unterwegs grüble ich vor mich hin und suche genau den passenden Augenblick, den ich verpasst habe. Ein Moment, in dem mir bewusst wurde, dass ich erst spät nach Hause komme. Ein Augenblick, während dem ich an Christoph gedacht habe und hätte ihm schreiben können.

Nicht mal den finde ich!

So oft ich den Abend auch minuziös durchgehe, finde ich nicht eine einzige Sekunde, in der ich an ihn gedacht habe. Wenn ich mit Christoph sogar leibhaftig beisammen bin, weil er mal wieder ein ganzes Wochenende frei hat und mich besucht, da fallen mir tausende Gelegenheiten ein, in denen ich an Juliana denke. Umgekehrt muss ich einsehen, denke ich nie an ihn, sobald Juliana in meiner Nähe ist. Donnerstags zum Essen bei Nadja zum Beispiel. Ich fiebere diesem Termin entgegen und hoffe jedes Mal aufs Neue, dass Juliana dabei ist. Sehe ich sie dann von der Ecke aus, hält mich nichts mehr auf. Niemand existiert mehr in meinem Hirn, außer Juliana und ein gemeinsames Mittag.

Und auf der anderen Seite steht Christoph. Sitze ich mit ihm in einem Café, dann denke ich an Juliana, wie sie sich den Zucker, der für den Kaffee auf dem Tisch steht, auf die Fingerkuppe schüttet und ihn genüsslich abschleckt. Gehe ich mit Christoph spazieren, denke ich an Juliana, wie sie tänzelnden Schrittes auf Nadjas Restaurant zukommt. Die Leute sehen sich nach ihr um und weichen ihren fliegenden Armen aus. Manchmal trägt sie noch eine Tasche oder einen Beutel bei sich, dann sollte man weiter ausweichen. Sie erhellt einen ganzen Marktplatz mit ihrem Frohsinn. Christoph und ich dagegen gehen in der Masse unter und fallen überhaupt nicht auf. Weder negativ, noch positiv.

Die Erkenntnis ist bitter und meine Laune rutscht in bisher nie erreichte Tiefen.

Es kostet mich einige Anstrengung, diese Laune nicht an jedem auszulassen, der gerade in der Nähe ist. Der Kerl an der Tankstelle zum Beispiel. Oder der Pförtner am Parkhaus, der jeden Ausweis registriert. Oder der Pförtner im Hauptgebäude, der Besucher empfängt und ihnen den Weg weist. Mir muss er den Weg nicht weisen, ich kenne mich aus in dem Haus. Normalerweise komme ich morgens auch nicht bei ihm vorbei, aber ich bin ja schon wieder verabredet.

Zehn vor Acht stehe ich vor dem Hauptgebäude und warte. Dass Juliana zu früh kommen würde, erwarte ich nicht. Aber dass sie pünktlich kommt, damit rechne ich eigentlich schon.

Vergeblich!

Ich stehe mir die Beine in den Bauch! Es ist fünf nach Acht, von Juliana keine Spur. Es wird Viertel nach Acht und immer noch nichts zu sehen. Inzwischen bin ich den Weg vorm Finanzamtsgebäude schon zig mal auf und ab gelaufen, weil ich nicht nur blöd rumstehen will.

Sage und schreibe vierzig Minuten lässt sie mich warten! Ohne die zehn Minuten, die ich zu früh da war!

Ich hoffe, sie hat eine gute Erklärung. Auf jeden Fall kommt sie sehr schnell angerannt und sieht aus, als hätte sie von zu Hause aus die knapp zehn Kilometer bis hierher im Sprint zurückgelegt. Sie muss noch die Straße überqueren und vergisst, dass da auch Autos fahren. Zum Glück wird sie nur angehupt und nicht angefahren!

„Tut mir leid!", ist das Erste, das sie keuchend von sich gibt.

Ich bin dennoch stinksauer und sehe nicht ein, sie das nicht spüren zu lassen. Sie ist schließlich wirklich der Grund meiner Wut. Nicht der Pförtner, nicht der Tankwart, sondern Juliana. Wenn auch in anderen Ausmaßen, als sie annimmt. „Bist du dir bewusst, dass ich seit einer Dreiviertelstunde hier stehe und meinen Feierabend nach hinten verschiebe?", frage ich ärgerlich.

„Tut mir wirklich leid.", hechelt sie und beugt sich nach vorn, um sich auf den Knien abzustützen. „Mein Wagen ist nicht angesprungen."

Das kann ja vorkommen, dafür gibt es eine Erfindung, die sich im deutschsprachigen Raum Handy nennt. „Wieso hast du nicht angerufen?"

„Weil ich deine Nummer nicht habe.", erklärt sie leise. Sie steht vor mir wie ein Schulmädchen, das sich eine Standpauke abholt. „Ich hab drinnen angerufen, aber die haben gesagt, du bist noch nicht da."

Es wäre also besser gewesen, wenn ich doch schon reingegangen wäre. Ich habe in der vergangenen Stunde oft mit dem Gedanken gespielt, Juliana sich selbst zu überlassen, aber ich hab es nicht über mich gebracht. Sie braucht meine Unterstützung, dessen bin ich mir bewusst und demzufolge unfähig, ihr diese Hilfe zu verweigern. Jetzt ist es eh zu spät. Im wahrsten Sinne des Wortes ...

„Na los. Wir trinken einen Kaffee und klären alles. Hast du die Rechnung noch gefunden?"

„Ja." Sie runzelt unsicher die Stirn. „Wie die zwischen meine Socken gekommen ist, würde mich aber schon interessieren."

So wütend ich auch auf sie bin, dass sie ausgerechnet einen Termin beim Finanzamt verschwitzt, so amüsant finde ich diese Aussage auch. Laut Nadja ist es absolut nicht verwunderlich, wenn sich Rechnungen zwischen den Socken verstecken. Oder der Hausschlüssel im Besteckkasten. Oder die Kreditkarte als Lesezeichen. Das ist eben Juliana, wie sie leibt und lebt.

Ich will mich trotzdem nicht über sie lustig machen, daher gehe ich einfach nicht darauf ein. „Na schön. Dann wollen wir mal. Wann beginnt deine Schicht?"

Noch etwas, das typisch für Juliana ist: Sie trägt keine Uhr am Handgelenk. Im Zeitalter der Smartphones ist das auch nahezu unnötig, aber ich trage die aktuelle Uhrzeit trotzdem gern am Handgelenk. Mein Handy hab ich ja schließlich nicht permanent in der Hand.

Juliana greift nach meiner Hand, dreht sie ein Stück, genau wie ihren Kopf, und schaut auf meine Uhr. „Scheiße. In einer Viertelstunde."

Amüsiert schüttle ich den Kopf und nehme ihr die Mappe ab. „Vertraust du mir das an?"

„Sicher.", strahlt sie schon wieder wie ein Kind zu Weihnachten. Das beeindruckt mich an ihr immer und immer wieder aufs Neue. Ich glaube, sie kann Freude und Glück auf einer Ebene empfinden, die ich nie erreichen werde. Es ist eine reine und unschuldige Freude. Wäre die Situation umgekehrt, würde in meinem Hinterkopf die Suche nach Hinterhalten laufen. Ich würde mich vielleicht auch freuen, aber nicht so wie Juliana, solange ich nicht mit absoluter Gewissheit wüsste, dass sie mich nicht hereinlegt. Ich habe natürlich nicht vor, ihr in irgendeiner Weise zu schaden, aber ich könnte. Juliana kommen solche Gedanken anscheinend nie.

„Danke.", sagt sie und ich bin machtlos. Ich will ihr noch mehr helfen, deshalb reiche ich ihr meinen Autoschlüssel. Anders kann sie es unmöglich bis zum Hotel schaffen.

„Bring ihn heute Nachmittag wieder her."

Einen Moment starrt sie ungläubig auf den

Schlüssel in meiner Hand, dann fällt sie mir quiekend um den Hals. „Danke!", schreit sie mir so laut ins Ohr, dass ich das unangenehme Rauschen vermutlich noch den restlichen Tag höre. „Danke, danke, danke, danke, danke ..."

Wir stehen noch so lange hier, bis sie doch noch zu spät kommt. Es ist besser, wenn ich sie unterbreche. Ein Lachen kann ich mir jedoch nicht verkneifen.

„Geh schon. Ich gebe hinten Bescheid. Er steht im Parkhaus. Ebene zwei, links hinten."

Ich zeige auf das potthässliche Betongebäude zu unserer Rechten. Wie mechanisiert folgt Juliana meinem Finger, bevor sie mich wieder anstrahlt.

„Du bist ein Engel. Danke."

„Geh.", lache ich und schiebe sie zu dem Gebäude hin, sonst steht sie heute Abend immer noch vorm Haupteingang.

Lachend mache ich mich auf den Weg zu meinem Arbeitsplatz. Dem Pförtner gebe ich Bescheid, er soll im Parkhaus anrufen und sagen, dass mein Wagen mit anderer Besatzung aus dem Parkhaus fährt. Sonst würde man Juliana vermutlich aufhalten und in Handschellen von der Arbeit abhalten.

Auf dem Brief vom Amt, der das Zwangsgeld für Juliana verhängt hat, steht der Name des Bearbeiters. Stefan Baumgarten. Das wundert mich nicht, ärgert mich dafür aber umso mehr.

Als ich in sein Büro komme, sitzt nur seine Kollegin an ihrem Schreibtisch.

„Guten Morgen.", lächelt sie freundlich.

„Guten Morgen. Weißt du, wo Herr Baumgarten ist?" Sein Computer ist noch nicht an, keine Kaffeetasse auf dem Tisch, kein Notizblock bereitgelegt, keine Akte offen zur Bearbeitung auf dem Tisch ...

„Kommt heute später. Zahnarzttermin."

„Okay. Danke."

Dann mache ich es eben selbst. Für einen Moment habe ich überlegt, Julianas Papiere einfach auf seinen Tisch zu legen, aber dann nehme ich sie doch mit und werde die Sache selbst bereinigen.

Ich arbeite schon lange in der Steuerprüfung. Seit knapp einem Jahr hab ich die Leitung der Abteilung übernommen. Seitdem beschäftige ich mich hauptsächlich mit den schwierigen Fällen, bei denen gesonderte Entscheidungen getroffen werden müssen. Die meisten Telefonate während meiner Arbeitszeit führe ich mit Anwälten wie Christoph.

Trotzdem habe ich den Umgang mit einer so einfachen Sache nicht verlernt. Ich kenne die Programme und Vorgehensweisen. Es ist also kein Problem für mich, die Daten zu erfassen und das vorläufige Zwangsgeld auszusetzen. Am Ende des Flurs steht der Gemeinschaftsdrucker mehrerer Büros. Dort kommt der Brief heraus, der Juliana bestätigt, dass sie keine fünfhundert Euro bezahlen muss. Ihre Papiere stimmen mit den Angaben ihrer Steuererklärung überein, es gibt auch sonst keinen Grund, irgendetwas davon abzulehnen – so einfach darf mein Job gern öfter sein.

Aber ich bin neugierig. Ich will wissen, wie es dazu gekommen ist, dass eine unschuldige Frau kurz davor stand, ein Strafgeld für eigentlich nichts zu bezahlen. Es hätte nicht mehr viel gefehlt und ihr Gehalt wäre gepfändet worden, ohne dass es einen Grund dafür gegeben hätte. So etwas soll es in meiner Abteilung nicht geben! Das habe ich mir auf die Fahnen geschrieben, als ich den Job angenommen habe.

Ich gehe die Korrespondenz durch. Tatsächlich gab es keinen Anlass, bei Juliana eine Prüfung durchzuführen. Sie war per Zufall ausgewählt worden. Ich finde auch ihr Schreiben, in dem sie offen zugibt, keine Ahnung zu haben, was wir von ihr wollen. Die Antwort darauf ist allerdings wenig zufriedenstellend. Stefan Baumgarten ist in seiner Antwort überhaupt nicht darauf eingegangen. Er hat das Strafgeld als Drohung verhängt, das ist durchaus üblich. In dem dazugehörigen Schreiben steht nur die Wiederholung der Forderung zur Vorlage der Unterlagen. Aber nicht mit Herrn Baumgartens eigenen Worten ausgedrückt, sondern wieder genau der gleiche bürokratisch-kryptische Text, der in der ersten Aufforderung steht. Dass Juliana das nicht weitergeholfen hat, war doch abzusehen. Genau so etwas soll es nicht geben!

An meinem ersten Tag als Abteilungsleiterin habe ich die ganze Abteilung in einem Raum für eine kleine Ansprache versammelt. Ich weiß noch, wie lange ich über den Worten gebrütet habe, die ich zur Einführung sagen wollte. Dazu gehörte auch meine Forderung, kein Beamtisch, sondern Deutsch mit den Steuerzahlen zu sprechen. Etwas anders habe ich es natürlich ausgedrückt, aber es ärgert mich, dass so ein Fall überhaupt zustande kommen konnte. Das habe ich doch extra betont. Hat der das vergessen oder mutwillig ignoriert?

Herr Baumgarten ist sechsundfünfzig Jahre alt. Er arbeitet schon länger in dieser Abteilung, als ich überhaupt rechnen kann. Genau da liegt aber auch das Problem. Als mir die Stelle der Abteilungsleitung angeboten wurde, hat man mich hinter vorgehaltener Hand durch die Blume vor ihm gewarnt. Er kennt sich in der Materie aus und arbeitet fleißig, das will ich ihm nicht aberkennen. Aber er hatte schon ein Problem damit, sich einer Frau unterzuordnen. Frauen gehören an den Herd und nicht in eine Behörde, höchstens als Schreibkraft. So in etwa, nur etwas unhöflicher, hat er es damals ausgedrückt. Und dann bin ich auch noch so viel jünger als er. Ich könnte seine Tochter sein.

Von Anfang an steht er mir feindselig gegenüber. Es ist nicht so, dass er Ärger heraufbeschwört, aber er gibt mir deutlich zu verstehen, dass er mit mir nicht einverstanden ist. Mit vielen meiner Leute bin ich per Du. Stefan Baumgarten gehört nicht dazu. Ich kann es mir bei ihm einfach nicht erlauben, die hierarchische Distanz zu verringern. Theoretisch leite ich die Abteilung im freundschaftlichen Miteinander. Ein angenehmes Arbeitsklima ist mir sehr wichtig und die meisten wissen das zu schätzen. In den Augen meines Problemkindes werde ich es aber nie zu ehrlichem Respekt schaffen. Damit muss ich leben. Und er auch, solange er meine Autorität nicht untergräbt. Da werde ich ungemütlich!

Das kann ich auch nicht unausgesprochen durchgehen lassen. Gerade bei diesem alten Kauz muss ich hinterhersein, um ihm gar nicht erst das Gefühl zu geben, er könnte hier machen, was er will. Ich leite die Abteilung und das heißt, jeder arbeitet nach *meinen* Vorgaben. Ende der Diskussion!

Ich gestehe, ich habe vieles verändert in meiner neuen Position. Ich habe Vorgänge optimiert. Carola zum Beispiel. Sie ist erst ein Jahr vor mir in diese Abteilung gekommen. Und zwar direkt von der Ausbildung. Sie ist jung und weiblich und aufgeschlossen. In ihren Akten gibt es nicht mal halb so viele Rückfragen wie bei Herrn Baumgarten. Damit spart sie jede Menge Zeit und das rechnen mir meine Vorgesetzten sehr hoch an.

Stefan Baumgarten wird es nie verstehen, das weiß ich. Aber hin und wieder muss ich ihn mal wieder in seine Schranken verweisen und bitte Martina, meine Sekretärin, ihn zwischen zwei Termine an diesem Tag zu schieben, sobald er vom

Zahnarzt da wäre.

Das ist allerdings erst kurz nach dem Mittag. Herr Baumgarten sieht mies aus. Es schien ein anstrengender Termin gewesen zu sein, aber wenn er sich für diesen restlichen Tag nicht krankschreiben lässt, dann ist er auch gesund genug, sich einen Einlauf abzuholen.

Kurz nach dreizehn Uhr klopft es an meine Bürotür.

„Herein!", rufe ich.

Martina öffnet die Tür. „Herr Baumgarten ist da."

„Danke." Ich nicke ihr lächelnd zu, doch in meinem Magen bildet sich ein Knoten. Ich mag solche Unterredungen nicht. Man kann mit der Peitsche führen oder in Freundschaft. Beides kann das gleiche Ergebnis bringen und zumindest in der Theorie bin ich für die freundschaftliche Schiene. Das geht aber nur, wenn alle anderen das auch wollen. Herr Baumgarten will es nicht. Das akzeptiere ich. Nur er nicht!

Mir droht die Galle zu platzen, wenn ich schon sehe, wie er in mein Büro hereinstolziert. Hoch erhobenen Hauptes, gestraffte Schultern. Er ist einen guten Kopf größer als ich, sodass er natürlich auf mich hinabsehen kann. Das bezieht sich allerdings nur auf die körperliche Größe. Einschüchtern lasse ich mich von diesem Graukopf nicht.

„Setzen sie sich.", sage ich zu ihm und deute auf den Platz vor meinem Schreibtisch.

Er setzt sich und schweigt.

Ich reiche ihm die Akte über den Tisch. „Erklären sie mir das bitte.", fordere ich und warte. Dass er nicht jede Akte auswendig kennt, ist normal. Er muss sich wenigstens kurz hineinlesen. Daraus mache ich ihm keinen Vorwurf. Aus dem folgenden Blick allerdings schon. Arroganz!

„Und was soll ich erklären?", fragt er unschuldig. Ich bin mir nicht ganz sicher, ob er wirklich nicht weiß, worauf ich hinaus will, oder ob er mich zum Narren hält. Es würde beides zu ihm passen.

Ich lehne mich entspannt zurück. „Frau Taubert hat deutlich geschrieben, sie weiß nicht, was wir von ihr wollen."

Herr Baumgarten ist genervt, blättert eine Seite weiter und hält mir die Mappe hin. „Und ich habe ihr geantwortet."

„Mit dem gleichen Standardtext.", ergänze ich. „Ich hatte gesagt, sie sollen ordentliches Deutsch mit den Leuten reden. Vor allem, wenn derjenige direkt schreibt, er weiß nichts mit der Forderung anzufangen. Sie hätten sich das sparen können."

Er blickt auf die Mappe hinab, doch ich kann deutlich die verdrehten Augen sehen. „Steht doch eindeutig drin."

Diesmal verdrehe ich ungesehen die Augen. Hört der Kerl eigentlich nicht zu?

„Herr Baumgarten, es kommt eindeutig zu oft vor, dass ich sie deshalb hier sitzen habe. Hätten sie auf Frau Tauberts Nachfrage hin einen kurzen Dreizeiler mit ihren eigenen Worten geschrieben, hätte die Sache lange vom Tisch sein können. Wieso haben sie gleich den Schritt zum Strafgeld gewählt, ohne ihr den eigentlichen Hintergrund zu erklären? Sie hätten noch hunderte Strafgelder verhängen können. Die Belege hätten sie dafür auch nicht bekommen und irgendwann wäre sie mit einem Anwalt hier aufgetaucht. Genau diese ellenlangen Prozesse will ich abschaffen."

Ich appelliere an seine Vernunft und seine Einsicht. Dass das keinen Sinn hat, weiß ich vorher schon. In etwa mit den gleichen Worten habe ich das Gespräch bereits viermal geführt. Ein weiteres Mal wird es nicht geben.

„Ich kann doch nicht jedem einzeln schreiben. Da werde ich nie fertig.", erklärt er, als wäre ich nicht nur ein wenig begriffsstutzig, sondern völlig fehl am Platz.

Nur nicht aufregen, sage ich mir und bleibe äußerlich souverän und gelassen, aber deutlich autoritär. „Sie müssen das doch nicht jedes Mal neu formulieren. Ich habe mir einige Vorlagen dafür angelegt, auf die ich immer wieder zurückgreife." So schwer ist das doch nun auch nicht zu verstehen. Ich drücke mich doch nicht undeutlich aus. Vielleicht sollte ich auf Beamtisch zurückgreifen, damit er es kapiert.

„Na schön.", stöhnt er und erhebt sich. „Ich werde mein Bestes geben." Diese Worte sind für mich bestimmt. Die folgenden murmelt er nur leise beim Hinausgehen. „Oder ich lasse mich in eine andere Abteilung versetzen."

Diesen Satz sollte ich garantiert nicht hören. Aber ich habe ihn gehört. „Herr Baumgarten!" Er dreht sich in der Tür noch mal um. Mein Blick ist ernst. „Soll ich ihnen den Antrag auf Versetzung gleich abzeichnen? Im Archivdienst ist zurzeit eine Stelle frei."

Ich kann deutlich seine Kiefermuskulatur spielen sehen. Sein Kollege sagte mal zu mir: „Für Stefan sind Frauen nur halbe Menschen. Sie sollen nicht denken, nur den Haushalt ausführen."

Solche Dinosaurier machen mich unglaublich wütend, gibt es zum Glück aber nicht mehr ganz so häufig. Seit die Frauen in den vergangenen Jahrhunderten um Gleichberechtigung gekämpft haben, ist viel Zeit vergangen, bis eben diese Gleichberechtigung im Gesetz verankert wurde. Zu hundert Prozent durchgesetzt ist es allerdings immer noch nicht. Aber im Laufe der Zeit hat sich das Denken der Männer angepasst. Langsam und immer noch zu wenig für meinen Geschmack, aber es ist besser als im neunzehnten Jahrhundert. Herr Baumgarten hat offenbar einen Schritt der letzten Jahrzehnte verpasst. Dass ihm eine Frau Ansagen macht, stinkt ihm schon. Aber dass ihm eine Frau auch noch als Chefin vor die Nase gesetzt wurde, wird er wohl nie verkraften. Frühestens zum Renteneintritt.

Vorerst habe ich jedoch gesiegt und werde seine weiteren Aktivitäten genau überwachen. Für das heutige Gespräch wandert eine Notiz in seine

Personalakte, er bekommt eine Kopie, und beim nächsten Mal darf er sich von diesem Arbeitsplatz verabschieden. Ich habe ihm mehr als eine Chance gegeben. Mir ist natürlich anfangs schon bewusst gewesen, dass ich nicht sämtliche Abläufe innerhalb von zwei Tagen umstellen kann. Aber wenn sich mir jemand so widersetzt, dann bleibt mir keine andere Wahl, als die entsprechenden Konsequenzen zu ziehen. Das wird ihm wehtun, auch wenn er es nicht aussprechen würde. Ich möchte diesen Schritt vermeiden, aber dafür muss er endlich anfangen, mich und meine Stellung zu akzeptieren.

Martina weiß Bescheid und tippt die Aktennotiz für die Personalakte. Sie händigt Herrn Baumgarten auch die Kopie aus. Ich frage sie, ob ich das nicht lieber selbst machen soll, damit sie nicht den Frust abfangen muss. Sie will es aber, denn das ist ihr Job. Im Gegensatz zu ihm hat Martina den Begriff Emanzipation verstanden. Sie ist eine unglaublich starke Frau und wird mit dem Kauz schon fertig. Sie will es unbedingt. Sie hat mal gesagt, besonders dem gegenüber will sie nicht sein Weltbild der schwachen Frau bestätigen.

Etwas später am Nachmittag klingelt mein Handy. Ich hab am Morgen offenbar vergessen, es lautlos zu stellen. Das kann wohl jedem mal passieren. In der Regel klingelt mein privates Handy nicht während der Arbeitszeit.

Die Nummer habe ich erst heute Morgen eingespeichert und weiß schon vor der Annahme des Gesprächs, dass ich meinen Wagen nicht pünktlich zurückkriege.

„Hey.", gehe ich schmunzelnd ran. Mal sehen, welche Ausrede sie parat hat.

„Hey." Es klingt, als würde sie rennen. „Kann ich dir deinen Wagen später bringen? Ich bezahle dir auch das Taxi. Julian hat eben angerufen. Seine Freundin hatte einen Autounfall und liegt im Krankenhaus. Sie soll gleich operiert werden. Julian ist völlig fertig und ich würde gern zu ihm und ..."

Es geht nicht anders! „Juliana!", schreie ich so laut in mein Handy, dass ich durch die geöffnete Tür sehe, wie Martina zusammenzuckt. Aber immerhin bleibt es eine Sekunde still an meinem Ohr. Die muss ich nutzen. „Kein Problem. Sag deinem Bruder schönen Gruß von mir. Ich hoffe das Beste."

Ganz ehrlich: Wer würde Juliana in der Situation einen Vorwurf daraus machen, dass sie ihrem Bruder beistehen will? Sie kann weder seine Freundin operieren, noch ihm wirklich helfen. Aber ich würde auch nicht allein im Krankenhaus sitzen wollen, während in einer vielleicht stundenlangen Operation versucht wird, das Leben meines Partners zu retten. Seine Gedanken werden im Operationssaal sein, aber allein die schweigende Anwesenheit seiner Schwester wird ihm guttun. Ich bin die Letzte, die auf die Rückgabe des Autos besteht.

Juliana dankt mir noch so oft, bis sie keine Luft mehr bekommt und ich das Gespräch auf die unhöflichste Weise beende. Ich sage einen letzten Abschiedsgruß und lege auf, ohne sie noch mal zu Wort kommen zu lassen.

Martina steht schon in der Tür und will wissen, ob alles in Ordnung ist. Ich erzähle ihr kurz davon und sie bietet mir an, mich nach Hause zu fahren. Und genau das wird Herr Baumgarten nie verstehen. Martina ist mir hierarchisch untergeordnet – keine Frage. Sie weiß das auch, respektiert mich und achtet meine Stellung. Aber sie bietet mir das nicht an, weil ich ihre Vorgesetzte bin und sie sich einen Vorteil erhofft, sondern weil wir ein freundschaftliches Miteinander pflegen. Deshalb lehne ich auch nicht ab. Das würde sie unnötigerweise kränken.

Ich lasse mich aber nur bis zum Markt fahren. Es ist schließlich Freitag!

Ich bin sehr stolz auf mich. Im Hinterkopf habe ich während meines Bummels über den Wochenmarkt die Information wie ein Mantra in einer endlosen Schleife laufen lassen, dass zu Hause noch eine Mahlzeit auf mich wartet. Die Reste von Nadja und Juliana werden mich übers Wochenende bringen. Dementsprechend weniger muss ich einkaufen und habe mich gut daran gehalten. Es sind nur zwei statt der üblichen drei Beutel.

Juliana hat immer noch mein Auto, so muss ich laufen und bin froh, dass ich mich an meinen Vorsatz gehalten und nicht so viel gekauft habe. Es ist trotzdem genug, damit ich auf dem Weg nach Hause das Gefühl bekomme, meine Arme würden immer länger werden. Hätte ich am Morgen schon gewusst, dass ich den Einkauf ohne fahrbaren Untersatz meistern muss, hätte ich mir einen Rucksack mitgenommen.

Schon vor meiner Haustür wartet eine Überraschung.

„Juliana.", staune ich. Mit ihr habe ich ehrlich nicht gerechnet. Nicht vor meiner Haustür.

Sie zieht den Kopf ein. „Bist du böse auf mich?"

Schon hat sie es geschafft, meine Verwirrung aufzulösen und mich zum Schmunzeln zu bringen. Das kann sie gut. „Nein. Ich bin nicht böse auf dich. Wieso sollte ich? Wie geht es Julians Freundin?"

„Soweit ganz gut. Die OP ist gut verlaufen und sie kommt durch." Plötzlich driftet sie ab. Ich erkenne es deutlich in ihren Augen. Bis zum letzten Wort hat sie mich direkt angesehen, doch jetzt blickt sie an mir vorbei an einen anderen Ort. „Es sah furchtbar aus, Lene. Wie in Frankensteins Labor. Ein Gestell an ihrem Bein und überall Schrauben."

Du meine Güte! Die scheint es ordentlich erwischt zu haben.

„Na los. Komm rein."

Ich schließe die Haustür auf, wofür mir Juliana netterweise die Beutel abnimmt, und führe sie in mein Reich. In diesen vier Wänden waren noch nicht viele Leute außer mir, seit ich eingezogen bin. Tina natürlich und meine Eltern, meine Oma und inzwischen auch Christoph. Marcus kommt samstags auch zu mir, weil ich einen so schön großen Esstisch habe. Dort können wir ein Dutzend Bücher nebeneinanderlegen.

Ähnlich wie im Tierreich ist meine Wohnung mein Revier. Mein Territorium, das ich gegen Eindringlinge verteidige. Es ist mein persönlicher Bereich, den ich nicht mit jedem teilen möchte. Ich überlege mir dreimal, ob ich jemanden wirklich mit in meine Wohnung nehmen möchte. Merkwürdig finde ich, dass mir diese Gedanken bei Juliana in keiner Sekunde kommen. Ich habe sie eingeladen, mit hineinzukommen, habe schon aufgeschlossen und erst im Treppenhaus auf dem Weg nach oben kommt mir in den Sinn, was ich da gerade tue.

Seltsam ...

Ich wohne in einem richtig schön sanierten Altbau mit hohen Räumen, großen Fenstern, Erkern und Stuck an den Decken. Ich habe bewusst nach genau so einer Wohnung gesucht, weil mich dieser alte Charme irgendwie anzieht. Dazu gehört auch das ganz eigene Geräusch, das der Parkettboden von sich gibt, wenn ich darüberlaufe. Es klingt anders als Laminat oder sonst irgendwas.

Henry ist skeptisch. Und eifersüchtig. Mit Christoph kommt er nicht gut aus. Bei Juliana hingegen scheint es Liebe auf den ersten Blick zu sein. Henry erwartet mich wie immer hinter der Tür und maunzt um meine Beine herum. In genau diesem Augenblick fordert er von mir absolute, hundertprozentige, ungeteilte Aufmerksamkeit. Auch ich erwarte das von ihm, werde allerdings enttäuscht.

Juliana hockt sich begeistert lächelnd zu Henry. „Hey!", schwärmt sie schon verliebt. „Du bist ja niedlich."

Auf Schmeicheleien und Aufmerksamkeit reagiert Henry eigentlich immer positiv. Damit macht man sich ihn zum Freund. Vor allem bei der ersten Begegnung.

Christoph hat nicht schlecht gestaunt bei seinem ersten Besuch. Mit einem Haustier, und dann auch noch einem Kater, hatte er partout nicht gerechnet. Warum auch immer, schien ihm das nicht mal eine Überlegung wert. Da Henry aber nun mal da ist, hat sich Christoph dazu entschieden, ihn zu ignorieren. Das beruht auf Gegenseitigkeit. In einvernehmlichem Desinteresse gehen sie sich aus dem Weg und ich bleibe in der Mitte hängen.

Immer noch besser, als nicht existent zu sein. Erst einmal bin ich abgeschrieben. Sowohl bei Henry, als auch bei Juliana. Niemand beachtet mich in meiner eigenen Wohnung. Ganz toll. Während ich meine Schuhe ausziehe, den Schlüssel anhänge und so weiter, hält Juliana meinen Kater auf dem Arm, knuddelt ihn und schon hat er mich glatt vergessen. Ich fühle mich erbärmlich.

Das soll Juliana allerdings auf keinen Fall merken. Dass ich eifersüchtig bin, ist mir peinlich. Sie schmust da schließlich gerade mit meiner Katze, nicht mit meinem Freund!

„Na komm.", sage ich und gehe voran zum Wohnzimmer. Die Beutel nehme ich natürlich mit und gehe ein Stück weiter in die Küche.

Mich beachtet noch immer niemand. Juliana und Henry sind mit sich beschäftigt und ich stehe in der Küche und räume die Einkäufe weg. Diesmal gebe ich mir bei dem Obst in Omas Schale nicht ganz so viel Mühe.

„Hast du Hunger?", rufe ich Juliana entgegen, bevor mir die Erinnerung wie ein Orkan durch den Kopf fegt: Sie ist Köchin! Da kann ich nie und nimmer mithalten!

Offenbar genügt diese kurze Frage, mich doch mal wieder anzuschauen. „Du willst für mich kochen?" Ein Grinsen auf den Lippen und ein Glitzern in den

Augen. Was soll ich davon halten?

„Es gibt etwas ganz Besonderes. Steinpilzsuppe."

Sie fängt an zu lachen und kommt samt Henry auf ihrem Arm zu meinem Tresen. Sie setzt sich neben die schöne Schale. „Nein, ich hab keinen Hunger. Ich bin gefüllt mit Krankenhaus-Automatenkaffee. Bis oben hin. Die OP hat lange gedauert und wir haben literweise Kaffee in uns hineingeschüttet. Typisch für uns beide. Umso nervöser wir sind, desto mehr Kaffee trinken wir."

Komische Eigenart, denke ich mir so. Ich kann ja nicht leugnen, dass ich ebenso Kaffee getrunken hätte, aber dass man am Kaffeekonsum den Stresslevel ablesen kann, ist mir neu.

„Aber du solltest etwas essen.", höre ich mich sagen und wünsche mir noch im selben Augenblick, ich hätte es nicht ausgesprochen. Ich klinge wie eine besorgte Mutter. Schauderhaft.

„Wenn du mich nicht verklagst, würde ich gern einen der Äpfel stibitzen."

Sie deutet auf die schöne Schale und ich habe nicht das Geringste dagegen einzuwenden. „Bedien dich."

„Danke." Schon beißt sie zu und ich bereite als

Erstes noch Henry seine Mahlzeit. Wenigstens dafür lässt er sich von Juliana trennen und kommt zu mir. Er streicht schon um meine Beine und wartet. Genauer gesagt, er drängelt.

„Was ist mit dem Bein?", frage ich. Einen Namen von Julians Freundin weiß ich nicht.

„Gute Frage. Der Arzt meint, es wird sich zeigen. Eine Prognose ist unmöglich, aber es kann durchaus sein, dass sie nie wieder richtig laufen kann."

„Oh Gott.", flüstere ich eine stimmliche Verachtung über das Schicksal der jungen Frau in Verbindung mit eindeutig unpassend überzogener Betroffenheit. Ich kenne nicht mal Julianas Bruder, seine Freundin ist noch weiter von mir entfernt. Trotzdem geht meine Anteilnahme weit über das hinaus, das ich für das Unfallopfer empfinden würde, wenn ich einfach in der Zeitung davon gelesen hätte. Binnen Sekunden stelle ich in meinem Kopf eine Liste auf, was sie (oder ich) alles nicht mehr machen könnte. Tanzen, Spazieren, die Treppen zu meiner Wohnung und so weiter. „Wie geht sie damit um?", frage ich verunsichert.

„Noch gar nicht. Der Arzt meinte, es könnte sich negativ auf die Heilung auswirken, wenn sie zu früh davon erfährt. Er will die nächsten Tage abwarten."

„Wie ist das überhaupt passiert? War sie Schuld?"

Juliana gibt ein verächtliches Schnauben von sich. „Anita? Niemals! Sie empfindet es schon als Raserei, wenn man die vorgeschriebene Geschwindigkeit einhält. Sie ist eine meiner Meinung nach zu vorbildliche Fahrerin. Nein, ein LKW wollte noch schnell über die Ampel und hat sie voll erwischt. Ich hab den Wagen gesehen, Lene. Es ist ein Wunder, dass Anita überhaupt überlebt hat. Man kann kaum erkennen, dass es mal ein Auto war."

„Und die Polizei wurde informiert?" Blöde Frage. Natürlich wird die Polizei von den Rettungskräften informiert, wenn der Notruf die Polizei nicht schon anrücken lässt.

„Sicher. Der Fahrer von dem LKW war auch noch im Krankenhaus. Julian hätte ihn fast geköpft."

„Verständlich." Mir und den meisten anderen wäre es vermutlich genauso gegangen, wenn der Unfallverursacher im Krankenhaus auftaucht, wo die Ärzte um das Leben eines geliebten Menschen kämpfen.

„Ich hab ihn noch nie so gesehen.", erzählt Juliana

weiter. „Wir sind ziemliche Chaoten und hektisch und wuselig. Unsere Mutter hat immer gesagt, wir wären als Kinder wie zwei Tornados durchs Haus gefegt. Aber eher im aufgedrehten, positiven Sinn. Ich hab noch nie erlebt, dass Julian Gewalt überhaupt in Betracht zieht. Aber heute ... Hätte ich ihn nicht aufgehalten, wäre er wirklich auf den Kerl losgegangen."

Inzwischen hab ich mir die Steinpilzsuppe laut Julianas stummen Anweisungen aufgewärmt. Um der Ehrlichkeit treu zu bleiben, hat sie mir die Schale abgenommen und die Mikrowelle entsprechend eingestellt. Ich habe mir nur den Löffel aus der Schublade genommen.

Ohne das Gespräch abbrechen zu lassen, gehen wir ins Wohnzimmer und machen es uns bequem. Und Henry ... Das wundert mich wirklich ... Statt wie üblich nach der Mahlzeit aufs Fensterbrett zu klettern oder sich neben mich zu setzen und sich zu putzen, bevorzugt er Julianas Schoß und lässt sich schon wieder das Fell kraulen. Typisch Mann!

„Anita heißt sie, richtig?", frage ich und Juliana nickt. Sie hat gerade noch mal von dem Apfel gebissen und kaut noch. „Wie geht es ihr denn sonst? Ist sie gut aufgewacht oder gab es

Probleme?"

„Nein, soweit sind die Ärzte zufrieden. Sie ist voll da, nur müde und stinkwütend. Sie hat uns weggeschickt. Im Moment können wir eh nichts tun. Julian fährt morgen wieder hin und hält mich auf dem Laufenden. Lene, ich danke dir."

„Wofür?", frage ich ehrlich überrascht. Was habe ich denn getan?

„Dafür, dass du mir deinen Wagen geliehen hast. Dafür, dass du nicht böse bist, weil es später wurde als abgesprochen. Dafür, dass du mir zugehört hast. Das Bild war schrecklich, aber ich bin es losgeworden. Also danke."

Auf meinen Wangen ist garantiert nicht nur ein leichter Rosaton zu erkennen. Ich dürfte knallrot sein. Zum Glück ist kein Spiegel in Sichtweite, der mir das Elend deutlich vor Augen führen könnte.

„Kein Problem. Wirklich nicht." Aus meiner Handtasche ziehe ich den Brief, den ich ihr auf Arbeit geschrieben habe. „Und das andere hat sich auch geklärt." Dazu kriegt sie von mir noch ihre Unterlagen zurück. „Das Zwangsgeld wurde gestrichen, die Prüfung abgeschlossen, es hat alles seine Richtigkeit."

Den Unterlagen schenkt sie nur so viel Beachtung, wie es braucht, um sie mir abzunehmen. Ihr Blick bleibt von der ersten Sekunde an in meinem Gesicht hängen. „Gott, du bist ein Engel. Ich danke dir schon wieder."

„Immer noch kein Problem." Und damit sie nicht wieder ewig danach suchen muss und ich mich ihrem Blick entziehen kann, hefte ich den Brief gleich mit zu der Androhung des Zwangsgeldes. Damit ist diese Akte geschlossen und sie kann den Hefter auf den Stapel legen, den sie aufbewahren muss. Und in ein paar Jahren kann sie alles darin wegwerfen und ein neues Jahr beginnen.

„Was hattest du vor, bevor ich dich überfallen hab?", fragt sie.

„Nichts. Duschen und fernsehen."

„Wie langweilig." Sie lacht mich frech aus. „Wir gehen aus."

„Wir tun was?", frage ich erschrocken. Wie ausgehen? Wohin ausgehen? Wir beide?

„Klar. Warum nicht?"

„Na weil ..." Ich stocke und überlege. „Weil ..." Mir fällt nichts ein. „Weil ..." Ich muss irgendwas sagen. „Weil ...“

Ich habe nur einen Gedanken, den ich nicht mal selber haben will: *Weil es nicht geplant ist.* Ja, ich mache gern Pläne. Und ja, ich halte mich an meine Pläne. Ich komme nie zu spät, plane meine Reisen bis ins Detail, inklusive aller Zwischenstationen, und bin kein bisschen spontan.

Das ist spießig!

„Weil was?“, lacht Juliana. „Komm schon. Das wird lustig.“

Ich will nicht spießig sein!

„Bitte.“, bettelt sie. Ich schaffe es nicht, ihr zu antworten, starre sie nur an und denke nach.

Ich will nicht spießig sein!

„Bitte bitte bitte.“, fleht sie weiter mit einem niedlichen Schmollmund, der verboten werden sollte. Außerdem kann sie ihre Lider in unvorstellbarem Tempo auf- und niederschwingen.

Ich will nicht spießig sein!

„Okay.“, entscheide ich relativ spontan, wenn man von der langen Bedenkzeit absieht. „Aber duschen will ich vorher trotzdem noch.“

„Niemand will dich davon abhalten.“, grinst

Juliana frech. „Ich will dann auch noch unter die Dusche und mir was anderes anziehen. Soll ich dich abholen?"

„Ich gehe nicht davon aus, dass dein Wagen vor der Tür steht?" Sonst hätte sie ja mit zwei Autos gleichzeitig fahren müssen.

„Nein." Sie winkt lässig ab. „Tobi braucht noch bis morgen."

Worauf ich mit dieser Frage anspiele, weiß sie offenbar nicht und wartet. „Dann gehe ich duschen und ziehe mich um, dann fahren wir zu dir und dann gehen wir aus."

„Guter Plan.", feixt sie.

Da merkt man dann, dass ich immer alles plane. In meinem Kopf stehen ein Startpunkt und ein Ziel und dazu verschiedene Möglichkeiten, beides zu verbinden. Innerhalb kürzester Zeit kann ich verschiedene Wege erarbeiten, die mal mehr, mal weniger der Kriterien erfüllen, die ich mir selbst gesetzt habe. So kann ich entscheiden, welcher Weg am sinnvollsten ist. Theoretisch könnte Juliana jetzt mit dem Taxi oder dem Bus nach Hause fahren und wir uns später in der Stadt treffen. Wir können aber auch das Taxigeld sparen und mit meinem Auto erst zu ihrer Wohnung und dann in die Stadt fahren. Oder mit dem Bus zu ihr und dem Taxi in die Stadt. Oder mit dem Taxi zu ihr und in die Stadt laufen. Viele Wege führen nach Rom ... Oder in die Innenstadt.

Ich stehe völlig neben mir, wenn ich ehrlich bin. Aus dem Büro bin ich einem gemütlichen Couchabend entgegengegangen. Mit Christoph wollte ich per Skype telefonieren, damit wir uns mal wieder sehen. Ich habe extra Bananenscheiben von der alten Kräuterhexe auf dem Wochenmarkt gekauft. Bei ihr bekommt man vermutliche jede Sorte Kraut und Tee, die man sich denken kann. Bei den meisten ist sie einfach *die Kräuterhexe*. Mit einer Tüte der getrockneten Bananenscheiben kann ich gut auf dem Sofa lümmeln, einen Film schauen oder mit Christoph telefonieren.

Wie genau ist das noch mal passiert, dass ich in meinem Badezimmer stehe und mich chic mache? Meine Wohnung ist auch nicht still wie sonst. Juliana ist da. Sie läuft durchs Wohnzimmer, hat sich Musik angemacht und redet mit jemandem. Mit Henry, wie es sich anhört.

Wie ist das noch mal passiert?

Ich bin verwirrt!

Egal! Die Chance lasse ich mir nicht entgehen!

Wenn ich schon ausgehe, dann richtig. Als ich mich von Juliana in Richtung Badezimmer verabschiedet habe, stelle ich auf den wenigen Metern dorthin den Plan für die nächste Stunde auf. Duschen, inklusive Haarewaschen, Beine rasieren, Achseln rasieren, Nägel lackieren und und und. In meinen Plan gehört sogar ein Zeitfenster, in dem ich den detaillierteren Plan ausarbeiten kann: Unter der Dusche! Dort kann ich mich für ein Outfit entscheiden, den passenden Lack dazu und die Frisur. Mir ist vorher noch nie aufgefallen, dass ich sogar plane, wann ich einen Plan mache.

Wie spießig!

Wie langweilig!

Kein Wunder, dass in meinem Leben nicht viel los ist!

Na ja, wenigstens an einem Abend kann ich damit mal brechen. Ein bisschen, denn vieles läuft in meinem Hinterkopf ab, ohne dass ich darüber nachdenke oder es abstellen könnte. Als ich aus der Dusche steige, habe ich mein Aussehen bereits im Kopf und kann es in die Tat umsetzen.

Es ist Juni, es ist warm und ich will ausgehen.

Wäre ich jetzt mit Christoph verabredet, würde ich vermutlich ein elegantes, schwarzes Kleid anziehen. Aber ich bin mit dem Chaos persönlich verabredet, da passt das nicht. Neben ihr würde ich noch spießiger wirken. In meinem Schrank hängt ein Kleid, das ich richtig gern trage, nur viel zu selten. Für die Arbeit ist es nichts und im vergangenen Sommer habe ich kaum Gelegenheit gehabt, es anzuziehen. Tina hat es mir von ihrer Abschlussfahrt aus Mailand mitgebracht. Es ist ärmellos, hat nur sehr breite Träger. Ich werde mir also auf jeden Fall eine Jacke mitnehmen. Beim Auspacken dachte ich damals, es sei ein Shirt. Das stimmt auch irgendwie, es ist nur länger. Bis über die Knie hüllt mich der angenehm leichte Stoff ein wie eine Schutzhülle. Der Ausschnitt ist auch nicht zu verachten, aber ich bin noch nicht so alt, dass ich zu faltig für nackte Haut bin. Zum Glück habe ich genau einen BH in meinem Schrank, der unter das Kleid passt, ohne dass man ihn sieht.

Mein größeres Problem ist, die passende Jacke auszusuchen. Es soll ja keine dicke Winterjacke sein, wobei ich auch unter meinen Wintersachen nichts Passendes finden würde. Die Grundfarbe des Kleides ist ein dunkles Weiß, aber kein Grau, eher ein sehr helles Butterblumengelb. Darauf verteilt sind jede Menge Blumen, aber nicht im Stil von Omas alter Kittelschürze. Es sieht nach Frühling aus, finde ich immer wieder, wenn ich es im Schrank hängen sehe. Tina sagte, würde ich mich damit auf eine Wiese legen, wäre ich perfekt getarnt. Und endlich darf ich es mal wieder anziehen.

Da fällt mir doch glatt etwas ein. Tina ist eine absolute Fanatikerin, was Klamotten angeht. Immer mal wieder, wenn ihr Schrank aus allen Nähten platzt, rangiert sie ein oder zwei Teile aus. Manchmal weiß sie irgendwie, dass es mir gefallen könnte, und schenkt es mir. So auch einen weißen Cardigan, den sie, glaube ich, nie getragen hat. Sie hat ihn mir erst vor drei Wochen vorbeigebracht, nachdem sie ihren Kleiderschrank für das Sommergeschäft freigeräumt hat. Der passt bestens zu dem Kleid.

Ein Schnappschuss muss her!

Ich verlasse mein Schlafzimmer und erwische Juliana, wie sie völlig in Gedanken versunken auf meinem Balkon steht und auf die Hinterhofgärten der Häuser hinabblickt. Durch die geöffnete Tür strömen die aufgewärmte Luft eines untergehenden Sommertages und das Lachen fröhlicher Kinder. Ob

Juliana die Kinder beobachtet, kann ich nicht ausmachen. Mich würde nicht wundern, wenn sie in ihren Gedanken Meilen überwindet. Das kann sie bestimmt gut.

Henry sitzt neben ihr auf einem der Stühle. Er hat es sich auf dem Sitzkissen bequem gemacht und reckt die Nase in die warme Luft. Es riecht nach Sommer. Die Sonne verabschiedet sich langsam und die Hüter der Blumenbeete da unten gießen die Pflanzen. Der Geruch feuchter Erde mischt sich mit dem eindeutigen Duft eines deftigen Steaks auf einem Holzkohlegrill. Die Stimmen Erwachsener übertönen für einen Moment die Kinder. Jemand sagt etwas, das ich nicht verstehe, dann lachen sie. Nur einen kurzen Moment ist es aus ihnen herausgebrochen, dann werden die Gespräche wieder von der Welle der Kinderlaute überrollt.

Ich schiebe mich ebenfalls auf meinen Balkon. „Hey.", sage ich leise, weil ich Juliana nicht erschrecken will, aber sie war so weit weg, dass sie erschrocken zusammenzuckt und ich mich nicht gewundert hätte, wenn sie einen Satz über die Brüstung gemacht hätte. „Entschuldige."

Nur einen winzig kurzen Augenblick schaut sie mich noch erschrocken an, dann lässt sie genüsslich langsam den Blick an mir hinabstreifen und schaut schließlich mit einem Lächeln in meine Augen. Da ist auch wieder das Glitzern, das ihr so einen unverwechselbaren Ausdruck verleiht.

„Wow.", flüstert sie. „Du siehst umwerfend aus."

Hoffentlich ist es schon dunkel genug, damit sie nicht sieht, wie ich rot werde. So viel Make-up habe ich ja nun auch wieder nicht aufgelegt. Ich war irgendwie nicht auf derartige Schmeicheleien vorbereitet.

„Kannst du bitte ein Foto machen?", frage ich ausweichend. Wie soll ich sonst auf ein solches Kompliment reagieren? Ohne mich lächerlich zu machen!

„Klar.", antwortet sie locker und nimmt mir das Handy ab. Ich posiere äußerst ungern für Fotos, aber in diesem Fall mache ich eine Ausnahme und schicke es Tina.

„Deiner Schwester?", fragt Juliana. „Wieso gerade ihr?"

„Weil sie mir beides geschenkt hat.", erkläre ich nebenbei und sehe im Augenwinkel ein Lächeln auf ihren Lippen.

Tinas Antwort lässt nicht lange auf sich warten.

„Wir sehen toll aus." Dahinter ein grinsender Smiley und direkt danach folgt ein Foto von ihr. Sie will offenbar ebenfalls ausgehen.

Juliana hat mit auf das Bild geschaut und nimmt mir das Handy ab. „Deine Begleitung?" Dahinter macht sie ebenfalls eine Grinsebacke. Einmal elektronisch für Tina und einmal real für mich.

Einen Augenblick später bekomme ich ein Foto von Tina und einem Mann an ihrer Seite. Einen Kopf größer als sie, breite Schultern, welliges, dunkles Haar, das bis auf seine Schultern fällt. Ein südländischer Sonnyboy.

„Sie sind ein schönes Paar.", stellt Juliana fest und ich muss lachen.

„Vor zwei Wochen stand neben ihr noch ein kleiner, schmächtiger Kerl mit dünnem Haar."

„Oh." Sie räuspert sich. „Abwechslungsreich."

„Ziemlich."

Da piept es schon wieder und Tina erwidert die Erwartung meiner Begleitung. Also muss ein Bild von Juliana und mir her.

Tinas Antwort: „Das kann ja nur ein guter Abend für uns alle werden. Viel Spaß euch beiden."

Das erwidere ich gern und bin mir sicher, demnächst steht ein längeres Telefonat zwischen Schwestern an. Ob gleich morgen, wird sich zeigen. Verstreichen noch mehr Tage bis zum Anruf, dann ist die Wahrscheinlichkeit groß, dass neben Tina schon wieder ein anderer steht. So ist sie eben, meine kleine Schwester.

„Wollen wir los?", frage ich.

So schnell geht es manchmal. Ich bin schon wieder nur eine Randfigur, ein Statist, während sich Juliana ausgiebigst von Henry verabschiedet. Diesmal bin ich sogar noch eifersüchtiger. Aber nicht auf Juliana, sondern auf Henry. Und das auch noch auf eine Weise, die ich nicht kenne, die ich nicht verstehe, die ich auch nicht näher betrachten möchte.

Ich packe lieber meine Tasche zusammen, schlüpfe in die bequemen weißen Sandalen und bin bereit für was auch immer. Mit diesem Kleid könnte ich so gut wie jede Verrücktheit von Juliana mitmachen. Ich wäre aber auch nicht ganz falsch für einen Theaterbesuch gekleidet. Mal sehen, was sie vorhat.

Gemeinsam, nach einigem Hin und Her,

entscheiden wir uns, auf das Taxi zurückzugreifen. Das hat natürlich noch niemand bestellt, so müssen wir ein paar Minuten warten. Schweigend, weil ich nicht weiß, was ich sagen soll. Juliana schweigt ebenso und scheint mit den Gedanken schon wieder sonst wo zu sein, nur nicht bei mir. Vielleicht hätte ich doch nicht zusagen sollen, mit ihr den Abend zu verbringen. Vielleicht hat sie es ausgesprochen, ehe sie sich überlegen konnte, ob sie das überhaupt möchte? Dann war es zu spät. Sie hat es laut gesagt, ich habe zugesagt und sie kann es auf keine höfliche Weise zurücknehmen. Wenn dies der Wahrheit entspricht, wird es ein verkrampfter Abend.

Wir stehen schon in ihrer Wohnung, als ich endlich den Mut aufbringe, sie zu fragen. „Was ist los? Wo bist?"

„Entschuldige. Ich brüte über einem neuen Rezept und solange es nicht vollendet ist, geistert mir das durch den Kopf."

Mehr nicht?

„Wieso schreibst du nicht deine bisherigen Überlegungen auf?"

„Weil ich den Zettel nie wiederfinden würde.", antwortet sie gelassen, greift wie ein Bagger nach einem Wäschehaufen und bringt ihn ins Badezimmer. Darunter versteckte sich die Couch, auf der ich schon gesessen habe. Wie hat sie es bloß geschafft, innerhalb kürzester Zeit schon wieder so einen Haufen aufzubauen? Vor vierundzwanzig Stunden war ich doch noch hier.

Egal!

Ich telefoniere kurz mit Christoph, während ich auf Juliana warte. Ich sage ihm, ich gehe mit einer Freundin weg und kann daher nachher nicht mit ihm chatten oder telefonieren.

„Du gehst aus?", fragt er mich so überrascht, dass ich das Gefühl bekomme, einen Fehler begangen zu haben. Nur welchen? Ich werde doch mit einer Freundin ein bisschen ausgehen dürfen!

„Wieso nicht?"

„Na schön." Er hat den Ton eines resignierten Vaters, der seine pubertierende Tochter gehen lässt, wirklich perfekt drauf. „Dann viel Spaß."

Die letzten Worte sind kalt und knapp, dann legt er auf. Komisch. Ich bilde mir ein, ich hätte aus seinen Worten und seiner Stimme eine Abneigung gegen meine Pläne herausgehört. Verstehen kann ich das allerdings nicht. Soll er doch froh sein, dass ich mal rauskomme.

Erst als ich an Julianas Fenster stehe und vermutlich genauso gedankenverloren aussehe wie sie auf meinem Balkon, kommt in mir die Erkenntnis auf, dass es sich bei ihr um keine tiefgründigen Gedanken handelte. Es ist weder eine philosophische Frage, die sie in ihren Bann gezogen hat, noch ein Problem, das sie plagt. Irgendwie wirkt diese Tatsache sehr beruhigend auf mich. Allerdings nicht so beruhigend wie die Erleuchtung, dass sie den Vorschlag des gemeinsamen Abends nicht zurücknehmen will.

Nein!

So will ich nicht denken!

Eine knappe Stunde später, ich hab es mir inzwischen auf dem Sofa bequem gemacht und in der Kochzeitung vom letzten Jahr geblättert, gesellt sich Juliana wieder zu mir. Sie sieht schon wieder total verändert aus. Dass sie nicht im eleganten Schwarzen ankommen würde, ist mir von vornherein bewusst gewesen. Aber dass sie innerhalb von einer Stunde einen kompletten Wandel vollziehen kann, beeindruckt mich.

Den pinkfarbenen Igel gibt es nicht mehr. Sie hat

ihr Haar ganz glatt nach unten gezogen, mit einem Seitenscheitel. Es glänzt, als wäre es nass, doch es ist trocken. Um ehrlich zu sein, wirkt es wie eine Perücke. Zu perfekt, um natürlich zu sein. Aber es steht ihr. Sieht gut aus. Gewagt, aber passend zu Juliana.

Die Schlaghose und die bunte Bluse hat sie gegen ein hellblaues Kleid eingetauscht. Ein Kleid, dessen Stoff so dünn ist, dass jeder sieht, welche Farbe ihr BH hat. Schwarz mit silbernen Mustern. Das Kleid ist ein Stück kürzer als meines und fällt ab der Taille in weiten Falten bis zu ihren Knien.

„Wow.", entfährt es mir, ohne dass ich es hätte aufhalten können, selbst wenn ich schnell genug gewesen wäre, es zu versuchen. „Du siehst toll aus."

„Danke.", grinst sie und stopft noch ihr Portemonnaie in ihre Handtasche. „Taxi oder laufen?", fragt sie nebenbei.

„Kommt drauf an. Wo wollen wir denn hin?"

„Was hältst du von einem Cocktail?"

„Klingt verlockend.", gebe ich gern zu. Mein letzter Cocktail mit einer Freundin dürfte schon einige Zeit her sein. Ich glaube, damals hat mich Tina mitgenommen, um mir ihren Freund vorzustellen. Einen Monat später hat sie ihn in den Wind geschossen. Wenn sie etwas kann, dann Männer finden und wieder wegschicken. Ich dagegen finde nicht mal einen, den ich wegschicken könnte. Bis zum Klassentreffen wenigstens, aber Christoph habe ich ja auch nicht richtig gefunden. Wir kennen uns seit über zwanzig Jahren.

Juliana kennt jedenfalls einen Ort, an dem es ihrer Meinung nach die besten Cocktails gibt. Bis dorthin ist es nicht weit, wir können gleich laufen. Ich erinnere mich an die Bar. In meinen *wilden Jahren* gab es die auch schon. Sie haben sich im Laufe der Jahre verändert und der Mode angepasst, aber vom Aufbau her ist es noch genauso wie damals. Dort in der Ecke habe ich mal mit meinem Freund Schluss gemacht. Und dort an der kurzen Seite der Bar habe ich oft mit Antje gesessen und hab gequatscht. Es ist keine Diskothek, die Musik ist dennoch laut, aber nicht so laut, dass man sich nicht unterhalten könnte. Viele typische Pubertätsprobleme haben wir hier gewälzt.

„Alles in Ordnung?"

Julianas Stimme reißt mich aus der Vergangenheit zurück in die Gegenwart.

„Was?" Ich bin verwirrt.

Sie lacht leise. „Wo warst du gerade?"

Ist mir das peinlich! „Genau an dem gleichen Ort, nur einige Jahre früher. Die gab es schon in meiner Jugend."

„Noch besser." Sie klatscht einige Male in die Hände. „Dann will ich alle schmutzigen Geheimnisse deiner Vergangenheit kennen."

Oh je ... Da hätte ich eine Menge zu erzählen.

Wir bestellen Cocktails und setzen uns in ein gemütliches Séparée. Die gab es hier früher auch schon. Juliana und ich sitzen mitten im Lärm einer gut gefüllten Bar, aber in dem kleinen, optisch abgetrennten Bereich ist kaum Platz für eine weitere Person. Wir können mittendrin sein und doch für uns bleiben. Wir geben jedem zu verstehen, dass hier kein weiterer Redner gebraucht wird.

„Erzähl.", fordert sie breit grinsend. In ihren blauen Augen blitzt die Neugier auf irgendwelche frivolen Geheimnisse. Dabei weiß ich gar nicht so recht, was sie hören will.

„Und was?"

„Mit wem warst du hier?" Die Betonung klingt

wie die Eröffnungsfrage eines vermutlich lang andauernden Interviews, in dem später noch tiefer gegraben werden soll. Die Eingangsfrage ist noch recht harmlos, doch bald wird es unangenehmer, droht sie schon jetzt an.

„Mit Freunden. Wir hatten vor ein paar Monaten Klassentreffen. Da kamen schon Erinnerungen hoch. Und wenn ich dann an solchen Orten sitze ... Früher gab es dort drüben in der Ecke eine Jukebox. Dieser Retrostil war voll in."

Juliana lacht auf einmal laut auf. „Ich wollte damals unbedingt Tapete wie in den Sechzigern. Meine Eltern dachten, ich hab nicht mehr alle Tassen im Schrank."

Ja, bei solchen Storys kann man immer wieder lachen.

„Und?", glucks ich. „Hast du sie bekommen?"

„Natürlich nicht, sonst hätte ich jeden Monat tapezieren müssen." Sie winkt lässig ab. „Mein Vater hat gesagt, ich müsse eine andere Art finden, mich selbst auszudrücken. Ich hab einige Zeit darüber nachgedacht und kam ein paar Tage später mit grünen Haaren nach Hause."

„Oh." Ich räuspere mich, um sie nicht

auszulachen. „Und? Ärger?" Meine Mama wäre im Dreieck gesprungen, wie man so schön sagt.

„Ziemlich. Meine Mutter ist ausgetickt. Da hab ich meinen Vater zitiert und somit die Wut meiner Mutter auf ihn abgelenkt. An dem Abend hat er sich mit mir aufs Dach gesetzt und gesagt, ich solle zu mir stehen und nicht die Verantwortung auf andere abwälzen. Ich habe die Entscheidung getroffen, nicht er. Er sagte: *Du wirst vermutlich immer anders sein als die anderen, aber überlege dir, was das heißt.* Ich verstand das erst nicht und er erklärte, dass ich die Haare nicht nur zwischen meinen Freunden trage, sondern überall. Auch in der Kirche."

„Du gehst zur Kirche?", platzt es aus mir heraus. In meiner Frage steckt so viel Überraschung, dass Juliana lacht. Ich gebe zu, es fällt mir schwer, sie als Kirchgängerin zu sehen.

„Damals schon, ja. Wir waren jeden Sonntag in der Kirche. Das war der einzige Ort, an dem ich nicht auffallen wollte."

„Wieso nicht?"

„Ich weiß nicht." Unschlüssig schaut sie in ihr Glas und schwenkt den dicken Strohhalm durch das schwerflüssige Orange. „Ich bin so oft im

Gottesdienst und bei anderen Gelegenheiten eingeschlafen, dass ich froh war, nicht negativ aufzufallen. Mein Vater erinnerte mich daran, dass das nun nicht mehr geht. Er fragte mich, ob ich vorher darüber nachgedacht habe. Das hatte ich natürlich nicht, mir gefiel es einfach. An dem folgenden Sonntag kam es genau so, wie er es vorausgesagt hat. Alle haben mich angesehen und über mich geredet. Und ich habe gemerkt, dass es mir völlig egal war. Ich bin, wie ich bin. An diesem einen Sonntag habe ich beschlossen, rein gar nichts auf das zu geben, was andere von mir denken. Ich lasse mir von niemandem mein Ich nehmen."

Darauf bin ich verdammt neidisch. „Ich war nie so. Ich habe immer nach der neuesten Mode gesucht, die eben gerade angesagt war. Ob mir das gefiel, war egal. Hauptsache, ich war so gekleidet wie alle. Ich mochte die Bands, die alle mochten, ich habe bei *Titanic* und *Romeo & Julia* geweint und so weiter."

„Gesehen hab ich die natürlich auch, aber bei *Titanic* bin ich eingeschlafen."

Ganz genau so hab ich Juliana kennengelernt. Sie schert sich nicht um andere. Zumindest nicht in dem Sinne, dass sie sich irgendwem anpasst. Wieso auch? Die pinkfarbenen Haare stehen ihr wirklich gut. Mir vermutlich nicht, aber selbst wenn sie an mir nicht albern aussehen würden, könnte ich mich nie dazu durchringen, mir die Haare so auffällig zu färben. Schon allein wegen meines Jobs ginge das nicht. Wer soll mich als Steuerprüferin ernst nehmen, wenn ich aussehe, als hätte ich meine Jugend nie hinter mir gelassen? Bei einer Köchin dürfte das größtenteils egal sein, kann ich mir vorstellen. Ich glaube, ich habe noch nie den Koch im Restaurant gesehen, wenn ich auswärts gegessen habe.

Juliana und ich tauschen noch mehr solche Geschichten. Im Großen und Ganzen kann man sie alle ganz einfach zusammenfassen: Unterschiede! Es gibt nicht vieles, in dem wir uns auch nur ein bisschen ähneln. Weder in den Klamotten, noch dem Styling ganz allgemein oder den Hobbys, dem Freundeskreis oder oder oder. Wir sind tatsächlich vollkommen verschieden und immer mal wieder blitzt in meinem Hinterkopf die Frage auf, wieso wir uns dennoch so gut verstehen. Während ich beim Ballett war, hat sie Hockey gespielt. Während ich immer bedacht darauf war, mir die beliebten Freunde zu suchen, hat sie Freundschaft mit einer Zigeunerin geschlossen, mit der sonst niemand etwas zu tun haben wollte. Während ich meine

Hausaufgaben immer pünktlich fertig hatte, musste sie ständig um Aufschub bitten. Während ich zur Sperrstunde eigentlich immer zu Hause war, kam sie meist mindestens zwei Stunden zu spät. Ein einziges Mal bin ich auch zu spät gekommen und habe meinen Eltern einen Riesenschreck eingejagt. Die waren von mir so was nämlich nicht gewöhnt. Von Tina ja, aber nicht von mir. Aber was kann ich denn dafür, dass der Bus mitten in der Pampa eine Panne hatte? Ein Handy hatte ich damals nicht. Heute könnte ich eine SMS schreiben und niemand müsste sich sorgen, aber damals ... Ich bin dafür auch nicht bestraft worden. Meine Eltern meinten dazu, es könne immer mal irgendetwas passieren, weshalb man sich verspätet. Aber eben weil es für mich nicht normal war, wussten sie, dass es wirklich außerhalb meines Einflusses lag.

„Ich versuche gerade, mir vorzustellen, wie meine Eltern verzweifelt wären, wenn sie dich und Tina hätten erziehen müssen", lache ich. Vermutlich hätte mein Vater seine Haare schon viel früher gänzlich verloren und meine Mutter wäre in der Blüte ihres Lebens ergraut. Wie Julianas Eltern aussehen, weiß ich nicht. Sie hatten gleich zwei solche verrückten Teenies zu bändigen. Beide gleich aufgedreht und beide gleichzeitig in der Pubertät. Darüber sollte ich besser nicht genauer nachdenken.

Nach zwei Stunden machen wir uns auf den weiteren Weg. Für eine richtige Diskothek fühle ich mich zu alt. Wenn man mit Juliana unterwegs ist, kommt man sich schnell jünger vor, als man eigentlich ist, aber alles hat seine Grenzen. Das heißt aber nicht, dass wir nicht richtig einen draufmachen können.

Auf der anderen Seite muss man sich an Julianas Seite auf so gut wie alles vorbereiten, damit man nicht überrascht wird. Wir streifen durch die Stadt, an verschiedenen Lokalitäten vorbei, auf der Suche nach etwas, das uns anzieht. Ohne Plan! Ganz spontan nehmen wir mal die Straße, mal die. Wir haben kein Ziel, also auch keinen vorgegebenen Weg! Und das gefällt mir. Ich genieße es.

Doch plötzlich packt Juliana meine Hand und bleibt stehen. Als ich zu ihr hinüberblicke, glänzen ihre Augen und sie strahlt mich an. Ich weiß jetzt schon, dass sie gleich jede Menge Spaß haben wird, aber ich? Werde auch ich den Spaß finden, der ihr schon als Vorfreude ins Gesicht geschrieben steht?

„Lass uns reingehen.", bittet sie aufgeregt.

Aus dem Haus neben uns dringt ziemlich flotte Musik. Allerdings ohne Bässe, die die Straße zum Beben bringen. Es klingt eher nach einer Live-Band. Swing. Etwas, das direkt in die Füße geht.

Noch bevor ich eine Entscheidung treffen kann, zieht Juliana mich schon mit sich. Lachend bleibt mir gar keine andere Wahl, als ihr zu folgen, wenn ich mir nicht die Hand abtrennen will. Aber ja, das klingt auch für mich nach jeder Menge Spaß.

Wir kommen in eine Bar, die nur schwer in Worte zu fassen ist. Es ist recht dunkel, die Lampen an den Wänden verbreiten gerade genug Licht, um die Karte lesen zu können. Über der gutgefüllten Tanzfläche hängen extra Lampen, damit man niemanden übersieht. Eigentlich besteht die Bar nur aus der Tanzfläche mit ein paar Stühlen ringsherum. An den Wänden sind schmale Bretter als Tische angebracht. Man kann seine Getränke abstellen, das genügt. Es ist alles darauf ausgelegt, den Besuchern die Möglichkeit des Tanzes zu lassen.

Mit der Live-Band lag ich auch nicht falsch. Ohne E-Gitarre und Keyboard, dafür mit Kontrabass und Trompete. Sie scheinen gern Musik zu machen und lehnen sich in die Rhythmen. Als würden sie während des Spiels selbst tanzen. Sogar die Bedienungen, zwei Frauen und ein Mann, tanzen hinter der Bar zwischen den Flaschen und Gläsern und Gästen hin und her. Wer kann es ihnen verübeln? Die Band hat was drauf und auch ich würde gern tanzen. Allerdings habe ich nicht vor, jemanden darum zu bitten. Alleinstehende Männer gibt es hier auf den ersten Blick nicht viele. Die meisten sind mit ihren Frauen da.

Juliana zerrt mich bis zur Bar, wo ich mich endlich befreien kann, und lädt mich glatt ein. Was soll ich denn davon halten? Damit habe ich nicht gerechnet.

„Vielen Dank."

„Ich habe zu danken.", erwidert sie und ich verstehe die Welt nicht mehr. Sie lädt mich ein und bedankt sich auch noch dafür?

„Wofür?"

„Für das, was kommt.", feixt sie, nimmt mir das Glas ab, stellt es auf das Brett an der Wand in der Ecke, zu der wir uns durchgeschlagen haben, und nimmt schon wieder meine Hand. Und ehe ich es mich versehe, stehe ich mitten auf der Tanzfläche.

Das ist ein Albtraum!

Ich kann tanzen, das ist nicht das Problem. Aber ich will nicht wie bedeppert dastehen und hoffen, dass sich einer erbarmt, mit mir zu tanzen. Zu fragen traue ich mich auch nicht, also wo nehme ich jetzt einen Partner her?

Nirgendwoher, der Partner hat mich schon gefunden. Genauer gesagt, die Partnerin. Ich war so versteift darauf, einen Mann zu finden, der mit mir übers Parkett fegt, dass ich die andere Option gar nicht erst in Betracht gezogen habe. Juliana ist eine fantastische Tänzerin und schwingt offenbar nicht zum ersten Mal das Tanzbein auf der Seite des Mannes. Ob ich die entgegengesetzten Schritte gekonnt hätte, weiß ich nicht. Ich zweifle sehr stark daran, aber ausprobiert habe ich es nicht.

Ich habe dennoch einige Probleme, mich auf den Tanz mit einer Frau einzustellen. Juliana merkt das und lässt mich nachziehen. Immer wenn ich denke, jetzt bin ich voll drin, baut sie Neues ein. Figuren, die ich vor langer Zeit mal gelernt habe. Es geht besser, als ich mir selbst zugetraut hätte.

Nach einer guten Stunde muss ich allerdings das Handtuch werfen. Ich brauche dringend etwas zu trinken. Und zwar keinen Wein, keinen Cocktail, keine anderen Umdrehungen, nur Wasser!

Wir nehmen gleich eine Flasche und zwei Gläser dazu. Die ersten Schlucke werden von Keuchen unterbrochen. Nicht nur bei mir, auch auf Julianas Haut glänzt ein feuchter Film der Anstrengung und ausnahmsweise schweigt sie kurzzeitig.

„Du bist gut.", sagt sie schließlich mit eben jenem liebevollen Lächeln, dass ich am Abend in ihrer Wohnung schon gesehen habe.

„Gleichfalls, danke." Hoffentlich ist die körperliche Anstrengung Ausrede genug für meine roten Wangen. „Du machst das öfter?"

„Nein, eigentlich nicht. Höchstens zu Hause. Wo hast du tanzen gelernt?"

„In der Schule. Ein Kurs wurde uns angeboten und die meisten meiner Freundinnen wollten mitmachen."

„Und da du nicht auffallen wolltest, hast du auch mitgemacht.", rät sie sehr richtig.

„Ganz genau.", gebe ich schamlos zu. Entweder hat Juliana mehr Einfluss auf mich, als ich wahrhaben will, oder mir sind die Entscheidungen meiner jugendlichen Persönlichkeit tatsächlich weniger peinlich als meine heutigen

Entscheidungen. Wenn ich von damals erzähle, kann ich es als jugendliche Sünde abtun. Vielleicht ist der Abstand groß genug. Vielleicht bringt Juliana mir aber auch bei, mich nicht für mich selbst zu schämen.

„Und wo hast du so tanzen gelernt?", will ich natürlich ebenso wissen.

„Ich habe einen Schwachpunkt.", seufzt sie niedergeschlagen. Sie versucht wenigstens, es vorzugeben, dann hebt sie den Kopf wieder und lacht mich an. „Nein, mal im Ernst. Julian war schon immer der Einzige, der mich von Dingen überzeugen kann, die ich eigentlich gar nicht will. Und er wollte tanzen lernen, um für den Schulball gerüstet zu sein. Er hat mich angebettelt, mit ihm zu kommen."

„Und du konntest nicht Nein sagen.", erkenne ich. Gut zu wissen, dass wenigstens einer in ihrem Leben etwas zu sagen hat. Er wird sie also hoffentlich von gefährlichen Eskapaden abhalten. Ihr selbst traue ich nicht zu, irgendeine Grenze zu kennen und zu respektieren, solange sie niemanden damit gefährdet außer sich selbst.

Wir unterhalten uns noch eine knappe halbe

Stunde über die Tanzstunden, die wir genommen haben, die Fortführungskurse und den Abschlussball. Auch der Einfluss von Menschen um uns herum ist ein Thema. Ich erfahre zum Beispiel, dass Julian seine Schwester davon abgehalten hat, sich mit Inlineskates an einen Truck zu hängen. Wie sie auf die bescheuerte Idee gekommen ist, kann ich mir kaum ausmalen, ich bin nur froh, dass sie es nicht getan hat und ihrem Bruder das Versprechen, es nicht zu tun, auf Lebenszeit gegeben hat.

Unsere gemütliche Quasselrunde nimmt ein jähes Ende, als die Band aufhört, so schöne Musik zu spielen. Stattdessen tritt der Mann von der Bar auf die Bühne vor die Musiker und verkündet, es werde ein Battle geben. Offenbar sind die Angestellten einer großen Anwaltskanzlei zur Betriebsfeier hier. Nun treten die Assistenzkräfte gegen die Anwälte an. Inklusive ihrer Partner. Und mit einem Lachen, das finde ich so schön daran. Die studierten Anwälte halten sich nicht für besser als die gemeinen Schreibkräfte. Sie sind in Freundschaft und Gleichgesinnung hier, um einen schönen Abend zu verleben. Einer der Anwälte, soweit ich das heraushöre, trägt zum Beispiel eine einfache Jeans, Sneakers dazu, ein rotkariertes Hemd und einen Hut.

Kein einziger Mann ist im Anzug da und keine Frau in Hosenanzug oder Kostüm. Sie sind leger gekleidet, aber nicht im Schlabber-Hausanzug. Zu so was könnte ich Stefan Baumgarten nie überreden. Mit ihm wäre solch lockere Stimmung gar nicht möglich. Der würde weder so ausgelassen tanzen, noch würde er ohne Anzug erscheinen, solange auch nur ein Vorgesetzter dabei wäre. Er besteht eben auf die strikte Trennung der Hierarchie.

Das dürfte jetzt auf jeden Fall schön anzusehen werden. Juliana ist auch gleich Feuer und Flamme und wir begeben uns in den Ring der Zuschauer.

Meine Güte, denke ich so bei mir. Wie die Männer ihre Frauen herumwirbeln, ist wirklich eine Meisterleistung. Mir wäre vermutlich schon schlecht geworden. Ich bezweifle auch ganz stark, dass ich meine Füße überhaupt so schnell bewegen könnte. Nicht mehr.

Aber meine Hände und meine Kehle funktionieren. Ich klatsche im Takt mit und erfreue mich an dem Anblick. Juliana steigt beim johlenden Anfeuern mit ein und nach einem kurzen Augenblick stelle ich fest: Es gibt keinen Grund für mich, es ihr nicht gleichzutun. Wer oder was hält mich denn davon ab, zu grölen und die Tänzer anzufeuern? Niemand!

Die Band hat ebenso ihren Spaß, das sehe ich ihnen an. Wer nicht gerade mit dem Mund das Instrument bedienen muss, der ist ohne Unterlass am Lachen. Ihre Augen glänzen nicht weniger als die der Tänzer und Zuschauer. Der Saxophonist sieht aus, als würde er gleich von der Bühne springen und mittanzen.

Nach einer Weile, als mir schon die Stimmbänder wehtun, fordert einer der Battle-Teilnehmer die Entscheidung des Publikums. Ich kann nicht sagen, welche von beiden Parteien besser war, und gebe einfach jedem meine Stimme durch lautes Jubeln und Applaus. Die meisten machen es genauso. Es bleibt bei einem Unentschieden und der fröhlichen Stimmung.

„Battle für alle!", ruft plötzlich jemand laut nach vorn. Ich kann kaum glauben, dass das wirklich passiert, aber es war tatsächlich Juliana. Ich möchte mich jetzt schon in Luft auflösen!

Ihrem Wunsch wird lautstark zugesprochen, so gibt es einen langen Flur, der breit genug ist, darin zu tanzen. Die Paare tanzen von links nach rechts, wenn man von der Bar ausgeht. Kommt man am rechten Ende an, stellt man sich an, um wieder nach links zum Anfang zu kommen. Eigentlich ganz einfach und tatsächlich möglich, obwohl der Laden brechend voll ist. Aus mehreren einzelnen Partys wird plötzlich eine Große.

Typisch Juliana!

Wie ich es mir gedacht habe, lässt sie mich nicht entkommen. Ich will mich gerade aus dem Staub machen, als ihre Hand schon meine greift und sie anfängt zu tanzen. Wir sollen auch noch anfangen! Ich bin zu verwirrt, um meine Beine überhaupt zu bewegen. Und die vielen Leute, die mir zusehen, machen mich nicht nur nervös, sie treiben mir die Panik durch die Glieder.

„Dich kennt hier keiner.", zwinkert Juliana mir zu. Vorhin hat sie mir erzählt, sie benimmt sich immer, als würde niemand sie kennen. Bei völlig Fremden, die man vermutlich nie wiedersieht, ist es leichter, sich frei zu bewegen und Spaß zu haben, weil man nicht fürchten muss, in die unangenehme Situation gebracht zu werden, nach einem Fehler jemandem noch mal unter die Augen zu treten. Ist man umringt von Fremden, gibt es keinen Grund, sich nicht gehenzulassen.

Ich beherzige Julianas Rat, weil ich in dem Gespräch zuvor schon zu der Erkenntnis gelangt bin, dass sie Recht hat. Indem ich darauf bedacht bin, die Wahrnehmung meiner Person zu kontrollieren, verbiete ich mir, ich selbst zu sein. Aber jetzt ... Abgesehen von Juliana, in deren Gegenwart einem vermutlich gar nichts peinlich sein muss, kennt mich hier niemand. Es ist also völlig egal, ob sie mich gut oder schlecht wahrnehmen. Es hat keinerlei Einfluss auf meine Zukunft. Wieso also nicht aus mir herauskommen und tanzen, was ich aufzubringen imstande bin?

Rock'n'Roll, Boogie Woogie, Swing ... Es gibt nichts, das es nicht gibt. Und ich darf stolz verkünden, dass ich die Schritte alle noch kann. Vielleicht nicht mehr ganz so sicher wie damals, aber das ist normal, denke ich. Wenn man immerfort tanzt, greift der Automatismus wie beim Atmen, Gehen oder auch Zähneputzen. Nach mehrjähriger Enthaltsamkeit funktioniert der Automatismus nicht mehr. Ich muss meinem Hirn erst wieder beibringen, die passenden Befehle an die entsprechenden Stellen meines Körpers zu senden. Arme, Beine, Hüfte – alles. Juliana und ich hatten ja schon eine Vorlaufzeit vor dem Battle der Anwälte. Ich war also gut gerüstet, nur nicht konditioniert genug. Nach gut drei Stunden muss ich endgültig aufgeben.

„Ich kann nicht mehr.", schnaufe ich völlig erledigt. Diese Nacht kann ich getrost als Fitnesstraining verbuchen. Vermutlich werde ich morgen den Muskelkater meines Lebens haben.

„Oh man.", hechelt Juliana und greift nach ihrem Wasserglas. Die angefangene Flasche ist rasch geleert und ich besorge Nachschub. Ich frage mich, wo das alles hin ist. So viel Flüssigkeit, wie ich schon in mich hineingeschüttet habe, müsste ich doch ständig aufs Klo rennen. Vermutlich schwitze ich genug. Aber ich fühle mich nicht so eklig verschwitzt, dass es das viele verlorene Wasser erklären würde.

Inzwischen ist es vier Uhr morgens und wir verlassen die Bar.

„Bist du müde?", fragt Juliana, nachdem wir an der frischen Luft einmal richtig tief durchgeatmet haben und einige Schritte schweigend zurückgelegt haben.

Merkwürdigerweise bin ich alles andere als müde. Es scheint mir fast, mein Körper schickt die jahrelang aufgesparte Energie hinterher. Aus der Zeit vor dem Klassentreffen, als ich mich ständig müde und hohl gefühlt habe, scheine ich noch eine Menge Reserven zu haben.

„Nein. Ich bin kein bisschen müde.", lache ich zu meiner Begleiterin herüber. Wieso ich das witzig finde? Keine Ahnung. Vielleicht findet es auch nur der Alkohol witzig.

Da ist es wieder ... In Julianas Augen kann man die Welt sehen, wenn man richtig hinsieht. Den Ursprung des Glitzerns kenne ich noch immer nicht, aber der Glanz, der mir jetzt direkt in die Augen blickt, kündigt eine weitere Verrücktheit an.

Ich bin so was von bereit, alles mitzumachen!

Ich möchte nicht, dass die Nacht schon endet, wo ich mich doch so lebendig fühle!

Mir ist zuvor nicht aufgefallen, dass sie noch etwas in den Händen trägt, außer ihrer Tasche. Sie hält grinsend eine Weinflasche hoch. „Hab ich dem Barkeeper abgekauft."

Die Idee finde ich gut, ich habe nur ein Problem: „Und wie kriegen wir die jetzt auf?"

Sie steuert eine kleine Mauer an, die etwa in Hüfthöhe den Park von der Straße trennt. Dort stellt sie die Flasche ab und ihre Tasche daneben. Darin wühlt sie eine Weile herum, bis sie ein Taschenmesser findet. Ein Korkenzieher ist dran, ich bezweifle nur, dass ich damit eine Weinflasche öffnen könnte.

„Weißt du, was du da tust?", frage ich. Sie hat die Spirale in den Korken gedreht, soweit kann ich das noch nachvollziehen. Doch jetzt zieht und zerrt sie daran herum, als würde sie das Glas der Flasche teilen wollen.

„Nein." Sie lacht mich an. „Normalerweise habe ich ordentliche Korkenzieher zur Hand."

„Gib mal her.", fordere ich und entreiße ihr die Flasche, bevor sie sich noch verletzt.

Im Gegensatz zu Juliana, die auf Glück einfach losprobiert, studiere ich erst einmal alle Fakten und entwickle wenigstens in meinem Kopf eine Abhandlung, die den Korken aus dem Flaschenhals zieht. Ich kann selbst kaum glauben, dass mir das trotz Alkohol und fortgeschrittener Stunde gelingt. In der Theorie wenigstens. Ob diese theoretische Abhandlung auch in der Praxis überzeugt, wird sich gleich zeigen.

Ich hab nicht die leiseste Ahnung, was das an dem Taschenmesser sein soll, was ich da herausklappe.

Vielleicht hat es auch gar keine weitere Funktion, als den Korkenzieher zu unterstützen. Es passt jedenfalls auf den Flaschenrand und der Rest ist Physik. Uns fehlt die Kraft, den Korken einfach so herauszuziehen, wie Juliana es versucht hat. Dann muss eben ein Hebel her. Und siehe da ... Es ist immer noch schwere körperliche Anstrengung, aber der Korken hat sich von der Flasche getrennt.

Ich stehe grinsend vor Juliana. In der einen Hand halte ich die geöffnete Flasche, in der anderen den Korkenzieher samt Korken.

„Nicht schlecht.", staunt sie und nimmt mir den Korkenzieher ab, um ihn wieder einzustecken. „Dann gebührt dir wohl der erste Schluck."

Das ist sozusagen meine Siegprämie! Es fühlt sich an wie ein Preisgeld und ich kann nicht leugnen, dass ich stolz auf diese Leistung bin. Zu Hause habe ich auch einen ordentlichen Korkenzieher. Ein Taschenmesser besitze ich gar nicht. Und dennoch habe ich mit Letzterem das Erste ausgestochen.

Der Wein ist jedenfalls gut. Richtig lecker sogar und wir sammeln weitere Umdrehungen. Nicht dass wir davon nicht schon genug gehabt hätten.

Ich erinnere mich an eine Nacht vor fünfzehn

Jahren, ich war damals Siebzehn. Es war die erste Nacht, in der ich von meiner Sperrstunde befreit wurde. Meine Eltern hatten mir nicht mehr vorgegeben, bis ein Uhr morgens zu Hause sein zu müssen. Ich denke, jeder kann von diesem Moment berichten, wenn man glaubt, endlich die absolute Freiheit gefunden zu haben und als Erwachsener respektiert zu werden. Und wie vermutlich die meisten Menschen habe ich gefeiert bis in die frühen Morgenstunden. Ich musste nicht frühzeitig die Party verlassen und mit dem Wissen ins Bett gehen, dass die anderen jetzt noch jede Menge Spaß haben werden. Nein, ich konnte mitfeiern und zum ersten Mal sehen, wie die Zeit sich nicht gerade positiv auf die Unterhaltungen auswirkte. Mehr Zeit bedeutet mehr Alkohol und weniger Konversationen.

Meine Freundin und ich haben uns ab einem bestimmten Zeitpunkt ausgenommen. Es war auch ihre erste freie Nacht und wir wussten, würden wir mit einer Alkoholvergiftung im Krankenhaus landen oder zu Hause das Bad vollkotzen, wäre dies vorerst unsere letzte freie Nacht gewesen. Wir wollten unser Verantwortungsbewusstsein beweisen.

Wein haben wir damals nicht getrunken, sondern Alkopops. Jede von uns hatte eine Flasche in der

Hand und eine in der Tasche. Und damit traten wir den Heimweg zu Fuß an. Der Weg war recht weit und wir quasselten nebenher, sodass wir beinahe nüchtern zu Hause ankamen. Es war Sonntagmorgen, sieben Uhr, wir stellten nur die frischen Brötchen auf den Küchentisch und verschwanden für den Rest des Sonntags in unseren Betten. Die Szenerie war quasi synchron, nur einige Häuser voneinander entfernt.

Genauso geht es mir jetzt gerade mit Juliana. Wir haben beschlossen, den Weg bis zu ihr zu Fuß zurückzulegen. Es ist nicht so weit, dass man es als Wanderung bezeichnen könnte, wohl aber weit genug, dass wir den größten Teil des Alkohols verbrennen werden. Da uns jetzt auch keine Musik mehr an Gesprächen hindert und uns zum Tanzen verführt, unterhalten wir uns wunderbar über quasi alles, was die Welt zu bieten hat.

Ein Stück des Weges balanciert Juliana auf der steinernen Parkgrenze. Als die zu Ende ist, muss ich ihr da wieder runter helfen. In Kindertagen wäre man gesprungen, aber in hochhackigen Schuhen könnte das schnell zu unangenehmen Verletzungen führen. Unser Abend soll aber nicht im Krankenhaus enden, also bitte ich sie, ihr helfen zu dürfen, und sie gewährt mir gnädigerweise diesen Wunsch. Meine Hände liegen an ihren Hüften und bei Drei springt sie, sodass ich mit aller mir verliehenen Kraft ihren Aufprall dämpfen kann. Wie war das? An Verrücktheiten wollte ich mich doch in ihrer Gegenwart gewöhnen! Das war eindeutig eine solche Verrücktheit.

Gut gelaunt und gemütlich plaudernd überqueren wir den Marktplatz. Wir sind gerade in der Mitte des weitläufigen Kopfsteinpflasterfeldes, als die große Uhr über dem alten Rathaus fünf Uhr schlägt. Und nur eine Sekunde später nehmen die Springbrunnen ihre Arbeit wieder auf. Ich habe nicht gewusst, dass die nach Zeitschaltuhr so genau funktionieren. Vor zwei Jahren habe ich in der Zeitung gelesen, dass zum allgemeinen Sparplan der Stadt gehört, dass die Springbrunnen in der Nacht den Betrieb einstellen. Damit soll immerhin etwas Strom gespart werden. Ich erinnere mich, dass ich das eine gute Idee fand. Springbrunnen haben ja nun wirklich keinen Nutzen, außer den Betrachter zu erfreuen. Wie viele kann es davon mitten in der Nacht schon geben?

Wann sie abgeschaltet werden, weiß ich nicht. Aber wann sie angeschaltet werden, das weiß ich jetzt und werde ich vermutlich nicht so schnell vergessen. Juliana und ich sind pitschnass!

Der Platz aus Kopfsteinpflaster, auf dem unter anderem auch der Weihnachtsmarkt aufgebaut wird, ist durchzogen von Rillen. Jede Rille verläuft in einem Viereck. Um dieses Viereck herum stehen Bänke. Ohne Lehne, man kann also selbst entscheiden, in welche Richtung man blicken möchte. Und im inneren Kreis dieser Vierecke schießen Wassersäulen empor. Im Sommer ist es ein Spaß für die Kinder. Sie kommen mit ihren Eltern und Großeltern, Tanten oder Kindermädchen. Sie tragen Badesachen und toben durch die Wassersäulen, während die Erwachsenen auf den Bänken sitzen und das schöne Wetter genießen.

Juliana und ich haben nicht darüber nachgedacht. Wir haben den geraden Weg über den Marktplatz gewählt, weil die Wassersäulen ja sowieso nicht sprudelten. Tja, hätten wir mal nachgedacht. Genau als wir innerhalb eines dieser Vierecke liefen, ging das Wasser an und wir waren nass. Trotz der hohen Schuhe springen wir mit einem Lachen zur Seite, doch das hilft nicht mehr. Wir sind nass und bleiben nass.

„Na toll.", lache ich und sehe an mir hinab. Den Cardigan habe ich nicht übergezogen. Der Alkohol und das viele Tanzen haben mich genug erhitzt. Außerdem ist es noch immer warm. Vermutlich erwartet uns ein heißer Sommertag.

„Deine Schuld!", wirft mir Juliana ebenso lachend vor und haut mit der flachen Hand in die Wassersäule. Genau in meine Richtung.

Ich schnappe erschrocken nach Luft. Ja, ich habe vorgeschlagen, über den Markt zu gehen, aber ich wusste doch nicht, wann das Wasser wieder angestellt wird!

Ich verdaue den Schreck recht schnell und stelle meine Tasche auf eine der Bänke. Der Cardigan liegt mit dabei und ich ziehe erst die Schuhe aus und danach in die Schlacht. Mit verengten Augen blitze ich Juliana an.

Sie schmunzelt schon. „Oh oh."

Genau!

Kaum zu glauben, dass ich das wirklich tue. Wir spielen wie die Kinder in der Nachmittagssonne durch die Wassersäule und versuchen immer wieder, uns mit Wasser zu bespritzen.

Wie alt sind wir noch mal?

Völlig unwichtig, denn im Moment fühle ich die

Leichtigkeit eines Kindes, das nicht über Folgen nachdenkt. Dann werde ich eben noch nasser. Es ist niemand da, der mich von diesem Unsinn abhält. Es ist allerdings auch niemand da, der mit einem Handtuch wartet.

Nach wenigen Minuten schon sind wir durchgeweicht bis auf die Knochen und lachen immer noch. Wir keuchen aber auch ganz schön und ich trete vorsichtshalber aus dem Rillenviereck.

„Unentschieden?", schlage ich vor und Juliana richtet sich lachend auf.

„Abgemacht."

Sie reckt mir die Hand entgegen und ich nehme an. Ich hätte vorher nachdenken sollen, mit wem ich hier bin. Statt ein Unentschieden zu besiegeln, zieht sie mich direkt in die Wassersäule hinein. Gab es vorher noch eine Stelle irgendwo an meinem Körper, die nicht nass war, so ist sie es jetzt.

Automatisch mache ich einen Schritt nach hinten, während ich nach Luft ringe. Ohne Absicht oder Vorsatz lasse ich Juliana allerdings nicht los und sie steht im aufsteigenden Wasser. Damit sind wir quitt, denke ich.

Doch, statt sich aus dem Wasser zu retten, bleibt

sie einfach stehen. Meine Hand liegt immer noch in ihrer und sie lässt sich genüsslich viel Zeit damit, meine Erkenntnis zu wecken. So sehr ich meine Hand von ihrer trennen will, sie lässt mich nicht. Und im nächsten Moment zieht sie mich ruckartig an sich. Ich habe dem nichts entgegenzusetzen und stehe schon wieder im sprudelnden Wasser.

Ich bemerke es kaum.

Juliana hat sich selbst nicht aus dem Nass gerettet. Sie ist stehengeblieben und hat mich auf Press an sich gezogen. Ihre rechte Hand hält noch meine Rechte fest, die andere hält sie auf meinem Rücken. Und da stehen wir. Minutenlang, ohne uns zu bewegen. Da sind wieder dieses besondere Lächeln und das Glitzern in ihren Augen. Sie steht nur da, sieht mich an und lächelt. Und ich stehe nur da, sehe sie an und lächle ebenfalls.

Ich spüre das Wasser kaum mehr um meinen Körper spritzen. Ich höre es nur dumpf auf den Boden plätschern. Jeden Tropfen einzeln, als hätte jemand der Zeit verboten, den Augenblick zu schnell verstreichen zu lassen. Er dauert gefühlte Stunden und ich schwelge in Empfindungen, die ich nicht kenne und doch so genieße, dass ich es als grausam von mir erachte, das zu unterbrechen. Ich trete aus dem Wasser, löse meine Hand von Juliana und gehe zu meiner Tasche.

„Ich glaube, wir sollten nach Hause, sonst holen wir uns noch den Tod."

„Kommst du mit zu mir?", fragt sie unbekümmert, als wäre der lange währende Augenblick nur für mich so eigenartig gewesen. „Du solltest dich abtrocknen und trockene Kleider anziehen."

Ich stimme zu, denn bis zu ihr ist es nicht mehr weit. Es war ja sowieso geplant, dass ich von ihr aus mit dem Taxi fahren würde. Ich bezweifle allerdings, dass mich irgendein Taxifahrer so pitschnass in sein Auto gelassen hätte.

Unterwegs schweigen wir. Es ist ein für mich unangenehmes Schweigen, das ich dennoch nicht breche, weil ich froh bin, diesen besonderen Moment zu überdenken. Als würde das helfen, ihn zu verstehen. Das Wasser war kalt, aber mir war heiß gewesen. Nicht schmerzhaft heiß oder krankhaft, wenn man sich schlecht fühlt. Ich habe in Flammen gestanden, ohne zu verbrennen. Ein Feuer, das auch das viele Wasser nicht löschen konnte. Um Haaresbreite hätte ich in dem Moment einen Fehler begangen. Einen folgenschweren Fehler, der mich eine Freundin gekostet hätte. Ich bin froh, dass ich den Absprung rechtzeitig geschafft habe und mich nicht von den alkoholisch unterstützten Gefühlen während der kindischen Wasserschlacht habe mitreißen lassen. Die Nacht hat in mir einige Fesseln gelöst. Einengungen des Erwachsenseins. Ich habe eine Nacht lang ein Kind sein können. Wenigstens fühlt es sich so an. Die Hochstimmung, die Euphorie und die Freude haben mir etwas vorgemacht. Mein eigenes Hirn hat mir ein Gefühl vorgegaukelt, das ich im nüchternen Zustand eindeutig nicht gehabt hätte.

Plötzlich höre ich auch meine Mutter wieder sagen: „Folge deinem Herzen nur so weit, wie es dein Verstand ertragen kann." Sie hatte Recht. Damals wie heute. Mein Verstand hätte nicht ertragen können, die Freundschaft zu verlieren, nur weil ich für einen Moment die Euphorie der Freiheit in meinem Herzen nicht zurückhalten konnte.

Ich bin froh, aus den nassen Kleidern rauszukommen. Juliana gibt mir eine Stoffhose und ein T-Shirt von sich. Wir haben in etwa die gleiche Statur, sie ist nur ein Stück größer als ich. Aber nicht so viel, dass ich die Hosenbeine umschlagen müsste. Es passt gut. Und ich fühle mich wohl darin, das ist wichtig, um einen ordentlichen Abschluss zu finden und mich aus dem Staub zu machen, bevor ich doch noch eine Dummheit begehe.

Auch Juliana hat sich abgetrocknet und umgezogen. Sie sieht allerdings nicht so aus, als würde sie die Wohnung noch mal verlassen. Ich wäre jetzt auch lieber schon zu Hause und könnte mich ins Bett legen.

Ich bin aber nicht zu Hause, das muss ich mir ins Gedächtnis rufen, weil ich mich beinahe so fühle. Als ich ins Wohnzimmer komme, hat sich Juliana in eine Decke auf die Couch gekuschelt. Das will ich auch! Auf dem Weg zu ihrer Wohnung hat uns die Kälte gepackt. Außerdem schlägt langsam bleierne Müdigkeit zu und bei ihr sieht es so gemütlich aus!

„Hey!" Sie lächelt mich schon wieder so an, wie sie mich nicht anlächeln soll! Da vergesse ich doch meinen guten Vorsatz, meine Gefühle nicht zu fühlen!

„Hey.", sage ich nur und bleibe wie ein Depp stehen. Was soll ich sagen? Wie finde ich die beste Überleitung zu meinem Abschiedsgruß?

„Willst du erst noch heiß duschen?", bietet sie mir an, doch ich schüttele den Kopf.

„Ich will nur noch schlafen."

„Du musst dich ein bisschen aufwärmen.", legt sie fest und hebt die Decke. Eine Einladung. „Ich möchte nicht, dass du diese Nacht mit einer Erkältung verbindest."

Das ist eine gute Ausrede. Die gefällt mir und ich nehme sie an. Obwohl die Ausrede wohl auch nur eine Ausrede ist. Ich habe ja gedacht, ich würde mich gern dort mit hinkuscheln. Ob mich das vor einer Erkältung bewahrt, ist eine andere Frage, aber immerhin kann ich die Hoffnung vorschieben, um mir gegenüber zu rechtfertigen, wieso ich nicht schnellsten die Flucht antrete.

Ich habe eh zu lange gewartet. Es wäre unhöflich und sie würde die fadenscheinige Ausrede auf eine Meile gegen den Wind riechen, ehe ich sie ausgesprochen hätte.

Meine Beine zittern und wackeln, als würde ich auf Eiern laufen. Es sind nur wenige Schritte, die mich von dem Sofa voller Wärme trennen. Trotzdem fürchte ich, ich könnte mindestens zwanzig Mal stolpern und stürzen.

Entgegen dieser Befürchtung komme ich aufrecht an und Juliana nimmt mich unter der Decke mit auf.

Und was jetzt? Die Decke ist groß genug für uns beide, aber ich weiß immer noch nicht, was ich sagen soll.

Ich ziehe die Beine mit aufs Sofa unter die Decke. Mir ist bitterkalt. Juliana greift nach meinen Händen. Sie sind eisig.

„Du meine Güte."

„Wir hätten dickere Jacken mitnehmen sollen. Oder Handtücher.", scherze ich angespannt.

„Wie langweilig, wenn man immer auf alles vorbereitet ist. Das gehört zum Leben.", meint sie und ich fühle mich mies. Ich gehe eben gern den sicheren Weg und bereite mich auf alle Eventualitäten vor. Bisher habe ich noch keinen Mantel mit in den Sommerurlaub genommen, aber dicke Socken und Pullover gehören auch ins Sommergepäck. Zumindest in *mein* Sommergepäck. Es könnte ja eine Schlechtwetterfront kommen. Soll ich mir dann erst einen Pullover kaufen, wenn ich schon friere?

Aber gut, ich werde vermutlich trotzdem nie ein Handtuch mitnehmen, wenn ich zur Party gehe. Auf solche Ideen bin ich bisher noch nicht gekommen und werde auch nichts daran ändern. Vielleicht sollte ich akzeptieren, dass man sich eben nicht auf alles vorbereiten kann. Juliana scheint diese Erkenntnis schon lange in ihrem Leben gefunden zu haben. Logisch, sie kommt ja auch auf die bescheuertsten Ideen!

Ein Kälteschub durchfährt meinen Körper. So gern ich es aufhalten möchte, dass ich mich in der Kälte schüttele, so froh bin ich, dass ich machtlos dagegen bin. Das Ergebnis ist Nähe. Juliana drückt mich an sich, zieht die Decke bis zu meiner Nasenspitze hinauf und rubbelt über meinen Rücken. Mein Ohr liegt an ihrer Brust und ich höre ihr Herz schlagen. Ganz gleichmäßig und ruhig. Es ist ein für mich so lautes und doch nebensächliches Geräusch in absoluter Monotonie, dass ich schläfrig werde. Richtig schläfrig. Von Müdigkeit bin ich sprunghaft in die Einschlafphase gewechselt. Ich denke noch, ich muss aufstehen und nach Hause fahren, da bin ich mit dem Geruch von Vanille in der Nase schon eingeschlafen.

Es ist unangenehm hell, als ich aufwache. Grell, könnte man es nennen. Durch meine geschlossenen Augenlider dringt dieses stechende Licht und ich will mich abwenden. Ich kann mich aber nicht umdrehen, weil ich immer noch so zusammengefaltet auf der mir fremden Couch liege, in den Armen von Juliana, die auch gerade aufwacht. Ob durch meine Bewegung oder das Licht, wir schlagen zeitgleich die Augen auf.

„Oh." Ich runzle die Stirn, setze mich auf und reibe mir den Schlaf aus den Augen. „Entschuldige." Ich wollte doch nicht hier einschlafen.

„Kein Grund.", gähnt sie und räkelt sich genüsslich. „Hast du denn gut geschlafen?"

„Wie ein Stein.", darf ich gestehen. Das hat gutgetan. Nur meine Stimme klingt dunkler und kratzig. Der Alkohol oder eine aufkeimende Erkältung? Immerhin friere ich nicht mehr so wie in der Nacht. Nur die normale Kälte, die man morgens nach dem Aufstehen empfindet. Das wird sich in ein paar Minuten geben.

„Springst du immer gleich auf?", fragt Juliana, bettet ihren Kopf noch mal auf dem Kissen und schließt die Augen.

„Eigentlich nicht. Normalerweise schlafe ich aber auch nicht auf jemand anders."

Ihre Mundwinkel zucken kurz. „Jetzt leg dich wieder hin und werde langsam wach."

Diskussion? Zwecklos. Ich komme nicht mal zum

Luftholen, da zieht sie mich schon wieder an sich und die Decke über uns.

Da liege ich nun. Juliana schweigt und ich bin verwirrt. Zugegeben, langsam aufzuwachen und aufzustehen ist angenehmer, als die Augen aufzuschlagen und aufzuspringen. Aber das hier ... Das genieße ich zu sehr, um mich zu entspannen. Ich hatte doch gehofft, mit dem Morgen würde mir klarwerden, wie konfus ich in der Nacht gefühlt habe. Wie absurd meine Gefühle waren. Wie falsch. Ich wollte mit der Erkenntnis aufwachen, dass ich bedingt durch den Alkoholkonsum mein eigenes Empfinden falsch interpretiert habe.

Und jetzt?! Jetzt liege ich schon wieder eingehüllt in den Duft von Vanille und kann kaum leugnen, dass ich es genieße. Der sanfte Herzschlag in meinem Ohr, der Arm, der mich an sich drückt, die Stille ringsherum ... Man könnte meinen, ich sei im Paradies gelandet. Es ist so ruhig und friedlich. Nach einem kurzen Blinzeln weiß ich, dass ich immer noch in Julianas Wohnung bin und sich keine Luftblase oder Wolke um mich gebildet hat. Nur die Vanillewolke und die möchte ich behalten.

Ich will hier weg!

„Ich muss langsam los.", murmle ich. Das Bedauern in meiner Stimme nehme sogar ich wahr, obwohl ich es überhören will. Wie deutlich muss es dann erst in Julianas Ohren klingen?

„Musst du wirklich?", flüstert sie ganz sanft in die immer noch anhaltende, friedliche Stille hinein.

„Ja. Mein Nachhilfeschüler wartet auf mich."

„Oh." Diesmal spricht ihre Stimme ganze Bände, obwohl es nur ein kurzer Ausruf, nicht mal ein richtiges Wort ist. Sie hat mit irgendeiner gelogenen oder halbwahren Ausrede gerechnet. Auf die Wahrheit war sie nicht gefasst, scheint sie aber nicht anzuzweifeln. Es gäbe auch durchaus bessere Einfälle, wenn ich ihr eine Lüge hätte auftischen wollen.

Sie fängt sich gleich wieder und lehnt ihre Wange gegen meine Stirn. „Schade eigentlich.", seufzt sie. „Es ist grad so gemütlich."

Da sagt sie was. Ich mag ja selbst kaum aufstehen.

Ich antworte nicht und nach einigen Augenblicken fährt sie eine Nuance lauter fort. „Hast du noch Zeit für Frühstück?"

„Hast du irgendwo eine Uhr oder muss ich

aufstehen?"

Ich höre keinen Ton, aber da ich noch immer auf ihrer Brust liege, spüre ich die leichten Erschütterungen, als sie sich das Lachen verdrückt. „Eine Uhr hängt über uns, aber die steht schon seit zwei Jahren. Eine Uhr hab ich am Ofen, aber ich weiß nicht, ob es Sommer- oder Winterzeit ist. Ein Wecker steht neben meinem Bett, der geht sogar richtig. Und sonst hab ich nur mein Handy."

So was gäbe es in meiner Wohnung nicht. In jedem Raum, sogar im Badezimmer, hängt über der Tür eine Uhr. Und die gehen alle richtig, ich stelle sie immer von Sommer- zu Winterzeit und umgekehrt um. Ist mal eine Batterie leer, dann wird sie binnen vierundzwanzig Stunden gewechselt. Kommt es vor, dass ich aus irgendwelchen Gründen, die ich mir nicht vorstellen kann, keine passende Batterie im Haus habe, dann muss es bis zum nächsten Tag warten, doch das sind sehr seltene Ausnahmen.

Wenn ich wissen will, ob ich zum Frühstück bleiben kann, habe ich keine andere Wahl, als mich aufzurichten und mich nach meiner Handtasche zu strecken.

„Ja, das passt noch.", entscheide ich spontan, obwohl dies meine Chance zur Flucht gewesen wäre. Leider war meine Zunge schneller als mein Hirn.

„Na dann." Juliana schwingt sich vom Sofa und streckt sich genüsslich. „Kaffee oder Tee?", fragt sie dann.

Zum Glück sind wir doch nicht so verschieden. Kaffee muss her. In rauen Mengen!

Das Frühstück ist traumhaft. Als ich aus dem Bad komme, ist es schon fertig. Der volle Duft Kaffeearoma hängt wie eine schwere Wolke in der Luft und vermengt sich mit dem Geruch nach Urlaub: Frische Brötchen! Juliana hat den Tisch neben dem breiten, bodentiefen Fenster gedeckt. Es ist, als würde man mitten in der Sommersonne sitzen, ohne den Lärm der Stadt ins Paradies tragen zu lassen. Zig verschiedene Brotaufstriche und Marmeladen warten auf mich, ein Glas Traubensaft und ein Glas Apfelsaft stehen neben meiner Kaffeetasse. Sogar ein Frühstücksei rundet das Bild eines paradiesischen Frühstücks ab.

„Wow.", entfährt es mir. „Frühstückst du immer so?"

„Nein.", lacht sie. „Nur, wenn es sich lohnt. Im Alltag muss eine Tasse Kaffee reichen."

„Lass mich raten." Ich grinse sie an und sie weiß schon, welche Stichelei jetzt kommt. „Weil du sonst noch mehr zu spät kommen würdest?"

„Auch.", lacht sie. Offenbar habe ich ihre Vorahnung bestätigt. „Aber eigentlich nur, weil ich mir selten für mich selbst Mühe gebe."

Das kann ich gut verstehen. Geht mir ja genauso. Dass ich mich mal richtig bekoche, ist relativ selten und meistens nur ein Impuls, der mir sagt, ich kann nicht nur von Fertigessen oder rohem Gemüse leben. Wenn ich auf dem Markt bin, nehme ich mir immer so viel vor und kaufe dafür ein. Schlussendlich brate ich das Fleisch nur kurz an und lege es auf eine Scheibe Brot. Statt mir die Gemüsequiche zu machen, die ich wirklich gern esse, verzehre ich das Gemüse meist einfach roh. Gurken, Paprika und Tomaten sind meine ständigen Begleiter, wenn ich zur Arbeit fahre.

So ein schönes Frühstück wie bei Juliana kenne ich nur aus Hotels oder von meiner Oma. Sie hat sich auch immer so viel Mühe gegeben und gemeint, ich müsse mich morgens stärken, dann kann ich auch mehr erleben. Später, als ich aus der Abenteuersucht heraus war, hat sie das letzte Wort nur durch *erreichen* ersetzt.

Nebenbei werden Juliana und ich richtig wach und unterhalten uns, als wäre es das Normalste der Welt. Dabei schaffe ich auch den Sprung über meine eigenartigen Gefühle hinweg. Ich genieße, mit einer Freundin beim Frühstück zu sitzen. Nicht mehr und nicht weniger.

Ich helfe Juliana noch beim Aufräumen, obwohl sie meint, das sei nicht nötig. Dessen bin ich mir bewusst, aber dann steht der gedeckte Tisch vermutlich in drei Tagen immer noch genau dort. Also räume ich alles mit ihr weg, verfrachte sämtliches Geschirr, das ich irgendwo finden kann, in die Spülmaschine und stelle sie gleich an. Auch wenn Juliana das saubere Geschirr später sicherlich nicht in die Schränke räumen wird, habe ich immerhin dafür gesorgt, dass mal wieder alles gespült wurde. Mit einem feuchten Lappen wische ich auch den Tisch und die Arbeitsfläche der Küche fix ab. Es juckt mich in den Fingern, gleich weiterzumachen, doch dies ist nicht meine Wohnung und nicht meine Aufgabe!

Es geht an den Abschied. Zeitdruck entsteht für

mich noch nicht, ich werde es rechtzeitig nach Hause schaffen und werde mich noch gemütlich duschen und umziehen können. Kein Grund für Stress. Der fährt mir nur in den Körper, als wir an der Tür stehen und uns verabschieden und ich schon wieder so eigenartig zu fühlen beginne. Juliana steht vor mir und hat wieder dieses Lächeln aufgesetzt, das ich ihr verboten habe. Davon weiß sie natürlich nichts und das soll auch so bleiben. Ich bin machtlos gegen dieses Lächeln. Es ist nicht besonders deutlich oder strahlend, es ist eher friedlich. Nur ein leichtes Heben der Mundwinkel, aber es steckt solch naive Glückseligkeit darin, dass ich alles tun möchte, nur damit sie einen Grund hat, so zu lächeln. Gleichzeitig will ich es aber doch nicht sehen müssen.

Ich bin verwirrt!

Schon wieder! Oder immer noch?

„Ich danke dir.", sagt sie zum Abschied.

„Du? Mir? Wofür?", frage ich ehrlich ratlos. Was habe ich denn getan, außer mich über Nacht bei ihr einzunisten?

„Für den schönen Abend. Das hat gutgetan. Und es hat mir Kraft gegeben, die ich heute an Julian und

Anita weitergeben kann."

„Das ist schön." Was für eine bescheuerte Antwort! „Wenn du reden willst, dann ruf an oder komm vorbei. Du weißt ja, wo ich wohne."

„Danke.", sagt sie noch einmal und dann passiert es.

Ich weiß nicht wie und woher und warum! Ich weiß nicht mal, von wem die Initiative ausgeht! In einem Moment steht sie vor mir, wir verabschieden uns und sie dankt mir. Ich denke an ihre Lippen und beobachte sie, wie sie den Dank aussprechen.

Und dann spüre ich sie.

Wer sich wem genähert hat, weiß ich nicht. War ich es? Habe ich mich in der letzten Minute dieses Treffens doch nicht mehr unter Kontrolle? Oder wagt sie diesen Schritt aus Dankbarkeit? Wofür? Für eine Partynacht? Wenn ich für jede Party von meinem Begleiter einen Kuss bekommen hätte, hätte ich schon mehr Menschen geküsst, als ich hätte küssen wollen.

Sekunden verstreichen. Es ist dunkel. Wieso? Ich kann mich nicht erinnern, meine Augen geschlossen zu haben.

Brennende Hitze geht von Julianas Lippen aus,

entfacht meine Lippen und zieht sich als feurige Spur durch meinen ganzen Körper. Da ist wieder dieses falsche Gefühl. Ein Gefühl, das mir suggeriert, es wäre alles in Ordnung und es wäre richtig, was ich gerade tue. Eine Illusion, die zu schön ist, als dass ich sie aufgeben möchte!

Und doch endet es ebenso abrupt, wie es angefangen hat.

Juliana weicht einen Schritt von mir zurück und Eiseskälte bleibt bei mir zurück.

„Entschuldige.", murmelt sie.

Ich bin verwirrt, aber das will ich ihr nicht zeigen und bleibe oberflächlich gelassen. „Wofür?" Meine Zungenspitze streift über meine Lippen, wo ich noch einen letzten Schleier von ihr schmecken kann.

„Ich weiß, dass du nicht so sein willst."

Ich bin froh, dass sie es nicht ausspricht. Das L-Wort. Ich will es nicht hören, ich will es nicht denken, doch muss ich zugeben, ich hatte den Gedanken vorm Einschlafen. Aber sie hat Recht. Ich bin es nicht.

Ich muss hier weg!

Vermutlich tue ich das Schlimmste, was man in so

einer Situation tun kann: Ich wechsle das Thema und tue, als wäre das eben nicht passiert.

„Ich bringe dir die Sachen nächste Woche. Danke."

Und schon bin ich zur Tür hinaus und ziehe sie hinter mir ins Schloss. Ich will nicht, dass sie mir nachsieht. Ich will auch nicht ihre Blicke in meinem Rücken spüren. Ich will auch nicht den Drang verspüren, mich nach ihr umzusehen. Die Tür zu schließen, war die beste Entscheidung, die ich an diesem Tag getroffen habe.

Das Taxi wartet schon vor der Tür und ich muss kurz überlegen, wie die Adresse lautet. Wo wohne ich gleich noch mal? Nicht im Asternweg, da bin ich ja gerade, sondern in der Scholl-Straße.

Henry hat mich vermisst heute Nacht. Ich bin froh, endlich die Tür zu meinem Reich geschlossen zu haben. Ich habe Juliana ausgesperrt und mit ihr die Gefühle, die sie hervorruft. Na gut, ganz so einfach ist es nicht. Ich stehe minutenlang mit dem Rücken an meine Wohnungstür gelehnt und überlege, was ich jetzt tun soll. Marcus hat meine Zeitung auf die Fußmatte gelegt. Ich halte sie in der Hand und nehme sie nicht wahr. Auch Henry, der ungeduldig um meine Beine streicht, registriere ich kaum. Erst als sein forderndes Maunzen immer lauter wird, nehme ich wieder etwas neben meinem Herzschlag und Julianas Lippen wahr.

Ich lege die Zeitung, meine Tasche und den Schlüssel ab und empfange Henry, wie sich das nach einer so langen Nacht gehört. Mit vielen Streicheleinheiten erzähle ich ihm von der Bar, in der ich als Jugendliche schon Freunde getroffen habe, und der anderen Bar, in der ich so viel mit Juliana getanzt, gelacht und Spaß gehabt habe. Ich erzähle ihm auch von dem Springbrunnen, dann verstumme ich. Das monotone Kraulen meines Katers läuft weiter, nur meine gesprochenen Worte stocken. Henry macht das nichts aus. Vielleicht ist er auch froh, dass ich endlich die Klappe halte.

„Ich weiß, dass du nicht so sein willst.", erinnere ich mich. So hat sie es gesagt. *Nicht so sein willst*. Was ist *so*? Meinte sie wirklich das L-Wort oder habe ich da schon wieder irgendwas falsch verstanden? Das scheint mir sinnvoller als meine eigene Auslegung der Ereignisse.

Ich hocke immer noch hinter der Tür, als es klingelt. Mir entfährt ein Schreckschrei und ich lande auf dem Hintern.

„Hallo?!", ruft Marcus' Stimme. So viel zum Thema *Duschen*. Der Abschied von Juliana scheint länger gedauert zu haben, als mir lieb ist. Ich glaube, so sehr bin ich meinem Zeitplan noch nie hinterhergerannt.

„Frau Schneider, alles in Ordnung?"

Ich muss lachen und kann ihm nicht antworten. Auch als ich endlich wieder auf den Füßen stehe und die Tür öffne, lache ich noch.

„Nichts passiert. Ich bin nur erschrocken."

Sein Blick huscht schnell an mir hinab und wieder hinauf. Keine Blutflecke oder fehlende Gliedmaßen. „Vor der Klingel?"

„Ja. Ich stand direkt hinter der Tür und war in Gedanken versunken. Na komm rein. Ich zieh mich nur schnell um."

Erst mal hänge ich aber meinen Schlüssel ans Schlüsselbrett. Dafür ist das nämlich da. Julianas Schlüsselbrett ist behangen mit allem Möglichen, das kein Schlüssel ist. Der liegt sonst wo in der Wohnung und nachher wird sie ihn wieder suchen, wenn sie zu Anita und Julian ins Krankenhaus will.

Ablenken! Ich muss mich ablenken!

„Sind sie grad erst gekommen?", fragt Marcus verschwörerisch und lässt auch noch die Brauen hüpfen, dass es Tina sein könnte.

„Ja, stell dir vor. Ich war mit einer Freundin aus und bin auf ihrer Couch eingeschlafen."

Er hat wohl etwas mehr erwartet und genau genommen ist ja auch mehr passiert, aber das war nur aus Versehen. Ein Ausrutscher, mit dem ich Marcus auf keinen Fall belasten werde.

Ich hänge mein nasses Kleid auf und schlüpfe in meine eigenen Sachen. Unterdessen breitet sich Marcus an dem großen Esstisch aus, an dem wir immer arbeiten. Er war schon so oft hier, dass er selbst Saft und Gläser holt. Normalerweise bin ich eine bessere Gastgeberin.

Ich kann mich kaum genug konzentrieren, um meinen eigenen Namen zu schreiben. Das muss ich aber zum Glück auch nicht. Marcus hat festgelegt, dass wir Mathe heute gänzlich weglassen. Am Montag steht eine wichtige Arbeit in Chemie an, für die wollen wir ihn vorbereiten. Es wird sicherlich keine Eins mit Sternchen werden, aber eine solide Drei, mit der er seinen Durchschnitt soweit halten kann, dass dem Versetzen in die nächste Klasse nichts im Wege steht. Vorausgesetzt, er konzentriert sich während des Tests besser als ich bei der Nachhilfe.

Die Zeit vergeht wie im Flug. Es ist gut, dass Marcus da ist, so kann ich mich wenigstens kurzzeitig von Juliana und dem ... Na ja ... Ich kann mich von dem ablenken, das nicht hätte passieren dürfen!

Es ist sechs Uhr abends, als es zaghaft an die Tür klopft. Ich rechne schon mit dem Schlimmsten und überlege mir binnen Bruchteilen von Sekunden, wie ich diese Begegnung umgehen könnte. Es wäre nicht fair, einfach die Tür nicht zu öffnen. Ich habe Marcus eben etwas erklärt und meine Stimme war, obwohl ich ihn nicht anschreie, sicherlich als leises Murmeln zu hören.

Ich weiß nicht, ob ich enttäuscht oder erleichtert sein soll. Es ist Peggy. Sie hat Pizza bestellt und bringt sie uns. Sie bleibt auch zum Essen und für eine Weile lassen wir Chemie mal beiseite, nachdem wir Peggy bestätigt haben, dass Marcus gut vorbereitet ist. Sollte er wirklich eine Vier oder schlechter schreiben, dann kann ihm niemand vorwerfen, dass er sich nicht genug vorbereitet hätte. Das sage ich ihm auch offen und ehrlich. In

Geschichte kann ich ihm kaum helfen. Da konnte ich mich noch so gut auf einen Test vorbereiten, lernen bis zum Umfallen, es genügte einfach nicht. Damit musste ich damals leben und muss es heute auch noch. Will ich ein Datum oder wenigstens die korrekte Jahreszahl zu einem Ereignis wissen, dann muss ich nachschlagen. Daran ist nichts Schlimmes.

Auch in Chemie muss ich in den Lehrbüchern von Marcus oft erst noch mal nachlesen, ehe ich ihm überhaupt helfen kann. Das Fach war mir immer leichtgefallen, aber ich habe es seither nie wieder gebraucht. Wer stellt schon eine chemische Formel für die Zusammensetzung der Seife auf?

Das sage ich Marcus natürlich nicht. Ich möchte ihn nicht demoralisieren. Er hat sich heute verdammt viel Mühe gegeben und ich denke nicht, dass er durch den Test gänzlich durchfallen wird.

Beim Essen plaudern wir alle Drei richtig gemütlich. Es ist, als säße ich mit der Familie am Tisch beim Essen und gehöre dazu. Das stimmt nur nicht. Dies ist meine Wohnung, aber nicht meine Familie. Es ist aber auch nicht das erste Mal, dass uns Peggy mit Pizza daran erinnert, dass wir genug gearbeitet haben. Vermutlich ist es auch nicht das letzte Mal.

Er & Sie & Ich

Den Sonntag verbringe ich mit dem altbekannten Nichts! Na gut, genau genommen bin ich den ganzen Tag damit beschäftigt, nicht an Juliana zu denken. Beim Lesen der Samstagszeitung erinnert mich alles an sie. Wird der Bürgermeister, das Rathaus oder der anstehende Sommermarkt erwähnt, sehe ich Juliana in dem durchgeweichten Kleid vor mir. Der Stoff war ja sowieso schon so dünn gewesen, dass man meinen konnte, sie sei in Rauch gehüllt. Durch das Wasser hat sich dieser Rauch auch noch an ihren Körper geschmiegt und jede noch so kleine Wölbung betont.

Sie sah hinreißend aus. Zum Anbeißen!

Nein! Nicht für mich!

Lese ich von einer Schlägerei am Freitagabend im Kneipenviertel, denke ich an Juliana und Cocktails und Tanzen. Lese ich von der Gastronomiemesse kommendes Wochenende, denke ich natürlich an Juliana und Steinpilzsuppe. Auch ein Artikel über Anitas Unfall schiebt sich in mein Blickfeld und ich denke an Julianas Blick, als sie mir davon erzählte. Wie weit weg sie in dem Moment war, wie betroffen sie aussah und wie niedergeschlagen.

Direkt neben dem Artikel ist ein Streifen Werbung, die heutzutage nirgends fehlen darf, auch in der Tageszeitung nicht. Das Model trägt ein Sommerkleid, das mich farblich an Julianas Kleid erinnert.

Sie ist überall!

Nach dem Frühstück, das mit Julianas Frühstück keinesfalls mithalten kann, suche ich mir daher eine Beschäftigung, die mich ablenken soll. Noch bevor ich anfange, stelle ich erschüttert fest: spießiger geht es nicht!

Ich setze mich vor den Fernseher und stricke. Ja, ich kann stricken – kaum zu glauben. Ich mache es eigentlich auch wirklich gern, stricke mir und meinen Lieben warme Handschuhe, Socken und Pullover und habe Spaß daran. Es gibt allerdings kaum etwas Spießigeres. Wie alt bin ich noch mal? Anfang Sechzig oder Anfang Dreißig?

Egal. Ich bin zu deprimiert, um mir eine neue Beschäftigung auszudenken. In meinem Körbchen neben dem Sofa liegt noch eine angefangene Arbeit. Tina hat sich Armstulpen gewünscht und die soll sie kriegen. Eine ist schon fertig, mit der Zweiten bin ich auch fast durch und schaffe es bis Sonntagabend. Die Wolle ist angenehm weich auf der Haut. Und furchtbar wärmend für einen sommerlichen Juni. Tina brachte die Wolle vor einigen Wochen zu mir und ein Bild aus einer Zeitschrift. „Kriegst du das hin?", war ihr Kommentar dazu gewesen. Jetzt liegen meine Werke neben dem Zeitungsausschnitt und ich spüre ein wenig Stolz aufkommen. So schlecht sieht es nicht aus. In der Zeitung konnte man die fertigen Stulpen kaufen. Ein Strickmuster war nicht dabei, aber ich habe es richtig gut getroffen.

Inzwischen ist es spät genug, meine Abendroutine zu beginnen. Zuvor stecke ich die Stulpen mit einem Brief in einen Umschlag. Den werde ich morgen an mein Schwesterchen abschicken. Sobald er ankommt, wird sie anrufen. Sie hält nicht viel von Briefen.

Leider verpufft die Wirkung der Ablenkung, als ich im Bett liege. Den ganzen Sonntag über habe ich mich vor der Frage gedrückt, jetzt will sie beantwortet werden: Wann, wie und wo gebe ich Juliana ihre Kleidung wieder?

Variante Eins wäre, ich bringe sie ihr nach Hause. Ein Aufeinandertreffen ist da unausweichlich, wenn ich die Hose und das Shirt nicht in den Briefkasten stecken will.

Variante Zwei: Ich bringe es ihr in meiner Mittagspause zur Arbeit und kann mich schnell wieder aus dem Staub machen, ohne unhöflich zu werden. Meine Mittagspause dauert ja nicht ewig.

Variante Drei: Ich bringe es zu Nadja und bitte sie, es an Juliana weiterzuleiten, wenn sie sie sieht. Das würde mich hoffentlich vor der direkten Konfrontation bewahren, aber sonderlich nett wäre es auch nicht. Weder Nadja gegenüber, noch Juliana gegenüber. Außerdem wäre es feige, deshalb tendiere ich ja zu dieser Möglichkeit. Ich bin ein Feigling, das war ich schon immer. Wenn irgend machbar, gehe ich unangenehmen Situationen lieber aus dem Weg.

Eine Entscheidung muss her, doch ich kann sie nicht treffen. Es dauert noch bis Mittwoch, ehe ich mich dazu durchringe, Juliana per SMS zu fragen und somit ihr die Entscheidung zu überlassen. Ich kann mir nicht vorstellen, dass sie die Idee mit Nadja annimmt, obwohl ich es direkt vorschlage.

Dies ist der erste Kontakt seit Samstagmorgen und ich weiß ehrlich nicht, wie sie sich verhalten wird und wie ich mich verhalten soll.

Wie kompliziert!

Aber immerhin konnte ich ganz feige den ersten Kontakt ohne persönliche Konversation angehen. Ich stehe nicht vor ihr und muss auch nicht direkt antworten. Ich habe Zeit, ihre Antwort auf mich wirken zu lassen und eine eigene Antwort zu erarbeiten. Immerhin sitze ich im Büro und kann nicht sofort zurückschreiben, das sieht sie wohl ein. Sie hat ja auch zwei Stunden gebraucht, ehe sie meine Nachricht überhaupt gelesen hat.

Die Idee mit Nadja ignoriert sie einfach. Darauf geht sie gar nicht ein und meint, ich könnte ihr die Sachen doch heute Abend auf dem Heimweg vorbeibringen. Schade, dass sie weiß, wo ich arbeite und wohne. So weiß sie leider auch, dass ich fast bei ihr vorbeifahre, wenn ich mich vom Büro direkt auf den Heimweg mache.

Eine Weile überlege ich, ob ich mich mit

irgendwas herausreden soll. Das bringt nur nichts, denke ich mir so, dann schlägt sie den morgigen Abend vor. Das wäre Donnerstag. Wenn ich für den auch noch eine Ausrede finde, was keinesfalls unmöglich wäre, dann stünde schon das Wochenende vor der Tür. Freitagabend sollte ich mich in Julianas Wohnung lieber nicht blicken lassen. Wenn keine Pflicht mich daran erinnert, zeitig zu Bett gehen.

Ich bin so ein Angsthase, dass ich mich am liebsten in einem Mauseloch verkriechen würde. Umso näher der Feierabend rückt, desto mehr wünsche ich mir, dass erst Mittag ist. Vermutlich zum allerersten Mal überhaupt ersehne ich mir einen nie endenden Arbeitstag. Dies noch und jenes noch ... Ich finde immer wieder etwas, das mich weitere Minuten beschäftigt und vor Juliana rettet.

Bis Martina in der Tür steht. „Hast du den Feierabend vergessen?"

Genau da liegt das Problem. Seit ich Juliana zugesagt habe, rückt der Feierabend immer schneller näher. Ich will den Abstand vergrößern, doch es gelingt mir nicht, die Zeit anzuhalten. So wie bei der Wassersäule auf dem Marktplatz. Für einige Sekunden, vielleicht auch Minuten, war die Zeit eingefroren. Wieso geht das nicht, wenn ich es will?

Mein Magen krampft sich zusammen und es kostet mich unglaublich viel Kraft, gelassen zu klingen. „Bin schon fast weg.", lächle ich zu Martina.

Sie geht auch gleich zurück an ihre Arbeit und überlässt mich meinen eigenen Gedanken und Ängsten. Ich muss gehen. Ich muss jetzt aufstehen, meinen Computer ausschalten, meine Kaffeetasse wegbringen und alles aufräumen. Ich muss jetzt mein Büro verlassen und mich auf den Weg zu Juliana machen. Es gibt kein Entrinnen.

Das Einzige, woran ich mich festhalte, ist das Wissen, dass es morgen überstanden ist. Wenn ich morgen Früh in mein Büro komme, dann habe ich überlebt und werde mich hoffentlich nicht so scheußlich fühlen wie damals, als Thomas meinen Liebesbrief vorgelesen hat. Ich muss nur ein paar Minuten Stärke aufbringen, dann hätte ich es überstanden. Es geht schneller als beim Zahnarzt, denke ich.

Eine kleine Ewigkeit schiebe ich es noch vor mir her, indem ich einfach im Auto vor ihrem Haus sitze. Mein Wagen hat meine Pobacken festgeklebt.

Ich kann nicht aufstehen. Ich fühle mich so wackelig, dass ich fürchten muss, zusammenzuklappen und ohnmächtig zu werden, bevor ich Juliana überhaupt erreicht hätte. Das wäre immerhin eine gute Ausrede.

Aber jede Ausrede würde das Unausweichliche nur aufschieben. Ich komme nicht ewig drumherum, also lieber jetzt schnell hinter mich bringen.

Mehr panisch als mutig steige ich aus und klingle bei ihr. Der Summer gewährt mir Einlass ins Haus und als ich in Julianas Etage komme, steht die Wohnungstür offen. Meine schwitzigen Hände zittern. Eigentlich hatte ich nicht vorgehabt, da hineinzugehen. Ich will ihr doch nur die Sachen geben und wieder verschwinden.

„Hallo?", rufe ich unsicher. Meine Stimme zittert und ist so leise, dass es kaum zu verstehen ist.

„Komm rein!", höre ich Julians feste und klare und starke Stimme aus der Küche rufen. Ein köstlicher Duft hängt in der Wohnung und ich höre etwas brutzeln.

Bloß nicht!

Sie soll nicht für mich kochen! Sie hat jemanden eingeladen, oder nicht? Irgendjemand, der nicht

Marlene Schneider heißt!

Unsicher trete ich um die Wand herum zum Tresen, der die Küche vom Wohnzimmer trennt. „Hey."

Ihr strahlendes Lächeln trifft mich genauso hart, wie ich es mir vorgestellt habe, wenn nicht sogar noch schlimmer. Man sollte ihr das Lächeln ganz allgemein verbieten. „Hey. Mach´s dir bequem."

Ich hab ja befürchtet, dass sie das sagen würde.

„Ich wollte dir nur die Sachen bringen."

Ihre Schultern sacken ruckartig ab und ihre Mimik sagt mir schon, dass ich sie gerade enttäusche. „Du willst nicht zum Essen bleiben?"

Ah! Ich würde mir am liebsten die Haare ausreißen! Ihr zartes Gesicht sieht aus wie von einer Elfe. Sehr weich und kindlich. Genau das ist das Problem. Sie sieht mich an wie ein Kind, dem ich gesagt habe, Weihnachten fällt aus. Ich bin vielleicht feige, aber ich bin unfähig, meine Feigheit vor die Unschuld zu stellen.

„Du kochst wegen mir?"

Schon lächelt sie wieder so niedlich. „Für wen sonst? Ich hab doch gesagt, für mich allein koche ich nicht."

Ich habe keine Wahl. Absolut überhaupt keine Wahl! Ich *muss* bleiben! Ich werde mit imaginären Fesseln gezwungen! Ich muss irgendwie die Völlerei überstehen, ohne zu platzen! Und ich muss irgendwie die Zeit mit Juliana überstehen, ohne mich lächerlich zu machen!

Genau das habe ich aber bereits getan.

Juliana kommt um den Tresen herum und nimmt mir ihre Kleider ab. Dabei streift sie meine Hände, ich unterstelle ihr Absicht, und lächelt. Unwillkürlich zucke ich zurück, schaffe nicht mehr, als meinen Blick vor ihr zu senken, und aus ihrem eben noch schönen Lächeln wird ein kleines, freches Lachen.

„Lene, ganz ruhig. Ich habe dich geküsst, nicht abgeschlachtet."

Jetzt spricht die das auch noch aus!

„Ich weiß.", würge ich hervor und mein Gesicht glüht, als wäre ich ein Komet, der gerade in die Erdatmosphäre eintritt. Genauso schnell möchte ich auch sein können und hier raus!

Juliana lacht schon wieder. „Na los. Setz dich. Ich halte auch Abstand, versprochen."

Netterweise geht sie mit der Hose und dem T-Shirt, die ich ihr frisch gewaschen, gebügelt und gefaltet mitgebracht habe. Sie überlässt mich mir selbst. Und ja, in mir kommt der Gedanke an Flucht auf. Es ist ein Impuls, der durch meinen ganzen Körper wallt und ein Zucken meiner Beine nach sich zieht. Aber ich bleibe halbwegs willensstark und gestatte meinen Beinen nicht, mich aus der Wohnung zu tragen, sondern zum Sofa. Dort sitze ich steif wie ein Brett und warte auf meine Hinrichtung.

Juliana ignoriert mich kurzzeitig. Sie kommt zurück und geht achtlos an mir vorbei zur Küche. Ob sie sich genauso unwohl fühlt wie ich oder merkt, dass ich mit meinen Gedanken kämpfe, das weiß ich nicht. Ich habe auch keine Gehirnwindung übrig, um darüber nachzudenken.

Dort vorn, überlege ich. Dort vorn ist es passiert. Sie hat mich geküsst, hat sie vorhin gesagt. Ich erinnere mich nicht daran, wie sie mir näher gekommen ist. Ich hätte ihr auch geglaubt, wenn sie sagt, ich habe sie geküsst. Aber offenbar war es von ihr ausgegangen und zum allerersten Mal stelle ich mir eine neue Frage:

Ist Juliana lesbisch?

Wieso zum Henker ist mir das vorher noch nicht in den Sinn gekommen? Sie hat mich geküsst, ich habe sie geküsst – wie auch immer. Völlig egal! Wir haben uns geküsst und sie scheint es nicht zu tangieren. Sie macht sich keine Gedanken darüber. Die letzten Tage habe ich damit verbracht, mir eine Erklärung zurechtzulegen. Eine Darlegung der Ereignisse, die nicht darauf hinausläuft, dass ich unter Umständen, vielleicht ein klitzekleines, kaum nennenswertes, winziges lesbisches Gefühl in mir trage.

Autsch ... Tagelang habe ich mich vor diesem Wort versteckt, jetzt ist es plötzlich da. In einem Satz mit mir. *Lesbisch.* Ich bin nicht lesbisch. Aber Juliana vielleicht.

Ehe für alle! Dieser Ausruf, dieser Wahlspruch, diese Forderung oder wie auch immer man es formulieren möchte ... Dieser Slogan ging durch alle Medien. Es betrifft mich nicht, dachte ich jedes Mal, wenn ich davon hörte oder in der Zeitung einen Artikel las. Mir war es für mich persönlich egal. Ich war dafür und bin dafür, weil ich hinter dem Grundsatz stehe: *gleiches Recht für alle.* Egal wen man liebt, wo man herkommt oder welchem Glauben man folgt. Soll jeder sein, wie er ist, und lieben, wen er will. Ja, ich bin für die Ehe für alle, aber nur mit objektivem Abstand!

Wie es wohl ist, dazuzugehören? Wie fühlt es sich an, zu denen zu gehören, die ausgegrenzt werden? Zu denen, die für ihre Gleichheit erst noch kämpfen müssen? Ich glaube, ich will in keinem Punkt dazugehören. Ob Sexualität, Herkunft oder Glaube. Ich will nicht zu den Ausgegrenzten gehören. Ich bin froh, ein Teil der breiten Masse zu sein.

Juliana ist vielleicht eine von denen, die von dem neuen Gesetz profitieren. Vielleicht aber auch nicht. Sie tut so, als wäre nichts gewesen. Es kann ja auch sein, dass es auch ihrerseits nur ein Ausrutscher war.

Wie automatisch schwenkt mein Blick von der Tür, wo es passiert ist, zur Küche, wo sie steht und lächelnd irgendwas umrührt. Sie sieht so zufrieden mit allem aus. Offenbar gibt es gar nichts, worüber ich mir Sorgen machen müsste. Ob eine Entgleisung beiderseits oder nur einseitig, ist ebenso unwichtig wie das Versehen selbst. Dadurch ändert sich zwischen uns trotzdem nichts.

Als hätte sie meinen Blick gespürt, dreht sie den

Kopf zu mir und lächelt wieder dieses bezaubernde Lächeln, das ich ihr doch verboten hatte, weil es mich wuschig macht. Aber warum macht es mich so wuschig? Weil es ein so schönes Lächeln ist oder weil ich verlie...

Nein, das bin ich nicht! Es ist einfach nur ein schönes Lächeln! Ende! Mehr nicht!

„Du schaust mich an, als würdest du mich erschießen wollen.", sagt sie und kommt mit zwei Weingläsern zu mir. Gefüllt natürlich und ich fürchte mich vor dem, was der Alkohol mir entlocken könnte. Ich habe zwar nicht vor, mich zu betrinken, aber wie man Freitagnacht gesehen hat, muss ich mich auch nicht komplett abfüllen, um mein Herz zu verwirren.

„Nein.", sage ich nur, nehme ihr das Glas ab, das sie mir hinhält, und senke den Blick zu Boden.

„Hör mal.", sagt sie weich und setzt sich neben mich. Wollte sie nicht Abstand halten? „Es tut mir leid, was passiert ist. Oder besser gesagt: Es tut mir leid, dass ich mich nicht beherrschen konnte. Der Kuss tut mir kein bisschen leid."

„Wieso nicht?", flüstere ich kaum hörbar.

Sie greift sanft nach meinem Kinn und dreht

meinen Kopf zu sich. Wenn ich nicht wie ein bockiges Kind die Augen zusammenkneifen will, bleibt mir nichts anderes übrig, als in ihren blauen Augen zu versinken.

„Es ist okay.", haucht sie noch leiser als mein Flüstern. Sie spricht es ganz vorsichtig aus, damit es mich nicht erschlägt. „Ich weiß seit meiner Kindheit, dass ich lesbisch bin. Es ist nichts Schlimmes dabei. Ich weiß, dass es für dich neu ist, deshalb wollte ich dich ja eigentlich nicht küssen, aber du ziehst mich unglaublich an."

Wieder will ich den Blick senken, doch sie lässt mich nicht.

„Marlene, du bist eine unglaublich attraktive Frau."

Na ganz toll! Wenn meine Wangen noch röter werden, bin ich von einer Tomate nicht mehr zu unterscheiden. Könnte sie bitte aufhören, mich verlegen zu machen?!

Ich hasse es, wenn jemand in meinem Gesicht liest wie in einem Buch!

Juliana kichert leise. „Entschuldige. Du siehst schrecklich aus. Abstoßend hässlich!"

Sie ist ungefähr so überzeugend wie ein Politiker,

der verspricht, sämtliche Steuern abzuschaffen. Das ist unmöglich, dann könnte kein Staat mehr existieren. Entsprechend amüsant finde ich Julianas Versuch und lache vorsichtig in mich hinein.

„Schon besser.", freut sie sich und erhebt das Glas. „Und jetzt keine Sorgenfalten mehr bitte. Auf einen schönen Abend unter Freunden."

Die letzten beiden Worte beruhigen mich ein wenig. Unter Freunden! Nichts weiter! Nur Freunde! Mehr sind wir nicht, mehr waren wir nicht, mehr werden wir nicht sein! Nur Freunde! Zwei Freundinnen, die zusammen zu Abend essen und sich gemütlich unterhalten.

Diese Vorstellung beruhigt mich und lockert mich ein wenig auf. Für Juliana ist auch alles gesagt, was gesagt werden musste, und sie widmet sich wieder ihrer liebsten Beschäftigung: Kochen!

Da ich nicht im Schweigen ertrinken will, versuche ich es mit einer lockeren Frage und halte meine Stimme völlig ausgeglichen, wie unter Freunden eben üblich. „Hast du von der Gastronomiemesse gelesen?"

„Ja. Ich will Samstag hin. Magst du mitkommen?"

„Was erwartet mich denn?" Ich habe keine

Ahnung, wie eine Gastronomiemesse aussieht.

„Weine, neue Geräte, neue Messer, neue Techniken, neue Rezepte und viele viele Verkostungen. Freitag ist also Fasten angesagt, soweit es meine Arbeit zulässt."

„Oh je. Und Sonntag brauchst du eine Kleidernummer größer?"

„So ungefähr.", lacht sie ausgelassen.

„Behalte die Eintrittskarte. Die kannst du von der Steuer absetzen."

Juliana erstarrt und dreht sich auf den Fersen zu mir herum. „Ehrlich?"

Ich könnte mich kringeln vor lachen. „Mhmh.", mache ich aber nur und nicke zustimmend. Jedes gesprochene Wort wäre ein Lachanfall geworden.

Sie widmet sich gleich wieder dem, das einen so einladenden Geruch verströmt, dass mir das Wasser im Mund zusammenläuft. „Sofern ich bei der Steuererklärung die Karte wiederfinde, würde ich sie angeben. Die bezahlt allerdings mein Chef und der will sie wiederhaben." Es klingt, als würde ihr gerade der Grund dafür klar werden. „Gilt das eigentlich auch für Messer und so weiter?"

„Sicher, wenn du sie für deinen Job brauchst. Gibt es im Restaurant keine Messer, oder wie?"

„Doch, aber Köche sind sehr eigen, wenn es um ihre Instrumente geht. Ich kenne keinen Koch, der nicht seine eigenen Messer hat. Und meinen sieht man langsam die viele Nutzung an. Ich will sehen, ob ich einen passenden Ersatz finde. Mich wenigstens mal umschauen."

„Ah ja. Für mich ist ein Messer ein Messer, mehr nicht. Aber ja, die kannst du ebenfalls absetzen."

Kaum zu glauben. Meine verzweifelte Suche nach einem unverfänglichen Thema hat mich zu der Frage nach der Messe geführt und uns tatsächlich den ersehnten Schritt in die lockere Stimmung gebracht. Wir unterhalten uns ganz gemütlich über die Eigenschaften von Köchen, Messern und Steuererklärungen. Welch ungewöhnliche Kombination.

Zwischendurch klingelt mein Handy. Tina. Das bereits erwartete Schwesterngespräch. Das möchte ich allerdings nicht führen, wenn Juliana mithört, deshalb drücke ich Tina weg und schreibe ihr kurz, dass ich bei Juliana zum Abendessen bin. Mehr nicht, denn mehr ist es ja auch nicht. Wir verschieben das Telefonat auf morgen Abend nach Feierabend.

„Du kannst auch nach nebenan gehen.", schlägt Juliana vor und ich kann kaum glauben, dass ich ganz locker ablehne. Das wäre ja eine willkommene Ausrede gewesen, dem Gespräch mit Juliana zu entgehen. Aber das ist nicht mehr nötig, wir quasseln wie zwei Freunde. Und dass Tina mir das nicht übelnimmt, kann ich ebenso gelassen versichern. Wir telefonieren nicht nach Zeitplan, sondern wenn es sich ergibt. Und wenn eine von beiden dann gerade keine Zeit hat, ist das auch kein Weltuntergang. Der Kontakt zwischen uns ist regelmäßig genug, dass es auf ein paar Tage nicht ankommt.

Ähnlich und doch anders sieht das mit Christoph aus. Mit dem hab ich häufigeren Kontakt und ...

Bei dem Gedanken stocke ich. Ich habe Juliana geküsst.

Und ich bin mit Christoph zusammen.

Die Idee, dass ich ihn betrogen habe, ist mir ja noch gar nicht gekommen. Ob ich ihm das sagen sollte? Besser nicht. War ja nur ein Ausrutscher von Juliana, der aus der Welt geschafft ist.

Jedenfalls habe ich mit ihm regelmäßigen Kontakt, immerhin sind wir zusammen. Mehr oder weniger fest. Soweit es auf die Entfernung eben geht. Juliana hat allerdings keinen guten Einfluss auf mich. Erst als ich Tina geschrieben habe, wo ich bin und dass ich gerade nicht telefonieren kann, kommt mir in den Sinn, dass ich Christoph vielleicht auch vorwarnen sollte, dass ich nicht so schnell im Chat erreichbar sein werde.

Als das auch erledigt ist, mache ich den Ton vom Handy allerdings aus. Keine weiteren Störungen bitte. Das sagt viel über mich aus. Ich bezeichne einen Anruf meines Freundes als Störung. Ich glaube, ich sollte mal einen Psychiater aufsuchen. Oder Tante Brigitte, aber die will mich ja immer noch nicht sehen.

Beim Essen erzähle ich Juliana davon. Seit dem großen Paket ist eine Menge Zeit vergangen und ich habe Himmel und Hölle nach Tante Brigitte abgesucht. Ich weiß immer noch nicht, wo sie ist. Aber ich habe einen Notar gefunden, der es weiß. Ihr Nachlassverwalter, wenn sie gestorben ist. Ihn habe ich angerufen und er hat mir erklärt, dass zu seinem Vertrag auch absolutes Stillschweigen über ihren Aufenthaltsort gehört. So ein stures, altes Weib!

Ich konnte jedenfalls betteln und bitten, wie ich wollte. Er hat die Adresse nicht rausgerückt, aber sich dazu bereiterklärt, einen Brief an sie weiterzuleiten. Eine Antwort habe ich nicht bekommen. Zumindest nicht von Tante Brigitte, nur von dem Notar die Bestätigung, dass er den Brief übergeben hat. Seither habe ich aufgegeben, sie finden zu wollen, und warte tagtäglich auf eine Nachricht von ihr.

„Sie will nicht, dass ihr ihre Lieben beim Sterben zusehen.", meint Juliana dazu, während sie nebenbei die Nachspeise serviert. „Ich kann sie verstehen."

„Ich ja auch, aber zählt mein Wunsch denn gar nicht? Mir ist egal, wie sie aussieht, wie viele Schläuche und Kabel an ihr hängen, wie abhängig sie von dem Pflegepersonal ist oder sonst was. Sie steht kurz vorm Tod und ich möchte die letzte Chance nutzen, mit ihr zu reden, sie in den Arm zu nehmen und ihr zu sagen, dass ich sie liebe."

„Lene..." Juliana beugt sich über den Tisch ein Stück zu mir und schaut mir beschwörend, betörend, in die Augen. „Sie weiß, dass du sie liebst. Nicht zuletzt durch deinen Brief. Ich bin mir sicher, er drückt genau das aus, was du eben gesagt hast. Aber der Anblick von ihr in einem Krankenhausbett, mit Maschinen neben ihr, der würde sich einprägen. Ich habe meinen Großvater so sterben sehen. Und glaub mir, wenn ich sage, dieses Bild bleibt immer vordergründiger als das Baumhaus, in dem er mir Geschichten erzählt hat. Vielleicht hat deine Tante sich ebenso an ihre Schwester erinnert und wollte verhindern, dass ihr dieses Bild auch von ihr für den Rest eures Lebens mit euch tragt."

„Aber der Rest meines Lebens ist nicht so überschaubar wie ihrer. Wieso lässt sie mich dann nicht ihr die Liebe mitgeben, die ich für sie empfinde?"

„Weil das den Tod nicht aufhält. Deine Liebe ändert nichts daran, dass sie gehen wird. Ihre Entscheidung ändert nur etwas daran, wie sie in deinem Herzen bleibt. Auf ihren Tod hat sie keinen Einfluss, wohl aber auf ihr Andenken. Nimm ihr diese Entscheidung nicht ab. Sie hat sie bewusst getroffen."

Das ist nicht von der Hand zu weisen. Wenn Tante Brigitte etwas wollte, dann hat sie es auch bekommen, wie sie uns nun ein letztes Mal beweist. Und wenn sie etwas geben wollte, dann hat sie es gegeben. So habe ich sie in Erinnerung, so soll sie in meiner Erinnerung bleiben. Und nicht als kranke Frau, die nichts mehr geben kann. Vielleicht fällt es mir mit dieser Erklärung im Hinterkopf irgendwann leichter.

„Was war alles in dem Paket?", fragt Juliana und ich erzähle ihr von den vielen Kleinigkeiten, die eigentlich nur bestätigen, was Juliana gesagt hat. Tante Brigitte hat sich entschieden, uns Erinnerungen an ihr Leben zu hinterlassen, nicht an ihren Tod. Und genau heute, fast drei Monate nach dem Paket, verstehe ich ihre Entscheidung und schwelge in Erinnerungen.

Juliana macht noch eine Flasche Wein auf, nachdem sie mir ihr Gästezimmer angeboten hat. Vielleicht hat der vorherige Wein meine Entscheidung beeinflusst, vielleicht fühle ich mich in der gemütlichen Unterhaltung auch wohl genug. Ich habe diesmal jedenfalls bewusst beschlossen, über Nacht bei Juliana zu bleiben. In ihrer Wohnung, nicht in ihrem Bett. Im Gästezimmer!

So sitzen wir noch bis ein Uhr morgens beisammen und am Ende würde Juliana meine Tante Brigitte wahrscheinlich erkennen, wenn sie vor ihr stehen würde. Ebenso geht es mir mit ihrem Großvater, nur dass der definitiv nicht mehr vor mir stehen kann. Er scheint ein sehr liebevoller Opa gewesen zu sein. Juliana und Julian haben viele Abenteuer mit ihm erlebt. Einmal war das Baumhaus ein Piratenschiff und sie sind über alle Ozeane geschippert. Ein anderes Mal war das gleiche Baumhaus die Höhle einer Räuberbande, in der sie die geklauten Kekse ihrer Oma versteckten. So ähnlich ist Tante Brigitte auch gestrickt und irgendwann fangen Juliana und ich an, uns auszumalen, wie eine Begegnung der beiden ausgefallen wäre. Wir lachen uns Bauchmuskeln bei der Vorstellung.

Ich bin berechenbar, sagt Juliana. Leider kann ich es nicht abstreiten und muss ihren Verdacht bestätigen. In meinem Auto liegt eine Bluse zum Wechseln, falls ich mich auf Arbeit zum Mittag bekleckern sollte. In einem kleinen Beutel fahre ich auch immer einen sauberen Slip mit mir herum, falls ich überraschend meine Tage kriegen sollte. Meine Regel kommt manchmal so schlagartig und ohne Ankündigung, dass es besser für mich ist, wenn ich vorbereitet bin. Einer spontanen Übernachtung bei einer Freundin steht also nichts im Wege. Außer dass ich keine Zahnbürste, Handtücher und so weiter eingesteckt habe. Aber da kann mir Juliana aushelfen und ich muss nicht auf die heiße Dusche verzichten. Die gehört für mich aber eigentlich nicht ins Nachtprogramm um ein Uhr morgens.

Wie der Morgen abläuft, weiß ich schon beim Einschlafen und werde viel zu wenige Stunden später bestätigt. Mein Handy weckt mich zur rechten Zeit, ich stehe auf, setze Kaffee an und gehe ins Bad, um mich fertig zu machen und anzuziehen. Von Juliana fehlt jede Spur.

Ich weiß, wann sie theoretisch aufstehen will. Sie hat mir ja auch erzählt, wann sie aus dem Haus muss. Dazwischen liegt eine halbe Stunde fürs Frühstück und zum Anziehen. Ich plane für mich selbst lieber eine ganze Stunde ein, damit ich gerade morgens alles in Ruhe machen kann. Mich noch mal umdrehen, etwas strecken und vielleicht noch mal eindösen. Ich will nicht, dass der Wecker nur klingelt, um mir zu sagen, dass ich spät dran bin.

Juliana reicht eine halbe Stunde, aber sie steht nicht auf. Ich bin ja im Bad fertig, sie kann also gleich hinein. Und der Kaffee ist auch schon durch – noch eine Zeitersparnis.

Aber wo bleibt sie?

Genau in der Mitte ihrer halben Stunde klopfe ich

vorsichtig an ihre Tür.

Keine Reaktion.

Ich öffne die Tür einen Spalt. „Juliana?", frage ich leise.

Keine Reaktion.

Wie befürchtet, schläft sie noch tief und fest und kommt zu spät, wenn ich sie schlafen lasse. Hin und hergerissen zwischen meiner Vernunft, die mir sagt, ich solle jetzt bloß nicht in ihr Schlafzimmer gehen, und meinem Gefühl, das mir sagt, ich solle sie nicht verschlafen lassen, stehe ich in der Tür und wage es kaum, die Schwelle zu übertreten. Das ist ihr Schlafzimmer! Hier habe ich nichts verloren!

Noch einmal sage ich ihren Namen, doch sie hört mich nicht. Sie schläft tief und ruhig und offenbar mit schönen Träumen. Trotz des Dämmerlichts sehe ich durch die Lampen des Flures, die ihre Helligkeit in das Zimmer werfen, ein leichtes Lächeln auf ihren schönen Lippen. Ihre Finger klammern sich an einen Zipfel der Bettdecke, als bräuchte sie ihn, um sich festzuhalten.

Wovon sie wohl träumt?

Ich bemerke nicht, wie ich am Türrahmen lehne und ihr lächelnd zusehe. Wenn ich ihr Gesicht betrachte, dann würde ich sagen, sie träumt von etwas Schönem, das sie ängstigt. Oder von etwas Furchteinflößendem, neben dem sie aber etwas gefunden hat, das ihr Mut und Kraft gibt. Was es auch ist, ich würde es gern kennen.

Sie wird zu spät kommen, erinnere ich mich und wage nun doch den einen entscheidenden Schritt über ihre Schwelle, ohne darüber nachgedacht zu haben. Es ist einfach passiert.

Ich gehe langsam und leise zu ihrem Bett und beuge mich über sie. „Juliana.", flüstere ich und rüttle sie ganz sanft. „Juliana." Eine Strähne liegt quer auf ihrer Stirn. Ein Impuls, stärker als ich, zwingt mich dazu, die Strähne von ihrem Gesicht zu streichen. Hauchzart streift mein Finger über ihre Stirn.

Sie bewegt sich und das Lächeln wird einen Tick intensiver. Sie wacht auf!

„Juliana.", flüsterte ich erneut. „Du musst aufstehen."

„Schon?", brummt sie und rutscht ein Stück von der Bettkante weg. Weg von mir. Die Augen hat sie noch nicht geöffnet, sie greift blind nach meiner Hand und zieht mich auf die Bettkante. Dort sitze ich nun, schwimmend im Schwindel, und bin machtlos gegen ein neues Lächeln. Juliana legt ihren Kopf in meinen Schoß und atmet tief ein.

„So macht sogar Aufstehen Spaß.", murmelt sie und klingt, als würde sie gleich wieder einschlafen.

Ich sollte das lassen, das weiß ich, aber meinen Verstand scheine ich vor der Tür vergessen zu haben. Vielleicht ist er beleidigt, weil ich ihn in dem Moment ignoriert habe, in dem ich das Zimmer betreten habe. *Folge deinem Herzen nur so weit, wie es dein Verstand ertragen kann.* Kein Zweifel. Dass ich in Julianas Schlafzimmer gegangen bin, hat mein Herz entschieden. Mein Verstand ist wohlweislich draußen geblieben.

Meine Hand zittert leicht, als ich sie zu Julianas Wange hebe. Es ist eigentlich eine harmlose Berührung, ich streichle ihr nur sachte über die Wange. Doch sie genießt es wie eine Schmusekatze.

„Du willst doch nicht zu spät kommen, oder?", necke ich ebenso sanft wie die fortlaufenden Berührungen, die ich ihr schenke.

„Ist mir egal."

„Aber mir nicht."

„Du bist also mein neuer Wecker?"

Sie schmunzelt. Offenbar ist sie tatsächlich dabei, richtig aufzuwachen.

„Zumindest heute fühle ich mich in diese Position versetzt.", gebe ich amüsiert zu. Wann sieht man eine erwachsene Frau schon mal so verschmust? „Der Kaffee ist durch und wartet auf dich."

Sie seufzt leise. „Ich bin schon fast da."

Sie setzt sich auf und das ist für mich das Zeichen: Es ist an der Zeit, mich aus ihrem Zimmer zurückzuziehen. Also tue ich das schweren Herzens.

Auf dem Flur vereinigt sich mein Verstand wieder mit meinem Körper und klärt mich darüber auf, dass es besser so ist, dass ich schnell gegangen bin. Trotzdem verspüre ich den leichten Anflug von Enttäuschung, vielleicht auch Wehmut, als Juliana richtig munter und angezogen aus dem Badezimmer kommt. Jetzt ist sie nicht mehr verschmust und nicht verschlafen. Jetzt sieht sie nicht mehr aus wie ein Kind, das lieber sanft von Mama geweckt wird statt von einem rasselnden Wecker.

„Danke.", sagt sie gleich beim ersten Aufeinandertreffen der beiden erwachsenen Frauen. „Ich wäre vermutlich erst Mittag aufgestanden."

„Kein Problem." Ich reiche ihr gleich eine Tasse

Kaffee, die ich gefüllt habe, als ich die Badtür hörte.

„Schon wieder danke. Dann steht einem erfolgreichen Tag ja nichts mehr im Wege. Ich glaube, so pünktlich war ich noch nie."

Ich kann nicht anders, ich muss sie auslachen. Sollte man in dem Alter nicht gelernt haben, sich und seinen Tagesablauf zu strukturieren und einzuhalten? Es muss ja nicht so akribisch sein wie bei mir, aber es spielt sich doch alles irgendwie ein, oder nicht? Ich verstehe nicht, wie es sein kann, dass sie nie pünktlich ist. Sie hat einen Wecker und ein Handy. Wenn ich beides immer wieder im Halbschlaf ignorieren würde, dann bestünde mein Schlafzimmer nur noch aus Weckern. Aber gut, das ist eben Juliana.

Es ist Donnerstag und mir bleibt bis Samstagmorgen Zeit, mich von ihrer fatalen Wirkung zu erholen und für ihre dann vermutlich immer noch fatale Wirkung zu wappnen. Ich habe zugesagt, mit ihr zu der Messe zu gehen, und werde es halten. Wie ich so dämlich sein konnte, mich nicht herauszuwinden, weiß ich nicht. Irgendwie bin ich in die Verabredung hineingeraten, also muss ich da durch, wenn ich mir bis dahin nicht noch irgendeine Krankheit einfange. Im Angesicht der

Tatsache, dass ich mich fitter als ein Turnschuh fühle, trotz des wenigen Schlafs, brauche ich auf eine Spontangrippe nicht zu hoffen.

Nur, um nicht berechenbar zu sein, hatte ich eigentlich vorgehabt, heute zu Nadja zum Essen zu gehen, obwohl noch nicht der zweite Donnerstag ist. Allerdings hat Juliana mit dem Abendessen wieder maßlos übertrieben und ich mir die Freiheit genommen, etwas mit zur Arbeit zu nehmen. Nadja ist also nicht für meine Donnerstagsverpflegung zuständig. Morgen werde ich auch nicht gehen, sondern Julianas Rat beherzigen und fasten.

Martina weiß natürlich nichts von Juliana und erst recht nicht von dem Kuss. Das geht meine Sekretärin ja schließlich nichts an. Nur einen Punkt muss ich ausplaudern, als ich mit dem köstlichen Duft aus der Küche zurückkehre. Die Mikrowelle wird von vielen genutzt, um sich ihr Essen vom Vortag zum Mittag aufzuwärmen. Allerdings hat noch niemand solch einen Duft verteilt wie ich.

„Mmh..." Martina kommt schnurrend in mein Büro. „Was ist das denn? Seit wann kannst du so kochen?"

„Ich? Gar nicht.", gestehe ich amüsiert. „Ich war

zum Abendessen bei einer Freundin. Sie ist Köchin."

„Da bin ich aber neidisch. Beim nächsten Mal kannst du zwei Portionen mitbringen."

Sie lacht und ich tue es ebenfalls, weil ich weiß, zwischen uns funktionieren solche Scherze. Bei manch anderem nicht, aber dem hätte ich auch nicht erzählt, wie ich zu so einer Mahlzeit komme. Er hätte allerdings auch gar nicht erst gefragt, so sehr es ihn interessieren würde.

Die Nacht von Freitag auf Samstag wird zur wahren Tortur. An Schlaf muss ich nicht mal denken. Ich fühle mich wie ein Teenager vor einem Date, dabei ist es doch nicht mal ansatzweise etwas Ähnliches wie ein Date, das mir bevorsteht. Ich benehme mich nur so.

Kaum zu glauben, ich habe den Freitagabend tatsächlich damit verbracht, mir im Internet Bilder einer Gastronomiemesse anzusehen, nur um mir zu überlegen, was ich anziehen werde. Gibt es einen Dresscode für so eine Veranstaltung?

Laut den Bildern, die ich gefunden habe, gibt es keine Vorgaben der Höflichkeit. Jeans und T-Shirt scheinen genauso angemessen wie ein Hosenanzug.

Jeans ist mir zu warm und zu leger. Hosenanzug wirkt zu steif für einen Bummel mit einer Freundin. Schlussendlich hängt ein schlichtes Kleid an meinem Kleiderschrank. Es ist nicht zu tief ausgeschnitten, nicht hauteng, fällt deutlich bis über die Knie, ohne Schlitz, und ist luftig genug für den sommerlich heißen Juni. Die passenden Schuhe stehen auch schon bereit. Und trotzdem weiß ich, wenn ich Juliana sehen werde, könnte ich mich völlig fehlgekleidet fühlen.

Was soll ich machen? Ihr Wagen hat gestern schon wieder den Geist aufgegeben, daher hat sie gefragt, ob ich fahren könnte. Theoretisch kein Problem, das bedeutet nur, dass ich sie abhole. Und das wiederum schließt jede Möglichkeit aus, mich noch mal umzuziehen. Ich musste also ein Outfit finden, das sich in der Mitte hält. Nicht zu chic, aber auch nicht zu lässig. Ich denke, ich habe es gefunden. Ich hoffe es ...

Christoph liegt neben mir. Er stand Freitagnachmittag, als ich vom Markt kam, einfach vor meiner Tür. Ich hasse unangekündigte Besuche. Das bringt mich immer völlig aus dem Konzept. Ich strukturiere nun mal meinen Tag und Überraschungen gehören nicht zu meinen Plänen.

Freitags zwischen siebzehn und achtzehn Uhr: Überraschung. Wie unsinnig! So was macht doch niemand! Nicht mal ich!

So fiel meine Begrüßung etwas verhalten aus. „Christoph!", stieß ich nur überrascht hervor. Meine Füße waren mit dem Boden verschweißt. Ich konnte nicht auf ihn zugehen.

Er hatte sich meine Reaktion eindeutig anders vorgestellt, dabei sollte er mich besser kennen. Er überging es auch. „Überraschung.", strahlte er mich an und gab mir damit eine zweite Chance.

Mit viel Mühe rang ich mir ein Lächeln ab. „Die ist dir gelungen." Ich konnte auch wieder laufen und ging ihm entgegen. Mein Lächeln wurde in dem Moment wahrhaftig, als er einen Blumenstrauß hinter seinem Rücken hervorzauberte.

„Wow." Ich steckte meine Nase in die bunte Vielfalt. Eindeutig gezüchtet, sonst würden sie nicht so intensiv riechen. „Danke schön."

In seiner anderen Hand hielt er einen kleinen Koffer. Ganz offensichtlich setzte er voraus, dass er bei mir schläft. Das ist ja auch kein Problem und nicht das erste Mal, nur dass mir zum ersten Mal auffällt, wie er es fordert. Da ist keine Frage, sondern die Feststellung, dass meine Adresse sein Nachtquartier ist.

Tja, damit war mein ganzer Plan über den Haufen geworfen. Ich schob vor, dass ich ihn bekochen wolle. Er sollte in der Zwischenzeit duschen gehen. Es war ein Vorwand von mir, weil ich wenigstens kurzzeitig allein mit meinem Laptop sein musste, um mir die Kleiderordnung der Messe anzusehen. Wie sollte ich Christoph erklären, dass ich nervös vor einer Verabredung mit einer Freundin bin?

Während ich dann den Dreck der Woche von mir wusch, musste ich mir in dem gesteckten Zeitfenster überlegen, was ich anziehen will. Ich konnte mich nicht vor den Kleiderschrank stellen und die Farben und Schnitte auf mich wirken lassen. Nein, dank Christoph musste ich das in meinem Kopf ausmachen.

Irgendwie ist es mir gelungen und als ich das Kleid in der Hand hielt, empfand ich es immer noch als gute Wahl.

„Wir gehen aus?", fragte Christoph plötzlich hinter mir. Auch das noch!

„Nein.", lächelte ich. „Ich bin morgen mit einer Freundin verabredet."

„Nein.", lächelte er ebenso. „Nicht morgen."

„Ich hab schon zugesagt."

Er stand hinter mir und küsste meinen Hals und meine Schulter, die bei dem weiten Schlabbershirt hervorlugt. „Nein.", sagte er wieder so sanft. Es war so niedlich, wie er das Betteln eines Kindes imitierte, während er mich andererseits zu verführen versuchte. „Ich bin extra hergekommen."

„Ich weiß. Und hättest du Bescheid gesagt, hätte ich nicht zugesagt." Meine Stimme war nur noch ein Stöhnen und ich schäme mich dafür. Das war eine Auseinandersetzung, wieso klang meine Stimme nicht so?

„Dann sag ab.", forderte er.

Das genügte dann aber wirklich. Mir war vorerst die Lust vergangen und ich drehte mich aus seinen Armen. „Nein, ich werde nicht absagen." Endlich klang auch meine Stimme fester und entschlossener. „Ich habe es ihr versprochen."

„Na schön. Ausnahmsweise. Ich werde hier auf dich warten. Oder ich komme mit."

Bei diesen Worten rieselte es mir eiskalt den Rücken herunter. Ich bekam eine richtige

Panikattacke, allein bei dem Gedanken, Christoph und Juliana könnten sich begegnen. Warum? Keine Ahnung. Sie ist eine Freundin, mehr nicht. Wieso weigert sich mein Hirn dann so, dass mein Freund eine Freundin kennenlernt? Eifersucht? Auf wen?

Falsches Thema!

Aber bei dem Gedanken erinnerte ich mich an Henrys Reaktion, als ich mit Christoph im Schlepptau hereinkam. Henry erwartete mich hinter der Tür wie immer, doch als Christoph nach mir durch die Tür trat, schenkte Henry uns nur ein verachtendes Fauchen und stolzierte mit erhobenem Schwanz davon. Juliana war noch nicht wieder hier, aber ich gehe jede Wette ein, ihr hätte Henry eine bessere Begrüßung geschenkt.

Ich hasse Überraschungsbesuche!

Ich verachte mich dafür, dass ich Christophs Anwesenheit als störend empfinde. Was soll denn das? Wir sind zusammen, wieso bin ich dann nicht froh, ihn leibhaftig bei mir zu haben. Zwei Wochen haben wir uns nur über die Webcam gesehen. Jetzt ist er bei mir, ich kann ihn berühren, und wünsche mir, er wäre nicht da. Wenn ich ganz ehrlich bin, dann finde ich nichts an ihm oder seinem Besuch, das ich genieße. Außer eines: Ich bin nicht mehr allein. Und das ist keine gute Grundlage für uns.

Nun ist jedenfalls Samstagmorgen, ich stehle mich aus dem Bett, lasse Christoph schlafen und mache mich fertig. Nur beim Kaffeekochen denke ich an ihn und koche gleich mehr als meine obligatorische Dosis. Zum Abschied gebe ich Christoph noch einen Kuss und wünsche mir, das würde mich so sehr berühren wie das pure Wissen, mit wem ich mich gleich treffe, doch das tut es nicht. Leider.

Als ich mich abwende, schießt Christophs Hand unter der dünnen Decke hervor und greift nach meiner Hand. „Bitte geh nicht.", murmelt er in mein Kissen. Es ist so süß! Er ist zum Anbeißen! Es ist auch ein schönes Gefühl, dass er so an mir hängt. Er will nicht, dass ich gehe. Er will, dass ich bei ihm bleibe. Aber ich habe es Juliana versprochen und freue mich schon auf den Tag mit ihr.

Sanft löse ich Christophs Finger um mein Handgelenk. „Ich habe es versprochen. Bis nachher."

„Nein. Bleib hier und leg dich wieder zu mir."

Ich will es nicht, aber ich empfinde sein Drängen als unangenehm. Mein Fluchtinstinkt wird aktiviert.

Ich sehe auch nicht ein, meine Pläne vollkommen über den Haufen zu werfen, nur weil er sich nicht angekündigt hat. Das ist vermutlich auch der Grund, warum ich ihn nicht genießen kann. Insgeheim werfe ich ihm den überfallartigen Besuch vor, weil er wissen müsste, was ich davon halte. Na ja, im Laufe des Samstags kann ich mich ja auf seine Anwesenheit vorbereiten und werde ihn heute Abend sicherlich mehr zu schätzen wissen.

Christoph gleitet wieder ins Land der Träume und ich mache mich schleunigst aus dem Staub. Bloß raus hier!

Jetzt fliehe ich auch noch aus meiner eigenen Wohnung ...

Ich steige in meinen Wagen und zweifle so sehr an meiner Kleiderwahl, dass ich mich am liebsten doch noch mal umziehen würde. Dann komme ich aber vielleicht zu spät. Okay, dieser Gedanke ist völlig unsinnig, weil ich sowieso immer zu früh komme und froh sein kann, wenn Juliana schon aufgestanden ist.

Sehr zu meiner Überraschung ... Ich muss sagen, sie haut mich regelrecht um. Ich habe gerade eingeparkt und steige aus dem Wagen, gehe schon in

Richtung ihrer Haustür, als diese aufgeht und Juliana auf die Straße tritt.

Ich bin so baff, dass ich wie angewurzelt stehenbleibe und überlege, ob ich eventuell gerade einer Halluzination erliege.

Sie fängt schallend an zu lachen. „Schade, dass ich keinen Spiegel in der Hand habe. Hast du mir nicht zugetraut, was?"

„Nein.", lache ich unsicher. Steht sie wirklich vor mir? „Wer hat dich geweckt? Hast du überhaupt geschlafen?"

„Ja, habe ich."

Mehr scheint sie dazu nicht sagen zu wollen, also habe ich Recht. Irgendwer hat sie geweckt. „Wer?", will ich kichernd wissen, als ich meinen Wagen schon wieder öffne.

Sie gibt einen Ton von sich, der eine Mischung aus Unwillen zur Antwort und Scham darstellt. Ein Geräusch, das ich bisher noch nie aus der Kehle eines Menschen gehört habe. „Muss ich das beantworten?", jammert sie.

„Ja.", lautet meine sofortige Antwort, bevor ich einsteige.

Juliana setzt sich neben mich und schweigt. Ihre Haare sind nicht mehr pinkfarben. Sie hat sich für ein Rotbraun entschieden. Das steht ihr, finde ich. Es bringt ihre Augen zum Leuchten, auch wenn ich sie gerade nicht sehe. Sie schaut nur auf die Tasche auf ihrem Schoß und sagt nichts.

Ich drehe mich zu ihr. „Juliana, was ist los? Warum ist dir das so unangenehm?"

„Na weil du das gar nicht mitkriegen solltest."

„Tut mir leid, fehlgeschlagen." Ich könnte mich immer noch kugeln vor Lachen. Was denkt sie denn? Dass ich ihr glaube, dass sie ausnahmsweise mal pünktlich ist? Niemals! Nicht nach Nadjas Warnungen und nicht, nachdem ich Julianas Chaos selbst erlebt habe.

„Ich weiß.", stöhnt sie. „Na schön. Ich hab bei Nadja auf der Couch geschlafen."

Wie niedlich. So wichtig ist es ihr, nicht zu spät zu kommen. Wenigstens heute. Oder wegen mir.

Nicht darüber nachdenken!

Der letzte Gedanke gefällt mir viel zu gut.

Ich schnalle mich endlich an und starte den Motor. „Dann haben wir das auch geklärt und ich fühle mich zutiefst geschmeichelt."

Ihr Blick fällt auf die Uhr in meinem Armaturenbrett. „Genau jetzt wolltest du da sein."

„Ich bin immer zu früh." Was soll ich sonst sagen? Es entspricht der Wahrheit und Juliana weiß das auch sehr genau.

„Ich hab dich vom Fenster aus kommen sehen.", erklärt sie. „Und da dachte ich mir, eine so bezaubernde Lady kann ich doch nicht an meinem Haus vorbeigehen lassen, ohne mich wenigstens vorzustellen."

Darüber wollte ich doch nicht mehr nachdenken! Außerdem weiß ich nichts darauf zu antworten! Es ist mir aber auch blöd, wenn ich nur schweige. Was ist die einzige Alternative? Scherzen! *Wenn das Leben dich ärgern will, dann mache einen Spaß daraus*, höre ich Tante Brigitte wieder sagen.

„Na dann stell dich mal vor, bevor du in einen fremden Wagen steigst."

„Mit dem größten Vergnügen. Mein Name ist Juliana Taubert und ich würde mich sehr geehrt fühlen, wenn sie, Madame Wundervoll, mich zur Messe begleiten würden."

Nein! Scherze waren wohl der falsche Weg, sie

von weiteren irreführenden Worten abzuhalten. Ich mag ja gern mal ein Kompliment hören, das geht jedem so, denke ich. Aber nicht von Juliana! Da streiten sich meine Gehirnzellen, welche Impulse sie versenden sollen. Scham? Verlegenheit? Glückshormone? Zufriedenheit vielleicht? Oder Angst? Irgendwie kommt eine Mischung aus allem bei mir an.

Noch ehe ich in die Verlegenheit komme, irgendetwas antworten zu müssen, lässt sie mich vom Haken. „Ich hab übrigens einen Sonderausweis und muss zum Ausstellereingang. Inklusive Begleitung."

„Na hoffentlich finde ich den." Was weiß ich denn, wo der Ausstellereingang ist? Das Finanzamt hat sich bisher noch nicht an allzu vielen Messen beteiligt, so viel ich weiß. Und wenn, dann ohne mich. Ich wusste gar nicht, dass es da einen gesonderten Eingang gibt. Aber klar, wenn sich die Aussteller in die ellenlange Schlange der Besucher stellen müssten, wer würde dann die Stände für die ersten Besucher besetzen?

Das Messegelände ist riesig. Es gibt mehrere Messehallen. Sich da zurechtzufinden, ist nicht leicht. Immerhin wissen wir von dem Ticket, dass wir in die Messehalle Fünf müssen. Also immer den Schildern nach, die uns zum Parkplatz der Messehalle Fünf leiten.

Hat man dort endlich einen Parkplatz gefunden, ist man aber weit davon entfernt, die Halle betreten zu können. Sucht man dann auch noch den Ausstellereingang, ist man als Anfänger wirklich aufgeschmissen. Ich hab schon die Nase voll, ehe wir drin sind. Genau deshalb vermeide ich es, Messen zu besuchen. Es ist voll, es ist chaotisch und es ist laut!

Wie mich Juliana davon überzeugt hat, weiß ich immer noch nicht so richtig. Wieso ich den spontanen Aufenthalt meines Freundes nicht als Rechtfertigung für einen Rückzieher benutzt habe, kann ich gleich gar nicht beantworten. Die Idee kommt mir erst, als ich an Julianas Seite der Messehalle entgegengehe und die Besuchermassen sehe.

Juliana hat einen Ausstellerpass, weil die Restaurant- und Hotelkette, für die sie jetzt arbeitet, hier auch vertreten ist. Als Köchin hat sie angefragt, ob sie eine Karte bekommen könnte. Die gibt es nicht für jedes Zimmermädchen und jeden Kellner, erklärt sie, aber als Küchenchefin war ihr Wunsch gewährt worden. Und auf diesem Pass ist eine Begleitperson vorgesehen. Normalerweise der Ehepartner, nehme ich an, denke aber nicht schon wieder darüber nach. Wichtig ist für den Moment nur, dass wir uns nicht an die Schlange anstellen müssen, die schon einen knappen Kilometer misst und stetig wächst.

Wir bekommen auch einen detaillierten Plan der gesamten Halle und Juliana weiß, wo der Stand ihres Arbeitgebers ist. Dort muss sie sich auf jeden Fall melden und den Pass abzeichnen lassen. Tut sie es nicht, muss sie ihn bezahlen, weil er offiziell ungenutzt verfallen wäre.

Da es mir aber wenig sinnvoll erscheint, jetzt quer durch die Halle zu diesem einen Stand zu gehen, um hinterher die anderen Stände zu besuchen, überzeuge ich sie von einem geplanten Rundgang, der auch ihren Arbeitgeber einschließt. Sie lacht sich lauthals krumm über mich und meint, sie wäre noch nie nach Plan durch so eine Messe gegangen.

Ist mir das peinlich!

Hätte ich nicht einfach die Klappe halten können? Nein, ich musste meinen Tick für Pläne ja schon wieder zur Sprache bringen!

Merkwürdig. Vor Christoph ist mir das nicht so unangenehm. Vielleicht weil er ähnlich penibel ist? Nicht so ausgeprägt wie ich, die ja sogar einen Plan dafür macht, wann ich einen Plan mache, aber er ist zuverlässig, stets pünktlich und kann sich an Terminpläne halten. Juliana weiß nicht mal, was das ist. Zumindest außerhalb der Küche. Dass man das Dessert nicht vor der Vorspeise serviert, weiß sie allerdings und schafft es auch, alle einzelnen Teilbereiche so zu koordinieren, dass alles gleichzeitig fertig ist. Nicht dass die Sauce ausgekühlt ist, ehe das Fleisch durch ist. Wieso schafft sie es dann nicht, einen systematischen Rundgang durch eine Messehalle zu gehen?

Ich werde es nie verstehen, aber dafür hat sie ja mich. Der Plan bleibt in meiner Obhut und ich halte sie davon ab, sich auf den Impulsen treiben zu lassen, die uns von bunter Werbung, Musik oder Düften eingeredet werden. Ich bin dagegen nicht immun, aber all diese Eindrücke sind nicht stark genug, um von meinem Plan abzuweichen.

Es ist wirklich unvorstellbar, was man für die Gastronomie alles ausstellen kann. Ich werde regelrecht erschlagen. Juliana ist hier als Wissende unterwegs, die mich nicht unterrichtet, aber aufklärt.

Die Unterschiede von Messern und auf was sie bei Küchengeräten Wert legt und so weiter. Wirklich sehr interessant und schlussendlich gehe ich mit einem neuen Gemüsemesser nach Hause. Wieso? Weil ich es oft brauche und Juliana meint, das sei gut.

Sie hatte ja gesagt, ich solle Freitag vor der Messe fasten. Christophs Spontanbesuch hat das nahezu unmöglich gemacht. Ich habe zum Abendessen darauf geachtet, dass es leichte Kost ist, und habe nicht viel davon gegessen.

Zu viel, wie sich herausstellt. Ich bin proppesatt, ehe wir die erste Hälfte der Halle durchkämmt haben. Wohin soll ich denn die zweite Hälfte essen? Ich kann aber auch nicht widerstehen. Überall, in wirklich jeder Richtung, gibt es kleine Happen zum Kosten. Ich kann mir kaum vorstellen, dass der Imbiss am Ende der Halle viel Umsatz bei dieser Messe macht. Mir wird schon schlecht, wenn ich die fettigen Pommes nur sehe.

Ich genieße diesen Tag, so anstrengend und übersättigend er auch ist. Ich habe zig Weine probiert und mir einen Karton bestellt. Kaum zu glauben, wie leichtsinnig ich Wein bestelle und ein teures Messer kaufe. So bin ich sonst eigentlich nicht. So spontan und risikofreudig. Ich überlasse mich bei dem Messer Julianas Kenntnissen, statt mich selbst intensiv damit zu beschäftigen. Sie fragt mich, wozu ich es brauche, ich antworte und sie sagt mir, was ich nehmen soll. Fertig. Da gibt es nicht den kleinsten Zweifel in meinem Kopf. Ich denke nicht mal darüber nach.

Und ich finde es himmlisch!

Juliana zeigt mir eine Seite meiner Selbst, die ich nicht kenne. Eine Marlene, die viel zu viele Jahre verborgen war. Das Kind! Ein Kind, das fähig ist, einem anderen bedingungslos zu vertrauen. Ein Kind, das sich von äußeren Eindrücken beeinflussen und lenken lässt. Ein Kind, das nichts als Spaß hat. Es ist anderer Spaß als mit Christoph. Gehe ich mit ihm chic essen oder ins Theater, dann habe ich auch dabei Spaß, aber eben keinen ausgelassenen und albernen Spaß. Selbst unser Zoobesuch hat mir nicht so viel Alberei gebracht wie der Messebesuch mit Juliana.

Ja, ich genieße es, wieder ein Kind zu sein.

Es ist auch so leicht. Ich muss mich nicht verstellen und anstrengen, um etwas vorzugeben, das ich nicht bin. In Julianas Gegenwart bricht mein inneres Kind ganz von allein heraus. Vielleicht weil es weiß, dass es einen Spielkameraden gefunden hat? In Christophs Nähe bricht eher die steife, feine Dame heraus. Eine Erwachsene, die sich zu benehmen weiß, die sich an Sitte und Anstand hält. Im Vergleich ziemlich langweilig zu dem Kind, muss ich gestehen.

Julianas Ausstellerausweis haben wir abstempeln lassen und können guten Gewissens sagen, wir haben sämtliche Stände gesehen. Mein geplanter Rundgang hat jedem die gleiche Chance auf Aufmerksamkeit gegeben. Dafür musste ich mir den ganzen Tag Scherze dazu anhören. Andauernd fragte mich Juliana, ob mein Plan eine Toilettenpause vorsieht oder wie lange wir Zeit haben, einer Vorführung zuzusehen. Ich nehme es mit einem Lachen, wie auch sie ihre Unpünktlichkeit mit einem Lachen sieht. Was sollen wir sonst auch machen? Trotz vieler Unterschiede verstehen wir uns prima und ich wüsste keinen Grund, mich von ihr fernzuhalten, wenn ich doch fühle, wie gut sie mir tut.

Nicht mal Christoph schafft es, dass ich den Tag beenden will. Das Wissen, dass er in meiner Wohnung auf mich wartet, ist kein Grund zur Eile.

Das werde ich niemandem gegenüber aussprechen, weil es mich mit Scham erfüllt, aber es ist und bleibt die Wahrheit, dass ich einen Ausflug mit Juliana mehr genieße als mit Christoph.

Ich habe Juliana abgeholt und bringe sie natürlich auch wieder nach Hause. Mit hundertprozentiger Sicherheit weiß ich, sie würde auch noch für mich kochen, doch sie spricht es nicht aus und bringt mich damit nicht in die unangenehme Lage, diese Einladung ablehnen zu müssen. Zum einen bin ich voller als ein Mastschwein. Ich könnte keinen Bissen mehr herunterwürgen. Und zum anderen wartet ein Gast auf mich.

Gast ... Auf dem Heimweg denke ich über dieses Wort nach. Ein Gast ist Christoph wirklich irgendwie, aber andererseits sind wir ein Paar. Das wird man doch nur, wenn man gemeinsam in die Zukunft gehen will, oder? Ob es einen gemeinsamen Weg in diese Zukunft gibt, sei mal dahingestellt, aber vor einigen Wochen, als er mich zum ersten Mal küsste, da fingen die Träume an. Träume von einer Zukunft mit ihm. Ein Häuschen mit Garten, Kinder, das Alter ... Wie man sich das Leben eben ausmalt. Ich kann mir das auch immer noch mit ihm vorstellen. Es ärgert mich nur, dass ich seine

Anwesenheit nicht so sehr genießen kann, wie ich es gern möchte. Auf jeden Fall sollte ich ihn aber nicht als schnöden Gast bezeichnen.

Juliana hat mich zum Abschied gefragt, ob ich Lust habe, mit ihr auszugehen. Ich habe schon ausgeholt, um sofort zuzustimmen, da fiel mir Christoph wieder ein und ich musste ablehnen. Ich sagte allerdings nicht, dass mein Freund zu Besuch sei, sondern ein alter Schulfreund. Was sagt das jetzt über mich aus? Es ist mir über die Lippen gekommen, ehe ich über die richtige Formulierung brüten konnte. Vielleicht habe ich Angst, das würde es zu endgültig machen. Nicht nur zwischen Christoph und mir, auch zwischen Juliana und mir. Ihre Komplimente sind mir manchmal unangenehm, aber sie berühren mich auch sehr tief und geben mir ein Gefühl, als würde ich auf Wolken tanzen. Ich will nicht, dass das aufhört, weil sie weiß, dass ich in festen Händen bin.

„Egoist!", sage ich zu meinem Spiegelbild im Rückspiegel. Seit drei Minuten sitze ich im Auto vor meiner eigenen Wohnung und suche einen Grund, jetzt da hineinzugehen. Oder einen Grund, wieder wegzufahren. Beides ist falsch, das weiß ich, deshalb steige ich entschlossen aus und freue mich irgendwie wirklich auf Christoph. Sobald ich mir die Anstrengungen des Albernseins abgewaschen habe, möchte ich mich in seine starken Arme schmiegen und mich am liebsten nicht mehr bewegen.

Henry ist immer noch beleidigt. Wenn Christoph bei mir übernachtet, dann lässt sich Henry im Schlafzimmer nicht blicken. Das ist ja auch gut so, aber dass er nicht mal zum Schlafen den Weg zu mir sucht, ist eigenartig. Er scheint Christoph partout nicht ausstehen zu wollen. Und da ich Christoph ja erlaube, hier zu sein, weitet Henry die Verachtung auf mich aus. Ich komme zur Tür herein und werde nicht begrüßt. Zumindest nicht von meinem störrischen Kater.

„Lene!", höre ich Christoph rufen, noch bevor ich die Tür richtig geöffnet habe. Und ja, das zaubert mir ein Lächeln auf die Lippen, weil es ein schönes Gefühl ist, zu Hause erwartet zu werden. Von einem Mann, keinem Kater!

Christoph kommt mir entgegen und überfällt mich mit einem Kuss, der mir den Atem raubt. Ich glaube, ich habe meine Beine vor der Tür vergessen.

„Was war denn das?", lache ich keuchend, als er halbwegs von mir ablässt. Zum Glück halten mich seine Arme noch immer, sonst würde ich vermutlich stürzen.

„Du hast mir eben gefehlt.", grinst er. „Wie war es denn?"

„Anstrengend.", schnaufe ich, streife die Schuhe von meinen Füßen, hänge den Schlüssel an den entsprechenden Haken, genau wie die Jacke und die Tasche. Wie es bei Juliana aussieht, weiß ich.

Die hat hier nichts zu suchen, muss ich mich erinnern!

Während ich mir ein Glas Saft hole, erzähle ich grob von der Messe und dem Spaß, den wir hatten. Allerdings nichts zu Persönliches. Ich erzähle von der Kochshow, die aufgezeichnet wurde und im Fernsehen ausgestrahlt werden soll. Ich bin gespannt, ob sie den kleinen Jungen rausschneiden. Er sollte kosten und ging zu dem Koch. Und als man ihm das Mikro hinreckte, sagte er: „Ich muss mal." Das ganze Publikum hat gejohlt vor Lachen! Einschließlich uns. Der Koch lief puterrot an, genau wie die Mutter des Kleinen, die ihn gleich abholte und mit ihm verschwand. Ein bleibender Eindruck!

Christoph findet es genauso witzig. Solche Szenen erzähle ich ihm, aber nicht von Julianas Chaos und den Scherzen über meinen Plan und solche Dinge. Es fühlt sich falsch an, das preiszugeben. Als würde ich etwas zu Persönliches an einen Fremden weitergeben. Vermutlich fühlt es sich nur so an, weil Christoph für Juliana tatsächlich ein Fremder ist. Vielleicht würde sie nicht wollen, dass ich von ihr erzähle.

Oder aber ... Den Gedanken habe ich bei der schnellen Dusche, obwohl ich so nicht denken möchte ... Oder aber ich sträube mich dagegen, mit jemandem zu teilen, was Juliana und mich verbindet. Es war ein Tag, den wir beide zusammen verbracht und genossen haben. Christoph gehört in dieses Bild nicht hinein.

Langsam muss ich mir ernsthaft die Frage stellen, was sie mit mir macht. Ich denke permanent an sie. Wo auch immer ich bin, wo auch immer sie ist, meine Gedanken sind bei ihr. Ich sehe sie lächeln, wenn ich die Augen schließe. Ich höre ihr fröhliches und freies Lachen, wenn es ganz still um mich herum ist. Ich höre ihre Komplimente, die sie mir schenkt, und spüre noch einmal dieses Kribbeln, das sie auslösen.

Ganz schlimm ist es, als Christoph und ich schlafen gehen. Wir legen uns ins Bett, er rückt näher an mich heran und beginnt, meinen Hals zu küssen. Seine Hand schiebt sich unter der Decke zu mir herüber, streift zärtlich über meine Haut. Worauf das hinausläuft, ist klar. Kurz zuvor habe ich an Juliana gedacht, wie sie im Bett lag, bevor ich sie weckte. In meinem Kopf ist also Juliana, während mein Körper liebkost wird. In mir brennt solche Leidenschaft auf, dass ich mich jetzt schon vor der nächsten Begegnung fürchte.

Ich hoffe, dass Christoph nichts von alledem mitbekommt. Meine Augen bleiben die ganze Zeit geschlossen und ich benutze Christoph als Testobjekt. Ich will wissen, was ich fühle, wenn ich nebenher an Juliana denke. An ihre Augen, die mich beobachten, während sie sich in meinen Schoß versenkt. Dieses Glitzern, das ich schon oft gesehen habe. Ein Blick in ihre blauen, glitzernden Augen genügt und ich weiß, jeden Moment explodiere ich.

Die Erinnerung an ihre Lippen bei dem kurzen Kuss ist so lebendig, als würde ich ihn gerade erst erleben, dabei habe ich keine Lippen auf meinen liegen. Christoph küsst sich an meinem Hals hinab zu meinen Brüsten, doch ich spüre Julianas Kuss, streiche mit der Zungenspitze über meine Lippen und schmecke sie. Der Hauch von Vanille dringt in meine Nase und erfüllt mich.

Juliana!

Beinahe schreie ich ihren Namen in Ekstase, doch da ist Christoph!

Ich schlage die Augen auf und verscheuche Juliana aus meinem Kopf. Ich will nicht mehr an sie denken. Sie soll nicht durch meinen Kopf spuken wie ein Poltergeist. Sie soll verschwinden!

Aber sie verschwindet nicht, weil sie einfach überall ist. Wie oft in den vergangenen Tagen habe ich mir vorgestellt, sie wäre am Morgen so verschlafen in meinem Bett aufgewacht? Wie oft habe ich die Frage nun schon zugelassen, ob ich verliebt bin? Nicht in Christoph, sondern in eine Frau. Ich bin eine Frau und hatte noch nie derartige Gefühle für ein Mädchen oder eine Frau. Nicht während der Schulzeit, nicht während des Studiums, bei dem ich wirklich jede Menge experimentiert habe, nicht nach Abschluss des Studiums – niemals! Ich hatte noch nicht mal den Gedanken daran, dass es für mich einen anderen Weg als einen Mann an meiner Seite geben könnte. Ein Ehemann, mit dem ich eine Familie gründe und alt werde! Später kamen die Einsamkeit und die Angst davor, allein alt zu werden.

Und dann kam Christoph!

Ich habe mich gut mit ihm gefühlt, doch bei weitem nicht so gut wie mit Juliana, obwohl abgesehen von dem einen Kuss keine Zärtlichkeit zwischen uns herrscht.

Trotzdem!

Habe ich mich in eine Frau verliebt?

Das ist kein netter Gedanke, wenn ich mit meinem Freund schlafe, deshalb kann ich dann auch nicht einschlafen. Irgendwann höre ich hinter mir seinen regelmäßigen Atem. Meine stummen Tränen fließen weiter. Ich wünsche mir aus tiefstem Herzen, *er* würde in mir solche Gefühle wecken wie *sie*. Ich begehre dieses Empfinden, das ich bei *ihr* habe. Unmöglich, es aufzugeben. Eine Sucht nach *ihr*, der ich nicht erliegen will. Unter keinen Umständen will ich mich *ihr* so hingeben wie *ihm*. Stattdessen gehe ich das eben Erlebte durch und suche einen Moment, da ich tiefer berührt wurde als je zuvor. Davon gibt es einige, aber keinen davon kann ich mit Christoph verbinden. Da ist nur *sie*.

Ich verzweifle bei dem krampfhaften Festhalten des Gefühls, während ich Christoph wenigstens in der Erinnerung als Grund für das Gefühl einzubringen versuche.

Es gelingt mir nicht mal ein bisschen. Kein Schleier bleibt von ihm in meinen Gedanken, wenn ich das Gefühl nachlebe. Denke ich an ihn, dann versiegt das Empfinden.

Ich fühle mich schmutzig. Als wäre eben etwas geschehen, das ich nicht gewollt habe. Das ist aber nicht richtig. Christoph hat mich ja nicht vergewaltigt, ich fühle mich nur so, weil ich im Geiste nicht bei ihm war. Außerdem fühle ich mich schuldig. Ich denke immerfort, ich hätte Juliana betrogen. Das ist unsinnig, aber das Schuldgefühl ihr gegenüber ist tausendmal stärker als das Schuldgefühl Christoph gegenüber nach dem Kuss.

Ich glaube, ich kann mein fühlendes Herz nicht mehr rational mit dem Kopf betrachten. Ich kann nicht mehr nachdenken, ich muss fühlen. Und ich brauche jemanden, dem ich von den Gefühlen erzählen kann. Jemand, der mir keine Vorwürfe macht. Jemand, den ich damit nicht verletzen kann. Auf der ganzen Welt gibt es nur einen Menschen, der mir spontan einfällt:

Tina!

Entscheidungen

Am folgenden Mittwochabend bin ich mit Tina zum Essen verabredet. Ich würde ja auch gern mal bei Juliana im Restaurant essen, aber ich traue mich nicht. Genau aus dem Grund meide ich auch Nadja und werde morgen vermutlich nicht zu ihr gehen, obwohl Donnerstag ist. Mit Tina treffe ich mich in einer Pizzeria, von der wir beide wissen, dass wir die Speisen gern essen.

Ich komme zu früh und Tina zu spät. So muss das zwischen uns eben sein, dann hat alles seine Richtigkeit. Ich glaube, wenn Tina vor mir dort gewesen wäre, hätte ich mir Sorgen um sie gemacht. Aber ich bin die Erste und habe mal wieder das Privileg, mir einen Tisch aussuchen zu dürfen. Und da ich unter keinen Umständen Gefahr laufen will, dass Juliana zufällig vorbeikommt oder uns irgendwer zuhört, den es nichts angeht, suche ich mir den Tisch aus, der am weitesten in der Ecke steht. Es regnet nicht und ist immer noch angenehm warm. Wir hätten auch draußen sitzen können, aber ich will etwas Privatsphäre bei diesem delikaten Thema.

Da ich nun mal zu meiner Schande sehr berechenbar bin, ahnt Tina sofort, als sie mich erblickt, dass es ein ernsteres Thema gibt, als ich ihr am Telefon beichten wollte. Sie sieht mich, erstarrt einen Moment und legt das Lächeln ab.

Dann kommt sie zu mir. „So schlimm?"

Kaum zu glauben, dass meine Platzwahl so eine Offenbarung ist. Wieso habe ich mich eigentlich über Julianas Kaffeekonsum als Skala für ihren Stresslevel gewundert?

„Nein.", lüge ich, was Tina natürlich sofort merkt. „Setz dich."

Erst mal begrüßen wir uns aber wie zwei Schwestern, die sich lieben und lange nicht gesehen haben. Ich habe schon einen Saft und eine Tasse Kaffee vor mir stehen. Tina bestellt Wein und ich ziehe mit. Wir wollen ein gemütliches Abendessen zusammen verleben, da darf es ein Glas Wein sein.

„Nun erzähl endlich.", fordert sie, nachdem ich sämtlichen Smalltalk durchgekaut habe, der mir so einfiel.

Tina hinzuhalten, hat keinen Sinn. Das lässt sie nicht zu, wäre ihr gegenüber nicht fair und ist nicht der Sinn, weshalb ich sie eingeladen habe. Also fange ich an zu erzählen.

Ich beginne bei der Zugfahrt zum Klassentreffen und ende am letzten Sonntagabend, als Christoph wieder in den Zug gestiegen ist. In Tinas Gegenwart darf ich alles aussprechen, das weiß ich. Deshalb halte ich nicht zurück, dass ich auf beschämende Weise erleichtert war, wieder allein in meiner Wohnung zu sein. Henry war auch sehr zufrieden, dass ich allein zurückgekehrt war. Er lässt sich wieder anfassen und maunzt mir zur Begrüßung um die Beine. Ich fürchte die Einsamkeit, doch sie ist mir vielleicht lieber als Christoph in meiner Wohnung. Aber nur vielleicht!

„Lene.", lächelt mich meine kleine Schwester schließlich an. „Wovor hast du solche Angst?"

„Angst? Ich bin zu verwirrt, um Angst zu haben."

„Dann sei dir selbst gegenüber ehrlich und du musst nicht mehr verwirrt sein. Schwesterchen, wieso sträubst du dich so gegen Julianas Einfluss?"

Die Antwort fällt mir leicht. „Hatte ich erwähnt, dass es um eine Frau geht? Nicht Julian, sondern Juliana!", betone ich extra deutlich.

„Das habe ich mitbekommen, sonst würden wir nicht so lecker essen.", antwortet Tina gelassen. „Aber warum sitzen wir hier? Ich verstehe immer noch nicht, wo das Problem ist."

„Dass ich nie irgendetwas in der Richtung gefühlt habe. Nie." Wie deutlich muss ich denn noch werden? Ich mag das L-Wort nicht aussprechen! Schlimm genug, dass es immer wieder wie ein agiles Vögelchen durch meinen Kopf flattert und meine Gedanken zerstreut.

„Und?" Tina zuckt unbeeindruckt mit den Schultern. „Körperwärme ist besser als jede Heizung. Das funktioniert aber nur, wenn sich dein Körper an dem anderen erwärmt. Wie war das bei Christoph, als er neben dir geschlafen hat?"

„Kalt.", antworte ich nicht ihr, sondern mir selbst. Tina sollte das eigentlich nicht hören, doch es stimmt. Es fühlte sich zwar nicht an, als würde ich nackt durch einen Eissturm laufen, aber ich habe trotz Decke gefröstelt. Wieso? Es waren auch nachts um die zwanzig Grad Celsius. Oberhalb des Gefrierpunktes! Letzte Nacht war mir kein bisschen kalt, aber da lag ich auch allein, abgesehen von Henry, in meinem Bett.

„Lene!", schimpft Tina auf einmal in meine Grübeleien hinein. Ich habe sie glatt vergessen und schrecke auf.

„Was?!", rufe ich erschrocken. Geht die Welt schon unter?

Tina verdreht die Augen und haut die Faust nur leicht auf den Tisch. Es genügt für ein Klirren der Gläser und eine imaginäre Kopfnuss. Ich bin hier, um eben nicht mehr allein zu grübeln, das habe ich fast vergessen.

„Wie kann man nur so stur sein?", schimpft Tina. „Mein Gott, wo liegt das Problem?! Ein bisschen bi schadet nie."

Schon wieder so ein blöder Spruch!

Dass sie die Erzählungen über meine eigenartigen Gefühle so locker nimmt, habe ich nicht vorhergesehen. Ich wusste zwar mit halbwegs sicherer Wahrscheinlichkeit, dass sie mir keine Szene machen würde, aber dass sie so gelassen bleibt ... Ich bin verwirrt. Schon wieder. Und ich habe einen Verdacht.

„Soll das heißen, du hattest schon was mit Frauen?"

„Mehr oder weniger. Keine Frau, wir waren Mädchen. Mit Susanne."

„*Die* Susanne?", frage ich entsetzt. Ihre beste Freundin in der Schulzeit? Und ich hatte keine Ahnung?! Ich weiß nicht, was von beidem mich im Moment mehr schockt.

Tina kaut noch und schluckt, während sie nickt. „Ja. Wir waren eben neugierig. Ich werde keine Details ausplaudern, aber wir waren uns auch einig, dass das nichts für uns ist. Lene, mal ehrlich. Was soll's?"

Ich beschließe, die eben gehörte Information für später abzuspeichern und vorerst nicht genauer darauf einzugehen. Das ist besser, dann kann ich allein darüber nachdenken, bevor ich die spießige Schwester raushängen lasse. Nicht noch mehr bitte!

„Und woher weiß ich jetzt, was ich wirklich will?", ningle ich mit einem besonders herzzerreißenden Ton. „Ich meine, eigentlich genieße ich die Zeit mit Christoph. Aber eben auch mit Juliana. Nur eben vielleicht als richtig gute

Freundin."

„Dann rede mit ihr." Tinas Stimme nimmt die Intensität einer Beschwörung an. „Das wird sie verstehen und dich zu nichts zwingen, zu dem du nicht bereit bist. Lene, mal ehrlich. Ich kann nicht glauben, über was wir hier reden. Vielleicht solltest du Tante Brigittes Rat endlich mal annehmen: Stell den Kopf aus!" Die letzten Worte spricht sie so langsam und eindringlich aus, dass ich mir vorkomme wie geistig zurückgeblieben. Als müsste man mir Zeit lassen, die gesprochenen Worte zu verarbeiten.

Der Ton ärgert mich. „Das kann ich nicht.", antworte ich bockig. „So bin ich eben nicht."

„Ich weiß." Tina seufzt theatralisch. „Das ist vermutlich der größte Unterschied zwischen uns. Aber sag mir ehrlich: Du hast Juliana gern bei dir, stimmt's?"

„Ja.", murmle ich nur und starre auf meine Pizza. Wenigstens in diesem Punkt bin ich mir sicher. Nur wie ich sie bei mir haben will, das weiß ich nicht.

„Ich kann mir zwar immer noch nicht vorstellen, wie du durch einen Springbrunnen hüpfst, aber du hast es getan." Bei der Erinnerung muss ich schmunzeln. „Ja, lach nur.", erwidert Tina auf meine Mimik. „Ich kann mir auch immer noch nicht vorstellen, wie du mit ihr Swing und Boogie getanzt hast, aber offenbar hat es dir gutgetan. *Sie* tut dir gut, wenn ich dich nur ansehe, wie du von ihr erzählst."

Auch diesen Punkt kann ich nicht abstreiten. Genau das Gleiche habe ich selbst ja auch schon mal im Kopf gehabt. Vielleicht sollte ich wirklich mal den Kopf ausschalten und mich meinen Gefühlen überlassen. Aber wie? Da ist nirgends ein Schalter an meinem Kopf. Ich war, bin und werde immer rational bleiben. Ich wäge Probleme objektiv ab und treffe eine sachliche Entscheidung. So impulsiv wie Juliana oder Tina war ich nie. Juliana zieht mich manchmal einfach mit, ohne mir die Chance zu geben, rational abzuwägen. Ehe ich nachdenken kann, tanze ich schon mit ihr oder bespritze sie mit Wasser. Da geht das irgendwie spielend leicht. Fast, als müsste ich bei ihr nicht nachdenken, nur frei sein.

Vielleicht ist es das, was ich an ihr so faszinierend finde. Mit ihrer manchmal kindlichen Art befreit sie auch in mir ein Kind, das nicht abwägt, sondern seinen Impulsen vertraut, die uns vielleicht auch mal irreleiten, aber auf jeden Fall eine Menge Erfahrung bereithalten.

Ich gehe mit Tina noch einige Szenen durch, die ich in der Erzählung zu Beginn unseres Gesprächs ausgelassen habe. Es bleibt nur ein Schluss übrig: Sie hat Recht. Sowohl mit der Forderung, ich möge doch meinen Kopf abstellen, als auch mit der fast sicheren Feststellung, dass ich offen mit Juliana reden könnte. Bevor ich das wage, werde ich mir allerdings sehr wohl einen Plan im Kopf aufbauen. Ich werde rational die vielleicht richtigen Worte zurechtlegen, ehe ich auch nur daran denken kann, mich mit Juliana zu unterhalten.

Ich plane schon wieder, einen Plan zu machen!

Das nervt mich! Mir ist diese Eigenart nie zuvor so störend vorgekommen wie in den letzten Tagen und Wochen.

In einem weiteren Punkt muss ich meiner kleinen Schwester beipflichten: Es spricht für Juliana und mich, dass wir über die Gegensätze so scherzen können. Mal vorausgesetzt, ich bilde mir das nicht alles ein und kann mich auch noch dazu durchringen, mich ihr gänzlich zu öffnen, ist es eine gute Grundlage für eine Beziehung.

Bloß nicht! Bei dem Gedanken rieselt es mir

eiskalt den Rücken hinunter!

Über dieses Thema schaffen Tina und ich den Sprung ins Lächerliche. Ihrer Meinung nach werde ich meinen Lebensabend damit verbringen, hinter Juliana aufzuräumen, ihre Steuererklärung zu machen und dafür zu sorgen, dass sie pünktlich überall ankommt. Im Gegenzug wird Juliana dafür sorgen, dass ich auch beim Seniorentanzen einfach mitmache, ohne darüber nachzudenken. Damit ist die Ernsthaftigkeit aus dem Schwesterngespräch vertrieben.

„Lad sie doch ein.", schlägt Tina irgendwann vor. „Nächste Woche zu meinem Geburtstag."

Früher oder später musste so was ja kommen. „Tina.", jammere ich höchst mitleiderregend. „Hör auf damit."

„Womit? Daniel kommt auch."

Wenn nicht wieder irgendwas ganz Wichtiges dazwischen kommt. Den Kerl sollte ich schon dreimal kennenlernen, aber jedes Mal war er von irgendwas oder irgendwem aufgehalten worden. Er glaubt sich selbst nicht gut genug für Tina und will sich ihrer Familie nicht offenbaren. Sie weiß es, ich weiß es, nur Daniel weiß nicht, dass wir es wissen.

Ob der uns wirklich für so bescheuert hält, das nicht mitzukriegen? Oder ist er dankbar, dass wir ihm augenscheinlich das Ausweichmanöver durchgehen lassen?

Es tut mir ja wirklich leid, aber ich kann die Skepsis nicht aus meinem Gesicht wischen. Solange der Kerl nicht leibhaftig vor mir steht, glaube ich auch nicht an ein Treffen.

Daraufhin fängt Tina an zu grinsen. „Ich habe einen Plan! Er weiß nicht, dass noch mehr kommen. Diesmal lege ich ihn rein, damit er sich nicht herauswinden kann."

Das ist Tina! Ich muss schallend lachen und sie grinst zufrieden wie ein Honigkuchenpferdchen. Genau das macht sie aus. Und dafür liebe ich sie. Vielleicht zieht mich das bei Juliana so an? Dass sie mich an meine kleine Schwester erinnert?

„Ja ja...", lacht sie. „Komm schon, Lene. Bitte. Frag sie. Vielleicht kann sie mir beim Kochen helfen? Ich wollte euch zum Essen einladen, aber ich fürchte, vor einer Köchin blamiere ich mich."

Natürlich habe ich Tina von dem Essen vorgeschwärmt. Hätte ich es nicht getan, hätte sie jetzt kein Argument zum Überreden auf ihrer Seite.

Und obwohl ich weiß, dass auch das nur ein Plan von ihr ist, bin ich mir sicher, ich werde Juliana fragen, nur weil ich Tina nichts abschlagen kann. Bei Tina sind Pläne auch keine Termine, sondern Taktiken. Meine Definition eines Plans ist ihr gänzlich unbekannt. Es würde mich nicht wundern, wenn sie bis vor zwei Minuten noch nicht mal die Idee mit dem Essen zum Geburtstag gehabt hätte.

Ich bin nun auch in Tinas Liebesleben mal wieder auf dem aktuellen Stand. Den großen Schönling hat sie abgeschossen und ist wieder mit Daniel, dem kleinen, hageren Kerl, zusammen. Sie mag ihn wirklich, nur sein nicht vorhandenes Selbstbewusstsein nervt sie. Statt mit ihr auszugehen, bleibt er lieber zu Hause. Er fühlt sich minderwertig und ihrer nicht würdig. Das stört sie, weil sie ihn eben wirklich gern hat und er sich selbst schlechter redet, als er in Wahrheit ist. Er scheint ein netter Typ zu sein und meiner kleinen Schwester vielleicht endlich mal etwas Ordnung beizubringen.

Irgendwoher kommt mir der Gegensatz bekannt vor. Vielleicht stimmt es ja doch, dass sich Gegensätze anziehen? Dann wäre Christoph nicht gerade die richtige Wahl für mich. Wir sind uns viel zu ähnlich.

Wie auch immer ... Zwei Fragen in Bezug auf Juliana bleiben: Kann ich das? Will ich das?

Juliana ist ein wichtiger Teil meines Lebens geworden, das bestreite ich nicht. Mir würde etwas fehlen, wenn sie plötzlich weg wäre. Aber das gilt für Christoph ebenso, nur dass der sowieso meistens nicht da ist.

Ob ich mich wirklich in Juliana verliebt habe, weiß ich nicht. Ich will es eigentlich auch nicht wissen. Schon als Teenager habe ich darauf geachtet, mich anzupassen und nicht aufzufallen. Allein der Gedanke, händchenhaltend mit Juliana durch die Stadt zu laufen, schreckt mich ab. Ich will nicht so angestarrt werden. Das passt eben genauso wenig zu mir wie zu spät zu kommen. Die Vorstellung von Christoph, der einen Arm um meine Schulter legt, während wir einen Schaufensterbummel machen, ist viel alltäglicher und daher tausendmal unauffälliger.

Das sollte kein Grund für oder gegen eine Beziehung sein, aber ich kann nicht raus aus meiner Haut. Und dass ich mich komplett verbiege, ist auch keine Grundlage für eine feste Bindung.

Als ich am Abend nach dem Treffen mit Tina nach Hause komme, ist schon wieder alles durcheinandergeraten. Ich bin später dran als sonst, habe aber dafür schon gegessen. Mir fällt auf, wie ich immer wieder auf die Uhr schaue, um beim Duschen zum Beispiel die Zeit einzuholen. So ein Schwachsinn! Als würde es irgendeinen Unterschied machen, ob ich eine halbe Stunde später auf dem Sofa sitze. Es ist auch egal, ob ich eine Stunde später als üblich zu Bett gehe.

Nach dieser Erkenntnis lasse ich mir bewusst Zeit bei allem. Ich genieße die heiße Dusche und versuche, mir bildlich vorzustellen, wie das Wasser auf dem Weg in den Abfluss meine Gedanken mit sich trägt. Ich will wie eine weiße Leinwand aus der Dusche kommen. Dann könnte ich von vorn anfangen. Oder besser nicht. Ratsamer wäre, meinem Kopf keinen Einfluss auf die weiße Leinwand zuzugestehen, nur meinem Herz.

Das wird sowieso nichts!

Ich setze mich an meinen Laptop und freue mich, dass Henry sich zu mir gesellt und zufrieden schnurrt, als ich ihn kraule. Noch am Wochenende hätte er das nicht zugelassen. Er kam ja nicht mal zu mir.

Christoph hat mir geschrieben. „Wo bist du denn

schon wieder?"

Keine Begrüßung, gar nichts. Wir schreiben uns eigentlich jeden Tag und erzählen uns, was so los ist, wo wir waren, was uns sorgt und so weiter. Das, was ein normales Paar am Tisch zum Abendessen macht, läuft bei uns interaktiv.

„Mit Tina essen.", antworte ich nur.

Er ist online, ich kann es sehen. Eine Antwort bekomme ich jedoch nicht. Auch als ich meine Post bearbeite und beantworte, gibt mein Laptop keinen Ton von sich. Wieso nicht? Was ist denn mit Christoph los? Normalerweise ist er nur online, wenn er auch wirklich vorm Rechner sitzt. Selbst zum Duschen loggt er sich aus. Also wieso antwortet er gar nicht?

Ist er mir böse? Weshalb? Weil ich mit meiner Schwester essen gehe? So verwirrt ich auch bin, weiß ich mit absoluter Sicherheit, dass Tina und mich nur schwesterliche Liebe verbindet, keine romantischen oder sexuellen Gefühle! Eifersucht scheidet aus. Wieso könnte Christoph dann beleidigt sein?

Nach einer Stunde gebe ich auf. „Ich gehe jetzt schlafen. Gute Nacht."

Ich habe zuvor noch zweimal gefragt, ob er am Computer eingeschlafen ist oder weshalb er mir sonst nicht antwortet. Darauf habe ich keine Reaktion erhalten. Und als ich völlig unüblich für mich am Morgen zum Frühstück den Laptop aufklappe, habe ich immer noch keine Antwort. Christoph ist inzwischen ausgeloggt und ich habe nicht die leiseste Ahnung, was das soll.

Ob irgendwas passiert ist? Wieso schreibt er mir dann nicht? Ich fange an, mir Sorgen zu machen, und schreibe eine SMS.

Ehe ich im Parkhaus des Finanzamtes aus dem Wagen steige, vergewissere ich mich, dass ich während der Fahrt den Piepston nicht überhört habe, aber da ist nichts. Keine Antwort.

Ich rufe ihn an.

Es klingelt, das heißt, sein Handy ist an und erreichbar. Aber er nimmt nicht ab.

Ich schreibe ihm eine weitere SMS: „Was zum Henker ist los?!"

Dann mache ich den Ton aus und gehe ins Büro. Dort wartet eine Menge Arbeit auf mich, die mich ablenkt. Von Juliana, von Christoph, von Tina, von allem! Das ist das Schöne an meiner Arbeit. Sie macht mir Spaß und ist stark genug, wirklich alles aus meinem Hirn zu schieben. Umso kniffeliger der Fall, desto besser, sage ich mir und nehme mir die besonders schweren Akten vor. Die warten schon eine Weile auf eine Entscheidung, ich konnte mich nur nicht durchringen. Heute ist der perfekte Tag dafür!

Es ist Donnerstag. Letzten Donnerstag war ich nicht bei Nadja, weil mich Juliana köstlich versorgt hat. Eigentlich ist diese Woche wieder ein Besuch bei Nadja fällig, aber ich traue mich nicht. Ich habe Angst, dass Juliana sich auf meinen Zwei-Wochen-Rhythmus verlässt und ebenfalls kommt. Solange ich nicht den Mut finde, mit ihr unter vier Augen in Ruhe zu reden, möchte ich sie nicht bei Nadja treffen. Das wäre verkrampft und kompliziert.

Nadja erwartet mich allerdings, wie ich nun weiß. Einfach nicht aufzutauchen, finde ich unhöflich. Ich suche mir besser die Nummer ihres Ladens raus und rufe an, um mein Wegbleiben anzukündigen und die Arbeit vorzuschieben.

Eine glatte Lüge, die ich so nicht stehenlassen will. Um aus einer Lüge die Wahrheit zu machen, muss ich etwas finden, das mich daran hindert, auswärts zu essen. Ich habe noch eine dicke Akte auf dem Tisch liegen. Ein Großunternehmen, das mir viele graue Zellen abverlangen wird. Und wenn ich damit erst nach der Mittagspause anfange, würde ich es heute vermutlich nicht mehr schaffen. Ich habe beschlossen, genau heute konfuse Akten abzuschließen. Da kommt diese doch gerade recht, die ich definitiv schon vor oder während der Pause aufschlagen muss.

Ich fühle mich dennoch falsch!

Eine nur kleine Schwäche gönne ich mir zum Mittag: einen Blick auf mein Handy. Ich habe tatsächlich eine SMS von Christoph: „Ist nicht schön, wenn man nicht weiß, was los ist, oder?"

Ich lese diese Nachricht lieber noch ein zweites und ein drittes Mal. Das darf doch echt nicht wahr sein! Was hat der denn für ein Problem?!

„Was soll das denn jetzt?", schreibe ich zurück. „Ich war mit meiner Schwester essen. Kein Grund für einen Aufstand."

Ich lege mein Handy lieber zurück in meine Tasche. Ich glaube nicht, dass die Dinger konstruiert wurden, um einem Wutanfall standzuhalten. Am liebsten hätte ich es gegen die nächste Wand gepfeffert! Mir ist so heiß vor Wut, dass ich fürchte, die Tastatur könnte unter meinen Fingern schmelzen!

Diese Art Körperwärme hat Tina mit ihrem blöden Spruch sicherlich nicht gemeint.

Was bildet der sich eigentlich ein?! Soll er doch froh sein, dass ich ein so gutes Verhältnis zu meiner Schwester habe! Und selbst wenn ich das nicht hätte, hat er noch lange nicht das Recht, mir ein Essen mit ihr zu verbieten. Wo leben wir denn? Als bräuchte ich seine Erlaubnis, um irgendwohin zu gehen! Das entscheide ich immer noch allein!

Bloß gut, dass ich mir das Großunternehmen vornehmen wollte. Das bringt mich ab von dem Wutausbruch und wieder auf den Boden der Realität zurück. Meine Wut hier auszulassen, bringt sowieso nichts. Christoph, der Grund meines Zorns, ist nicht da und würde nichts davon abkriegen. Es gibt also keinen Grund, mich nicht in der Akte zu versenken und die Umwelt auszublenden.

Martina fragt mich zum Feierabend, ob alles in Ordnung mit mir ist. Sie meint, ich habe heute beinahe alle schweren Fälle von meinem Tisch abgearbeitet. Und wieder muss eine Notlüge oder wenigstens die zurechtgebogene Wahrheit her.

„Streit mit meinem Freund. Ist im Moment etwas kompliziert."

Langsam lerne ich den Ausdruck „alternative Fakten" persönlich kennen. Es ist ja nicht gelogen. Die letzte Akte hat mich von dem Streit mit Christoph abgelenkt. Und die erste Tageshälfte haben mich die Fälle von der komplizierten Situation mit Juliana abgelenkt. Ganz richtig ist meine Aussage trotzdem nicht.

Es wird Zeit, dass ich nach Hause komme! Ich will unter die Dusche! Und ich will mich heute auf dem Sofa zusammenrollen und irgendeinen schönen Film sehen!

Blöd, wie ich eben bin, mache ich den Laptop trotzdem an. Eine Nachricht von Christoph: „Ich habe eben Angst, dich zu verlieren. Ich wollte nur, dass du das verstehst."

Meine Antwort fällt nicht so einsichtig aus, wie er sich das ausgemalt hat: „Nicht der beste Weg, das auszudrücken."

„Ich denke schon. So wütend, wie du warst, hast du verstanden, worauf ich hinaus wollte."

Ich kann echt nicht glauben, dass er wirklich so

sein soll. Unsere Konversation geht noch eine Weile so hin und her. Natürlich fühle ich mich irgendwo geschmeichelt, dass ich ihm so viel bedeute, aber er scheint dabei zu vergessen, dass ich ein eigenständiger Mensch bin. Er hat kein Recht, sich in meine Verabredungen einzumischen. Wenn ich mit meiner Schwester essen will, dann esse ich mit meiner Schwester. Und wenn ich mit einer Freundin tanzen gehen will, dann gehe ich mit einer Freundin tanzen. Das ist doch wirklich nicht schwer zu kapieren. Nicht im einundzwanzigsten Jahrhundert!

Christoph wiederum beharrt darauf, dass ich offenbar zu lange allein für mich gelebt habe und gar nicht mitbekomme, wie ich ihn verletze, wenn ich unseren Termin nicht einhalte.

Termin!

Unfassbar!

Termin!

Ich bin doch keine seiner Klientinnen, sondern seine Freundin! Ich wusste nicht, dass ich einen Termin vereinbaren muss, um mit ihm zu chatten. Manchmal ist er ja auch spät dran, weil sein beruflicher Termin länger gedauert hat als geplant. Daraus mache ich ihm doch auch keinen Vorwurf.

„Das ist was anderes.", erklärt er völlig erhaben über meinen Einwand. Es ginge dabei ja schließlich nicht um sein Vergnügen.

Ich bin so stinksauer, dass ich das Gespräch irgendwann abbreche und statt einer Liebesschnulze lieber einen Actionfilm anschaue. Leider hilft mir das auch nicht, mich zu beruhigen. Die Stunden verfliegen und ich bin vor Wut putzmunter. Drei Uhr habe ich auf jeden Fall noch auf die Uhr gesehen, dann muss ich irgendwann auf dem Sofa eingeschlafen sein.

Zum Glück hört Henry das Rasseln meines Weckers und hat mich gern genug, um mich zu wecken. Oder er ist so genervt von dem Geräusch, dass es eine Aufforderung sein soll, das Ding endlich abzustellen. Was auch immer, ich werde nicht zu spät kommen!

Wütend bin ich allerdings immer noch! Das heißt, ich ignoriere Christophs Guten-Morgen-SMS. Als hätte ich nicht schon genug Probleme, muss der nun auch noch den Macho raushängen lassen! Begriffen hat er offenbar überhaupt nichts und geht zur Tagesordnung über, als hätte es nie einen Streit gegeben.

„Ruhig bleiben.", mahne ich mich selbst. Aufregen hilft überhaupt nicht. Außerdem werde ich Christophs Kontrollwahn nicht zuspielen, indem ich mich von ihm beeinflussen lasse. Nicht auf diese Weise! So viel Macht hat niemand über mich!

Beim Frühstück denke ich einige Monate zurück. In der Nacht vor dem Klassentreffen habe ich gedacht, ich hätte nichts zu erzählen. Anfang Dreißig, einsam und spießig. Ich habe es als deprimierend empfunden. Und jetzt? Jetzt habe ich zwei Menschen in meinem Leben, die mich um den Verstand bringen. Mein Leben war in geregelten Bahnen verlaufen. Ziemlich langweilig, das gebe ich zu, aber ohne permanente Anspannungen in allen Richtungen. Ich hätte nicht gedacht, dass ich diesem ereignislosen und sorglosen Leben mal nachtrauern würde.

Richtig nachtrauern werde ich dem wohl nie, aber ich hätte nichts gegen eine Zeitmaschine, die mich für einen Kurztrip ein paar Tage lang in dieses Leben zurückbringt. Nur eine Weile aussteigen und die Normalität genießen, die mir abhandengekommen ist. Ich brauche eben einen gewissen Rhythmus und gerade Bahnen. Christoph und Juliana werfen das alles über den Haufen und machen mich völlig wuschig damit.

Vielleicht hat Christoph gar nicht so Unrecht. Jahrelang bestand mein Alltag aus Arbeit und Haushalt. Nur ich und Henry. Eine Beziehung bedeutet immer, Kompromisse einzugehen. Ich kann nicht einfach so weitermachen, als wäre ich immer noch Single. Ein bisschen Rücksicht kann Christoph wirklich verlangen. Ich hätte ihm wenigstens Bescheid geben können, da hat er schon Recht, so ungern ich es zugebe. Zumal wir uns doch jeden Abend im Chat treffen. Eigentlich müsste mir gefallen, dass Christoph ebenso ein Gewohnheitstier ist wie ich. Würde Juliana an einem Abend mal nicht im Chat auftauchen, würde mich das nicht wundern. Ich wüsste zwar auch gern, wo sie ist und was sie macht, aber es würde mich nicht so sehr sorgen wie Christophs Abwesenheit zu unserem *Termin*.

Da liegt aber auch der Knackpunkt. Mit Juliana bin ich nicht zusammen. Nicht mal in einer Fernbeziehung, sondern in gar keiner Beziehung, die über Freundschaft hinausgeht. Ich sollte mir also gar keine Gedanken darüber machen, wie es wäre, wenn wir ein Paar wären.

Dabei kann ich an kaum etwas anderes denken. Das Foto, das uns beide vor unserer Partynacht zeigt, habe ich nicht gelöscht. Vielleicht hätte ich es tun sollen. Andererseits ist es doch ein Schnappschuss wie jeder andere, oder nicht? Eine Erinnerung, die ich aufbewahren und festhalten möchte.

Das Problem ist, dass ich sowohl die Erinnerung als auch Juliana zu fest halte. Manchmal sitze ich für eine mir unbekannte Zeitspanne einfach nur da und betrachte das Foto auf meinem Handy. Wenn ich mich unbeobachtet genug fühle, dann vergrößere ich das Bild auf Julianas Gesicht. Sie strahlt heller als die Sonne. Allein dieser Blick drückt aus, dass dies ein Abbild der guten Laune in der zukünftigen Nacht ist. Ihre Mimik ist wie ein Orakel, das sagt: Ja, ihr werdet eine wunderschöne Nacht in der Innenstadt verleben.

Wie so oft lege ich entschieden das Handy beiseite! So geht es mit mir nicht weiter! Ich – der pünktlichste Mensch der Welt – verlasse ganze zehn Minuten zu spät meine Wohnung! Jedes Mal, wenn ich mich schlecht fühle, egal aus welchen Gründen, dann zücke ich mein Handy, schaue Juliana eine Weile an, dann geht es mir besser. Leider vergesse ich immer wieder, das Handy wegzulegen. Nein, zu meiner tiefsten Schande muss ich gestehen, dies war nicht das erste Mal!

Eine Lösung muss her! Und zwar bald, bevor ich mit einem Nervenzusammenbruch in der nächsten Anstalt lande!

Bis zum Parkhaus habe ich mich entschieden, in die Offensive zu gehen. Und das heißt, ich werde Tinas Rat folgen. Per SMS verabrede ich mich mit Juliana für heute Abend. Es ist Freitag, uns steht also fast das ganze Wochenende zur Verfügung. Abgesehen davon, dass Juliana morgen Mittag in der Küche stehen muss. Ich werde wohl persönlich dafür sorgen müssen, dass sie nicht verschläft.

Juliana schlägt vor, wieder in die Bar zu gehen, in der wir getanzt haben. Ich stimme sofort zu, weil ich allein beim Lesen dieser Idee positive Glückshormone durch meinen Körper wirbeln spüre. Wie Tina sagte, ist es an der Zeit, den Gefühlen mehr Beachtung als dem Kopf zu schenken. Außerdem weiß ich, dass ich Spaß haben werde. Der ist genau die richtige Therapie, denke ich mir. Und wenn ich ganz ehrlich bin, dann ist es auch eine feige, aber willkommene Ausrede, warum ich nicht mit Juliana reden kann. In dem Laden war die Musik so laut, dass Gespräche nur möglich sind, wenn man sich anschreit. Das möchte ich aber nicht zu einem heiklen Thema, das nicht jeden Passanten etwas angeht.

Wieder einmal höre ich meine Mutter sagen: *„Folge deinem Herzen nur so weit, wie es dein Verstand ertragen kann."*

Ich nehme mir ganz fest vor, mich nicht von meinem Kopf von schönen Erfahrungen abhalten zu lassen. Ich werde tun, wozu auch immer ich Lust habe. Ich werde mich nicht aufgrund taktischer Überlegungen gegen die eine oder andere Art des Vergnügens entscheiden. Nur wenn ich keine Lust habe, werde ich einen Vorschlag von Juliana ablehnen.

Oder wenn er zu verrückt ist, füge ich sicherheitshalber dem gedanklichen Vertrag mit mir selbst hinzu. Nur weil ich eine neue Seite meines Ichs kennenlerne, heißt das noch lange nicht, dass ich aus einem Flugzeug springe. Fallschirm, Bungee und Ähnliches sind kategorisch ausgeschlossen. Das ist nicht spießig, sondern vernünftig. Mein Verstand könnte solche Waghalsigkeit nämlich keinesfalls ertragen!

Tja, dann geht es auch schon los. Der Feierabend rückt näher und ist plötzlich einfach da. Meine

Wohnung rückt näher und plötzlich bin ich schon drin. Ich mache mein Abendessen und plötzlich bin ich schon fertig mit dem Abwasch. Ich nehme mir vor, mich fertigzumachen, und plötzlich stehe ich fix und fertig vor dem Spiegel. Alles zwischen diesen Fixpunkten ist wie ein Schleier an mir vorbeigerauscht. Ich kann mich nicht erinnern, geduscht zu haben, aber ich fühle mich sauber und rieche nach frischem Shampoo. Ich erinnere mich nicht, etwas gegessen zu haben, aber ich bin satt. Merkwürdig.

Diesmal weiß ich wenigstens vorher, was mich erwartet. Die letzte Verabredung mit Juliana war ja eher überfallartig auf mich gekracht. Heute weiß ich, worauf ich mich einlasse und was ich anziehen kann. Ich entscheide mich allerdings gegen ein Kleid und für eine helle Stoffhose. Der Stoff ist sehr dünn und fällt luftig locker. Nicht angemessen fürs Büro, wohl aber für eine Nacht mit Tanz und Musik und schönen Gesprächen. Hoffentlich.

Dazu gibt es eine dunkle Bluse, die für die Arbeit eindeutig zu gewagt ist. Recht kurz und tief ausgeschnitten. Kurzärmlig natürlich, es ist immer noch Sommer. Deswegen verzichte ich trotzdem nicht auf die dünne Jacke. Aus Erfahrung weiß ich, man sollte sich besser vorbereiten, ehe man mit Juliana loszieht. Ob ich ein Handtuch einstecken sollte?

Nein, so verrückt bin ich dann doch nicht. Ich gehe nicht davon aus, dass wir die Aktion wiederholen oder eine auch nur ansatzweise Vergleichbare erleben werden. Immerhin wissen wir ganz genau, wann der Arbeitstag der Springbrunnen in unserer Stadt beginnt.

Seit einigen Minuten schon stehe ich vor dem Spiegel und begutachte mich selbst. *Nicht gut genug*, fällt mir immer wieder ein. Ich probiere eine andere Jacke, tausche die Bluse gegen ein T-Shirt und die Hose gegen einen Rock. *Immer noch nicht gut genug*. Das Resümee bleibt immer wieder das gleiche. Vielleicht die Haare anders? Oder ein auffälligeres Make-up? Andere Schuhe?

Es ist hoffnungslos. 20 Uhr will ich die Wohnung verlassen, das heißt normalerweise, dass ich spätestens eine Viertelstunde vorher fertig bin. Jetzt ist es eine Minute vor Acht, meinem selbstgesetzten Termin, und ich ziehe mich noch einmal um. Absolut untypisch für mich, aber irgendwie ... Ich weiß nicht, woran es liegt. Vielleicht daran, dass man Juliana so schwer einschätzen kann? Ich habe keine Ahnung, was sie heute tragen wird und ob ich zu ihr passen werde. Im Allgemeinen ist es schwer vorherzusagen, was ihr gefällt. Mit ihren verrückten Frisuren könnte man vermuten, mein gesamter Kleiderschrank ist zu gewöhnlich. Andererseits erinnere ich mich noch sehr genau an ihre Reaktion, als ich vor unserer ersten Partynacht aus dem Badezimmer kam. Ich höre sie auch noch, wie sie mich *Madame Wundervoll* nennt, als wir zur Messe gefahren sind. Alles Kleider aus meinem Schrank, in denen ich mich wohlfühle. Kleider, die zu mir passen und mich selbst ausdrücken. Ich habe mich nicht verstellt und mein wahres Ich versteckt, als ich sie getragen habe.

Seufzend belasse ich es bei meinem ursprünglichen Plan. Die herausgenommenen Kleider verstaue ich fix, aber ordentlich im Schrank, bevor ich mich auf den Weg mache. Ganze zehn Minuten hinke ich meinem Zeitplan hinterher. Das heißt, ich bin lediglich fünf Minuten statt einer Viertelstunde zu früh dran. Bei einer Verabredung mit Juliana macht das normalerweise keinen Unterschied.

Dachte ich zumindest.

Als ich aus dem Taxi steige, stelle ich mich schon

darauf ein, mindestens noch eine halbe Stunde herumzustehen. Juliana überrascht mich jedoch schon wieder, denn sie kommt nur wenige Minuten nach mir.

Sie sieht umwerfend aus, denke ich mit stockendem Atem. Das rotbraune Haar trägt sie wie einen Heiligenschein aus Korkenzieherlocken um ihren Kopf herum. Ich will gar nicht wissen, wie sie die Locken in das letztens noch aalglatte Haar bekommen hat, aber es lenkt alle Aufmerksamkeit auf ihr Gesicht und ihre blauen Augen. Dazu trägt sie ein schiefes Kleid. Das ist bewusst so gewählt, denn auf der einen Seite geht es bis über ihr Knie hinaus, auf der anderen Seite nicht mal bis zum Knie. Sehr weiblich, sehr sinnlich und verdammt sexy, würde ich es nennen, wenn ich mich damit nicht selbst verwirren würde.

Ihr elfengleiches Gesicht spiegelt jedoch keine Freude wieder, sondern Angst. „Bin ich zu spät?"

Ich muss so sehr lachen, dass ich beinahe auf dem Bordstein lande. „Dir auch einen guten Abend.", bringe ich gerade noch hervor.

Unglaublich, sie wird tatsächlich ein wenig rot. Nicht viel. Nicht so wie ich, wenn die Situation umgekehrt gewesen wäre.

„Entschuldige.", sagt sie und schickt ihren Blick auf eine rasche Erkundungstour an mir hinab. Sie scheint zufrieden, wenn man dem Glitzern ihrer Augen trauen darf. „Ich wünsche dir einen wunderschönen guten Abend."

„Schon besser.", schmunzle ich nur noch. „Und keine Sorge, du bist nicht zu spät. Hat Nadja auf dich aufgepasst?"

„Nein!" Stolz richtet sie sich auf und reckt das Kinn vor. „Ich habe mich an mein Vorbild gehalten und einen Plan aufgeschrieben. Zu jedem einzelnen Punkt piepste mein Handy und hat mich daran erinnert, was ich vorhabe."

Wow ... Ich bin echt sprachlos. Nadja und Juliana kennen sich seit Jahren. Laut Nadjas und auch Julianas eigener Aussage ist sie nie pünktlich. Nicht in all den Jahren der Freundschaft, nicht in der Kindheit, niemals. Sie ist chaotisch und immer zu spät. Außer wenn sie mit mir verabredet ist. Sie hat sogar einen Plan aufgestellt, nur um nicht zu spät bei unserem Treffen zu sein.

Die Erkenntnis erschlägt mich irgendwie. Ich bin hier, weil ich herausfinden will, was ich empfinde.

Ich muss wissen, ob es wirklich das ist, wofür ich es halte, obwohl sie eine Frau ist. Und sie ... Sie stellt sich selbst völlig auf den Kopf. Nur wegen mir. Eine Ehre, derer ich nicht würdig bin. *Nicht gut genug*, erinnere ich mich. Das kann ich nicht leugnen. Ich bin nicht gut genug. Nicht für sie.

Ich weiß nicht, was ich auf ihr Geständnis hin sagen soll. Es bleibt sekundenlang zwischen uns stehen. Eigentlich möchte ich den Blick senken, aber ich bin unfähig, auch nur zu Blinzeln und Gefahr zu laufen, etwas ihrer Anmut zu verpassen. Das Glitzern ihrer Augen verbietet es mir, auch nur eine Sekunde davon ungenutzt verstreichen zu lassen. Ich muss sie ansehen, muss sie mit dem Blick festhalten und spüre, wie auch sie mich hält, wo mich der Schwindel einzuholen droht.

Plötzlich werde ich von hinten angerempelt. Ich habe nicht mal mitbekommen, dass überhaupt noch andere Menschen unterwegs sind. Es war so still eben. Absolute und reine Stille um uns herum, nur durchbrochen durch unseren Atem und unsere Herzschläge. Zumindest meiner geht etwas beschleunigt.

Der Angriff von hinten kommt so überraschend, dass ich nach vorn stolpere und direkt in Julianas

Armen lande. Es geht so schnell und doch nicht schnell genug. Noch während des Remplers hebt sie die Arme, um mich abzufangen, wie aus einem Reflex heraus, und als sie mich hält, weiß ich plötzlich ganz sicher, diese Arme würden mich ewig halten. Egal was mich aus der Balance bringt, Juliana wäre mir immer eine Stütze.

„Entschuldigung!", höre ich eine Männerstimme hinter mir. Er spricht so leise, dass ich ihn höre wie den Ruf aus einem fernen Zimmer.

Ich sehe immer noch in Julianas Gesicht, als sie plötzlich zu grinsen beginnt und über meine Schulter hinweg zu der Männerstimme blickt. „Danke schön."

Das ist zu konfus, um noch im Schwebezustand zu verharren. Ich werde angerempelt, derjenige entschuldigt sich und die Erwiderung ist ein Dank von Juliana? Irgendwie scheinen mir da ein paar Gehirnwindungen zu fehlen, um das zu verstehen.

Ich richte mich wieder auf. „Wofür?"

„Dass er getan hat, wozu du dich nicht getraut hast.", grinst sie immer noch und ich laufe knallrot an. Ich hätte mehr Make-up auflegen sollen. Theaterschminke am besten! Die verdeckt wirklich alles.

Juliana lässt mir keinen Wimpernschlag Zeit, das Gesagte zu verdauen und irgendetwas, wenn möglich Sinnvolles zu erwidern. „Na los. Auf ins Getümmel."

Sie berührt mich nicht, geht an mir vorbei zum Eingang der Bar.

„Oh je.", seufze ich leise, als ich ihr folge. Worauf hab ich mich denn da nur eingelassen? Sie scheint in meinem Gesicht viel mehr lesen zu können, als ich ihr preisgeben möchte. Der Abend wird in einem riesigen Desaster enden, eine andere Option gibt es bei meinem Talent, mich zu blamieren, gar nicht.

Dieser Vorfall vor der Tür, so kurz er auch dauerte, hat leider mein Hirn wieder aktiviert. Wir setzen uns an einen der Randtische und bestellen eine Flasche Wein. Und wir schweigen. Mir ist unangenehm, was sie erkannt hat. Mein Kopf sucht krampfhaft nach einer vernünftigen Erklärung, die keine Versprechungen macht. Vielleicht suche ich auch eine Ausrede, um abhauen zu können. Vielleicht auch nach einer Ausrede, die besagt, sie habe sich getäuscht. Auf jeden Fall denke ich zu viel und fühle zu wenig. Mir wird bewusst, dass ich zu viel Scham in mir trage, um mich wirklich für Juliana zu öffnen.

„Lene.", singt sie amüsiert und ich blicke auf. „Mach die Sorgenfalten weg. Kein Grund für irgendeine Grübelei. Lass uns einfach einen schönen Abend haben."

So unkompliziert ist das mit ihr. Sie liest tatsächlich in meinem Gesicht wie in einem Buch. Sie ist aber auch die Erste, bei der es mich immer weniger stört. Ganz im Gegenteil, irgendwie ist es ein schönes Gefühl. Als würde sie mich kennen wie sich selbst. Als würde sie auch Dinge sehen, die ich nicht mal selbst wahrnehme, weil ich zu viel nachdenke.

„Schon besser.", freut sie sich und erhebt ihr Glas in meine Richtung.

Ich stoße meines daran. „Auf einen schönen Abend.", verkünde ich entschieden, mich an meinen Plan zu halten. Schon wieder ein Plan ... Aber er ist sinnvoll. Ich will nicht nachdenken, ich will fühlen und mich von diesem Fühlen leiten lassen.

„Kennst du die Lehren alter Philosophen zum obersten Gut?", fragt sie, als sie ihr Glas abstellt.

„Nein.", gebe ich sofort zu, bin aber schon sehr

gespannt auf eine Lehrstunde.

„Frag mich nicht nach dem Wer und Wann, ich weiß es nicht. Ich hab mal eine Dokumentation darüber gesehen und eines ist hängengeblieben: Das oberste Gut, nennen wir es mal Glück, kann man nur erreichen, wenn wir die zwei Seelenteile berücksichtigen. Die eine Hälfte ist die Vernunft, die andere Hälfte sind die Emotionen. Keine von beiden kann allein das Glück erreichen, nur wenn sich die Emotionen von der Vernunft leiten lassen. Vernunft gehörte noch nie zu meinen Stärken."

„Ich handle schon seit meiner Kindheit immer rational.", gestehe ich in Gedanken versunken. Ganz klar, sie ist die Emotion, ich bin die Vernunft. Denkt man weiter im Sinne dieser alten Lehren, von denen ich noch nie gehört habe, dann muss ich Juliana leiten, damit wir beide unser Glück finden. Das würde erklären, wieso wir uns trotz unserer Unterschiede so gut verstehen.

„Schön, dass wir das geklärt haben.", schmunzelt Juliana. Man muss es als freches Grinsen bezeichnen, während ich schon wieder in Gedanken stecke, die ich heute gar nicht haben will. Das weiß sie natürlich auch. „Aber heute leite ich dich. Abgemacht?"

„Abgemacht." Keine Sekunde zögere ich, denn genau das habe ich ja selbst vor. Es fällt mir nur nicht so leicht, wie ich dachte.

Juliana ist eine gute Lehrerin im Umgang mit Spontanität und Intuition. Sie hört eine einzige Taktfolge, die in ihr etwas auslöst. Eine Erinnerung vielleicht oder auch einen ganz simplen Impuls. In der gleichen Sekunde beginnt sie zu strahlen, nimmt ohne ein Wort meine Hand und schleift mich zur Tanzfläche. Sie gibt mir gar nicht die Möglichkeit, ihre Aufforderung aus irgendwelchen Gründen abzulehnen. Sie hat Lust zu tanzen, also tanzt sie. Ganz einfach. Allerdings kann ich vor Lachen kaum mittanzen.

„Was ist so witzig?", will sie wissen.

„Du!", pruste ich los. „Trotz deines emotionalen Seelenteils wäre eine Ankündigung nicht schlecht. Dann würde ich jetzt keinen blauen Fleck am Knie kriegen."

Ihr Blick huscht zu meinem Knie hinab. Der Stoff der Hose ist vielleicht dünn, aber nicht blickdurchlässig. Sie weiß dennoch nicht, worauf ich hinaus will.

„Ich konnte nicht so schnell verarbeiten und

reagieren, wie du mich mitgezogen hast.", erkläre ich. „Und in der Hektik bin ich mit dem Knie am Tischbein hängengeblieben. Da ich die Nacht gern überleben würde, mischen wir bitte etwas meiner Zurückhaltung hinein."

Ich lache immer noch und gebe ihr damit deutlich zu verstehen, dass ich ihr nicht böse bin. Einen Moment lang trübt ein Schleier der Angst ihre Augen, weil sie fürchtet, mich ernsthaft gegen sich aufgebracht zu haben, doch dem ist nicht so. Ganz im Gegenteil. Genau diesen verrückten, niemals vorhersehbaren Zug an ihr finde ich unglaublich niedlich. Ein Kind freut sich auch so unschuldig und will immer gleich losstürzen. Erwachsene sollten etwas mehr Bedacht und Haltung an den Tag legen, aber eben weil Juliana sich diesen kindlichen Zug behalten hat, beneide ich sie.

Wie in unserer ersten gemeinsamen Nacht *auf der Piste* habe ich wahnsinnigen Spaß. Aber nicht nur das, es ist eine Freude, die weit über Spaß hinausgeht. Juliana presst mir die pure Lebensfreude durch die Adern und ich spüre jede einzelne Zelle meines Körpers im Leben pulsieren. Ich habe tatsächlich wieder das Gefühl zu leben, nicht nur auf eine Wand zuzurennen, vor der ich mich fürchte, die ich auch nicht benennen kann, vor der ich aber auch nicht anhalten oder wenigstens abbremsen kann.

Ich weiß nur nicht so recht, wem ich diesen Umstand zu verdanken habe. Es hat angefangen mit dem Klassentreffen, so viel steht fest. Auf der Fahrt habe ich Juliana kennengelernt und das Gespräch mit ihr sehr genossen. Beim Klassentreffen habe ich Christoph wiedergetroffen, der weitaus mehr Zeit als dreieinhalb Stunden hatte, mich zurück ins Leben zu reißen. Ich war ein anderer Mensch, als ich heimkehrte. Allerdings auch durch die zweite Zugfahrt mit Juliana. Also wem gebührt der Dank? Sieben Stunden Juliana oder zig Stunden Christoph? Wen von beiden scheine ich so dringend zum Überleben zu brauchen? Nicht zum Existieren, bis mich der Tod holt, sondern zum Leben. Ohne wen würde ich zugrunde gehen? Missen möchte ich sie beide nicht, obwohl ich immer noch sauer auf Christoph bin.

Das wird nicht besser, als ich eine SMS von ihm lese. Die kam schon vor drei Stunden. Inzwischen ist es zwei Uhr morgens. Die Uhrzeit hat mich interessiert, deshalb habe ich aufs Handy gesehen, während Juliana auf der Toilette ist. Hätte ich die Armbanduhr als passend zu meinem Outfit empfunden, hätte ich eine getragen und nicht aufs Handy sehen müssen. Aber ich hatte mir vorgenommen, mich nicht von rationalen Fakten wie Uhrzeiten ablenken zu lassen. Das wäre aber passiert, wenn ich so unkompliziert hätte die Zeit von meinem Handgelenk ablesen können. Und nun verderbe ich mir den Abend mit einer SMS.

„Wo treibst du dich denn schon wieder rum?"

Kein Smiley, gar nichts. Der meint das vermutlich wirklich ernst und wird mich wieder mit Missachtung strafen. Merkwürdigerweise macht mir das gar nichts aus. Ganz im Gegenteil, ehe ich so etwas wie Schuld empfinde, glüht Wut in mir auf. Noch zu Hause habe ich ihm extra geschrieben, dass ich mich mit einer Freundin treffe. Worüber regt der sich jetzt so auf?

Ich ignoriere mein Handy und Christoph. Der hat heute Nacht nichts in meinem Kopf zu suchen. Schon gar nicht als Zornauslöser. Und sobald Juliana zurück ist, fällt mir das ganz leicht.

Erst in den frühen Morgenstunden verlassen wir die Bar. Ich bin fix und fertig und eindeutig angetrunken, aber nicht betrunken. Der gemütliche Spaziergang durch die Stadt baut den Alkohol ab und bringt uns wieder zu einem gleichmäßigen, gesunden Puls. Eigentlich hatten wir ja vorgehabt, in der Bar nur anzufangen und dann weiterzuziehen, aber es gefiel uns dort. Warum also weggehen?

„Was hältst du von Frühstück?", schlägt Juliana vor. Wir biegen gerade in ihre Straße ein, die Sonne geht schon auf und ein neuer Tag weckt das Leben der Stadt. Die Autos auf den Straßen werden mehr. Verschlafen aussehende Menschen mit zauseligen Haaren und bequemer Kleidung drängen sich zu den Bäckerläden für frische Brötchen. Verschiedene Vögel singen munter durcheinander ihre Lieder in den wenigen Bäumen, die die Straße säumen. Hier und da werden die Fenster der Schlafzimmer geöffnet, um die Luft der Nacht hinauszulassen. Es wirkt sehr friedlich, allerdings ist es auch erst halb acht. In einer Stunde wird schon deutlich mehr Betrieb sein. Aber vermutlich nicht in meiner Wohnung. Ich werde schlafen wie ein Murmeltier. Arme Juliana. Sie muss in drei Stunden in der Küche stehen.

Wir gesellen uns zu den verschlafenen Menschen für frische Croissants im Bäckerladen. Die meisten Leute um uns herum sehen aus, als wären sie nur schnell aus dem Bett gekrochen, um Brötchen zu holen, bevor der Bäcker schließt. Einige von ihnen werden sich sicherlich wieder hinlegen und noch ein bisschen dösen. Juliana und ich sind die Einzigen, die zwar nicht frisch, aber wach aussehen. Sogar fitter als die Bäckerin.

Juliana kocht Kaffee, wir decken den Tisch neben der großen Fensterfront und lassen das Gespräch keine Sekunde abklingen. Seit wir die Bar verlassen haben und Gespräche überhaupt erst möglich sind, haben wir so gut wie jedes erdenkliche Thema wenigstens gestreift. Und doch scheint immer noch eines zu fehlen. Wir schlittern von Thema zu Thema, können binnen Minuten in die entgegengesetztesten Dinge eintauchen. Es beeindruckt mich. Ich genieße es. Und ja, ich kann nicht leugnen, dass ich sie genieße.

Genau dieses Thema haben wir bisher jedoch nicht mal tangiert. Wir umschiffen es und das ist vielleicht nicht die beste Lösung. Ich bin schließlich mit ihr ausgegangen, um offen mit ihr zu reden. Ist das Frühstück der passende Zeitpunkt? Seit Stunden suche ich eine Möglichkeit, den Schwenk in diese Richtung zu schaffen, doch es gelingt mir nicht. Jedes Mal, wenn ich aushole, um ohne Überleitung darauf zu sprechen zu kommen, sagt Juliana irgendwas und schon versinken wir im nächsten Thema. Ich unterstelle ihr jetzt einfach mal keine Absicht, aber sie scheint zu spüren, dass ich unruhig werde, und tut etwas dagegen. Unauffällig. Ob sie das aktiv mitbekommt, weiß ich nicht. Mir fällt es auch erst viel später auf, als ich beim Frühstück wieder versuche, zum schweren Thema zu wechseln und sie mich nicht lässt.

Genauso läuft das Frühstück ab. Am Ende räumen wir die Spülmaschine ein, weil ich automatisch damit anfange, dann ist die Küche wieder ordentlich und ich könnte gehen. Ohne Aussprache.

Ich musste noch mal aufs Klo und als ich aus dem Badezimmer komme, geht gegenüber die Schlafzimmertür auf und Juliana kommt heraus. In der Hand hält sie ihre Arbeitskleidung. Wie in dem Augenblick vor der Bar, bevor ich angerempelt wurde, oder auch in dem Springbrunnen, scheint irgendwas im Universum zu passieren, das ich nicht erklären kann. Ich höre die Vögel nicht mehr durch die offenen Fenster zwitschern. Nicht ein einziges Auto scheint in der Umgebung mehr zu fahren. Keine Leute unterhalten sich, kein Fernseher läuft, niemand hört Musik. Nur zwei Herzen schlagen im gleichen Takt.

Ich weiß nicht, ob es richtig ist, was ich fühle.

Ich weiß nicht, ob ich wirklich so fühlen *will*. So anders. So abnormal. Abseits jeglicher Norm.

Kopf aus!

Ich fühle!

Ich bin erfüllt mit den verschiedensten Empfindungen. Meine Haut ist sensibler und empfindet jede Berührung meiner Kleidung als sanfte Liebkosung. Der Duft einer Vanilleschote steigt mir in die Nase. In meinem Bauch und in meinen Beinen kribbelt etwas, als hätte ich eine Hand voll lebendiger Würmer geschluckt. Sie zappeln in meinem Bauch herum. Und mir gegenüber steht eine Frau mit einem Glitzern in den blauen Augen.

Das macht mir Angst!

Dieses Begehren in mir macht mir einfach nur Angst! Es ist zu intensiv und zu anders!

Schnell senke ich den Blick und wende mich ab. „Ich sollte gehen."

„Marlene!", ruft Juliana hastig und hält mich an der Hand fest, ehe ich meine Beine soweit unter Kontrolle habe, dass ich sie schnell genug zur Flucht benutzen könnte.

Ich drehe mich nicht um. Wenn ich sie ansehe, verliere ich die Beherrschung.

Juliana lässt mich aber nicht gehen. Sie drängt sich in mein Sichtfeld und lächelt immer noch. „Versteck dich nicht für deine Angst, Lene. Ich kenne dieses Gefühl sehr gut. Ich werde dir nicht zu nahe kommen, wenn du mir versprichst, ehrlich zu mir zu sein. Was geht gerade durch deinen Kopf?"

Ehrlich ... Ich soll ehrlich zu ihr sein? Dafür müsste ich erst einmal eine Lüge offenbaren. Keine direkte Lüge, eher das Verschweigen der Wahrheit.

„Ich war nicht ehrlich.", gestehe ich flüsternd und spüre, wie Tränen in meine Augen steigen. Meine Lider fallen zu, weil ich es nicht fertigbringe, die Enttäuschung in ihren Augen anzusehen.

„Dein Freund, ich weiß."

Sie weiß es?!

Vor Schreck weiche ich vor ihr zurück und kann die Träne auf meiner Wange nicht aufhalten. „Es tut mir leid."

„Ich weiß. Du solltest vielleicht deinen Facebook-Status ändern, wenn du nicht willst, dass es jemand weiß. Oder dein Profil nicht öffentlich machen."

Da ist wieder das neckische Funkeln in ihren Augen. Ich stehe nur blöd da und starre sie an, während sie mich frech auslacht. Ich gestehe, ich habe mit keiner Silbe daran gedacht, dass mich ausgerechnet mein Facebook-Status verraten könnte. Wir sind dort nicht befreundet, das heißt ja aber nicht, dass sie mein Profil nicht einsehen kann. Und dass sie es eingesehen hat, beweist mir, was ich gar nicht wissen will.

Sie tritt wieder näher an mich heran. „Marlene, lass uns weiter den Weg der Freundschaft gehen. Ich bin dir deshalb nicht böse. Ich bin dir auch nicht böse, wenn du mir auf den Hintern schaust. Ich tue es mit deinem andauernd."

Wieder ein Grinsen. Und diesmal reißt es mich mit. Ich muss leise lachen. Vorsichtig und unsicher, aber ich werde lockerer, obwohl ich die letzten Worte gar nicht hören wollte. Sie soll meinen Hintern nicht mal ansehen wollen. Wieso können wir nicht einfach Freunde sein und nicht so abnormal fühlen?

„Schon besser.", freut sie sich nun wieder über

mein Lachen, so unscheinbar es auch war. „Und jetzt muss ich zur Arbeit, würde meine Vernunft jetzt sagen."

„Du musst zur Arbeit.", kann ich mir nicht verkneifen.

„Sehr gut."

So einfach war das? Wir haben das Thema nun doch ausgesprochen. Ich wollte so vieles erklären, so vieles entschuldigen. Nichts davon ist nötig, weil Juliana eben so ist, wie sie ist. Etwas ganz Besonderes.

„Du siehst müde aus.", lächelt sie liebevoll. „Du kannst auch hier schlafen."

Ich könnte im Stehen einschlafen, aber ist das wirklich eine gute Idee? Was sollen denn die Leute denken, wenn ich über Nacht bleibe? Die Nachbarn! Na gut, es ist schon Vormittag, also bleibe ich ja gar nicht über Nacht, aber wer uns zusammen hat gehen sehen ... Die sind ja nicht blöd.

„Nur bei einer Freundin übernachten.", versichert Juliana, als hätte sie meine Gedanken belauscht. Ich hoffe inständig, das gehört zu den Talenten, die sie nicht beherrscht. „Wenn du aufwachst, bin ich wieder da.", verspricht sie.

Das Angebot allein ist ein wunderbares Gefühl im Magen, weil es mir gilt. Wirklich mir. Sie möchte mir etwas Gutes tun, das ist schön. Und es schenkt mir die Aussicht auf einen weiteren Abend mit ihr. Vielleicht gehen wir spazieren oder trinken Wein auf ihrer Couch. Irgendwas. Hauptsache, wir tun es gemeinsam. Als Freundinnen. Ihre Freundschaft genieße ich und möchte ich auskosten, so viel es nur geht. Was spricht schon dagegen, bei einer Freundin zu schlafen?

Weil Juliana kurze Zeit später als Führerin meines emotionalen Seelenteils nicht da ist, fängt mein Hirn an zu arbeiten. Das Resultat ist, dass meine Träume eigenartig sind. Ich schwimme durch orange- und rosafarbene Blasen. Immer wenn ich eine an mich drücken, mit ihr schmusen oder mich daran festhalten will, platzt sie und ein Schmetterling kommt herausgeflogen. Die Flügel sehen aus wie kleine Regenbögen. Also entweder hat mir irgendwer während des Schlafs etwas eingeflößt, das gemeinhin als Drogen bekannt ist, oder ich bin nicht mehr ganz dicht. Solche Träume hatte ich noch nie!

Und als ich aufwache, riecht es nach Vanille.

Juliana hat darauf bestanden, dass ich mich in ihr

Bett lege. Nicht auf die Couch. Ich solle es bequem haben, meinte sie, hatte aber keine Lust, das Gästebett erst zu beziehen. So gut hab ich vermutlich noch nie geschlafen. So ruhig und leicht, als wäre ich selbst eine Feder und wäre all die Stunden auf einer Wolke umhergeschwebt. Eine Vanillewolke vielleicht.

Es ist später Nachmittag, schon fast Abend. Was wird mir der Rest des Tages bringen?

Wie egoistisch! Wieso frage ich, was *mir* der restliche Tag bringt? Nicht *uns* oder ganz allgemein ohne Bezug auf irgendwen. Nein, ich bin neugierig auf das, was *mich* erwartet.

Auf jeden Fall etwas zu essen. Ich sterbe vor Hunger.

Ich weiß nicht, ob Juliana schon da ist oder nicht. Ich will ihr aber nicht gegenübertreten, ehe ich nicht im Bad war und mich wenigstens gekämmt habe. Bewegt habe ich mich kaum im Schlaf, ein wenig zauselig sind meine Haare dennoch.

Ich gehe ins Wohnzimmer und könnte mich ohrfeigen, dass ich nicht leiser gemacht habe. Juliana liegt auf dem Sofa. Noch eine Ohrfeige dafür, dass ich ihr Bett gestohlen habe und sie auf der Couch schlafen muss. Es sieht bequem aus, aber wir sind schließlich in ihrer Wohnung. Und wäre ich mir nun sicher in Bezug auf Juliana, dann wäre sie nach der Arbeit sicherlich ins Bett zu mir gekrochen.

Ich kann nicht verhindern, dass ich bedauere, dass es nicht dazu gekommen ist. Eine ganze Weile stehe ich still da und beobachte sie. Eine dünne Decke liegt über ihr und wieder hält sie einen Zipfel fest. Es sieht so niedlich aus, wie sich ihre schmalen Finger daran klammern.

Wie wäre es wohl gewesen, wenn ich aufgewacht wäre und sie neben mir gelegen hätte? Ähnlich wie Juliana bin auch ich in den ersten Momenten nach dem Aufwachen schwach und schmusebedürftig. Vermutlich hätte ich nicht die nötige Stärke aufgebracht, einfach aufzustehen. Ich hätte mich an sie geschmiegt, wie an dem Abend, als wir zusammen auf ihrer Couch eingeschlafen sind. Sie hätte ihren Arm um mich gelegt und sanft gestreichelt. Niemals wäre sie böse gewesen, dass ich sie geweckt hätte. Sie wäre nur böse gewesen, wenn ich ihr und mir die Gelegenheit auf Zärtlichkeit genommen hätte. Genau wie jetzt.

Seit fast einer halben Stunde bin ich wach und fühle mich trotzdem so schwach wie in den ersten

Augenblicken nach langem, erholsamem Schlaf. Was hat diese Frau nur mit mir gemacht? Wieso bringe ich nicht die Stärke auf, einfach wegzugehen? Wieso kann ich mich nicht ein einziges Mal fair ihr gegenüber verhalten? Wieso sehne ich mich so sehr nach ihrer Nähe, dass ich zu ihr gehe, mich neben sie setze und ihre Haut mit Zärtlichkeiten verwöhne? Das ist so unfair! Ich weiß nicht, was ich ihr geben kann. Was sie will, das war eindeutig, denke ich. Aber wenn ich es ihr nicht sicher geben kann, wieso quäle ich sie dann mit Hoffnung? Als würde ich sie anfüttern, aber nicht sättigen, sondern an ausgestrecktem Arm quälend langsam verhungern lassen. Schlimmer noch! Ich wecke sie und bringe sie um den bitter nötigen Schlaf, nur um sie zu foltern!

Was bin ich eigentlich für ein Mensch?!

Ich kann es weder rückgängig machen noch aufhalten. Juliana erwacht aus ihrem seligen Dornröschenschlaf und lächelt genießerisch. Keine Spur von Vorwürfen oder Forderungen. Sie genießt einfach nur, dass ich da bin, und mir wird bewusst, dass ich mich längst entschieden hätte, wenn sie ein Mann wäre. Wäre ich damals im Zug und auch danach nicht Juliana, sondern ihrem Bruder Julian begegnet und er hätte diesen Einfluss auf mich ausgeübt, dann hätte ich mich ihm schon längst hingegeben. Keine Frage nach der Richtigkeit oder ob ich damit leben könnte. Ich hätte es einfach getan. Nur dass Juliana eine Frau ist, macht mir zu schaffen.

Sie lehnt sich genießerisch in meine Berührungen und ich fahre lächelnd fort. Ich kann nicht aufhören, unmöglich. Wenn ich sehe, wie sie etwas genießt, dann kann ich ihr das doch nicht wegnehmen, oder?

Egoistische Ausrede vor mir selbst!

Ich *will* nicht aufhören, Zärtlichkeit und Nähe mit ihr zu teilen, das ist der Grund, warum ich weitermache.

„Du bist noch da.", stellt sie zufrieden fest. Um ihretwillen hätte ich besser nicht hier sein sollen! Ich tue ihr nicht gut.

„Ich wollte nicht gehen, ohne mich zu verabschieden.", flüstere ich und plötzlich schwingen ihre Wimpern nach oben. Bevor sie den Mund aufmacht, weiß ich, sie will nicht, dass ich gehe.

„Du willst gehen?"

„Ich kann doch nicht hier einziehen.", erkläre ich

amüsiert. Sie sieht aus wie ein kleines Mädchen, dessen beste Freundin am Abend nach Hause geht.

„Nein, aber den Abend hier verbringen." Sie reckt sich und setzt sich dann auf. „Ich war extra noch einkaufen, damit ich dir was kochen kann."

Kochen ... Hunger hab ich ohne jeden Zweifel. Ich fürchte nur, Julianas Verwöhnung wird sich bald auf meiner Waage niederschlagen.

Egal! Sie war extra für mich einkaufen, dann werde ich ihr diese Freude, die sie beim Kochen immer empfindet, keinesfalls nehmen. Ich sage zu, zum Abendessen zu bleiben, dann verschwindet sie im Badezimmer und ist einige Minuten später wieder eine erwachsene Frau. Schade eigentlich. Dem Mädchen gegenüber fällt es mir leichter, sie mit Liebkosungen zu verwöhnen. Der Frau gegenüber halte ich lieber Abstand wie zu einem gefährlichen Raubtier. Ich hege allerdings den Verdacht, auch das Mädchen kann mir gefährlich werden.

Tja ... Manchmal geht das Leben Wege, die wir nie im Traum vorhersehen würden. Dass sich nach unserer Aussprache nichts an unserem Umgang ändern würde, hätte ich nicht gedacht. Ich hatte vermutet, mit Ehrlichkeit eine Freundin zu verlieren. Stattdessen vertiefte diese Ehrlichkeit unsere Freundschaft. Den ganzen Abend unterhalten wir uns über Gott und die Welt, während Juliana nebenbei kocht und ich mich zu ihrer Küchenhilfe mache. Und sei es, dass ich immerfort den Müll einsammele und wegwerfe ...

Während des Essens bringe ich mehr im Spaß Tinas Vorschlag an, dass Juliana das Catering für Tinas Geburtstag übernimmt. Die Idee trifft auf jede Menge Gefallen.

„Hey!", ruft Juliana plötzlich aus. „Das ist die Idee!"

„Was?", will ich natürlich wissen. Ich habe eigentlich nur im Scherz über unsere Geschwister erzählt, dass Tina sie gern kennenlernen wolle und deshalb diesen Vorschlag gebracht hat.

„Na ja, wenn alles gutgeht, wird Anita diese Woche aus dem Krankenhaus entlassen."

„Ach echt?", staune ich begeistert. Inzwischen habe ich schon so viel über Julian und Anita gehört, dass mir diese Nachricht unter die Haut geht.

„Ja. Sie wollen noch die letzten Tests abwarten. Es wird auch noch Monate, wenn nicht Jahre dauern, bis sie ohne Rollstuhl klarkommt. Intensive Physiotherapie inklusive. In zwei Wochen soll sie zur Reha aufbrechen. Und nächstes Wochenende wäre die perfekte Gelegenheit, nicht nur Tinas Geburtstag, sondern auch Anitas Überleben zu feiern. Zusammen. Ihr kommt alle her, ich koche schön und wir machen uns einen gemütlichen Abend."

Die Idee klingt wirklich gut. Ich fürchte mich zwar vor dem Aufeinandertreffen zwischen Tina und Juliana. Andererseits bin ich ebenso neugierig auf Julian wie Juliana auf Tina. Wir interessieren uns eben für das Leben der jeweils anderen und jeden, der dazugehört. Auch Daniel und Anita, denn sie sind wichtige Bestandteile im Leben unserer Geschwister und daher auch in unserem.

So steht der Plan. Am kommenden Samstag wird es bei Juliana zu Hause ein großes Dinner geben. Ob es großartig wird, soll sich zeigen. Ein großer Aufwand wird es auf jeden Fall, so gut kenne ich Juliana.

Ich rufe Tina gleich an und frage sie, ob sie was gegen die Verdopplung des Feiergrunds hätte, doch sie ist begeistert, wie ich geahnt habe. Juliana will auch noch wissen, was Daniel denn isst und ob er gegen irgendwas allergisch ist. Bei Tina weiß ich es und für Julian und Anita weiß sie es selbst.

Die folgende Woche rauscht irgendwie an mir vorbei. Wie Blitzlichter flammen einzelne Szenen in meiner Erinnerung auf. Sie bestätigen mich, dass tatsächlich mehrere Tage vergehen. Vor dem Klassentreffen fühlte sich jeder Tag an wie ein Jahr und jede Woche wie ein Lebensalter. Und jetzt? Tage vergehen wie Minuten!

Am Donnerstag bin ich mit Juliana bei Nadja verabredet. Mein Zwei-Wochen-Rhythmus ist durcheinandergeraten, aber egal. Julianas SMS bittet mich, zu Nadja zu kommen, also gehe ich in der Mittagspause zu ihr.

Ich werde schon erwartet. Offenbar hat Juliana nicht nur mir Bescheid gegeben. Nadja serviert gerade meinen Saft, als ich ankomme, und freut sich, mich mal wieder zu sehen. Wie merkwürdig. Wo Nadja in mein Leben getreten ist, kann ich gar nicht genau sagen. Aber auch sie ist eine Freundin geworden, mit der ich mich gern unterhalte. Zum Glück weckt sie in mir keine ungewollten Sehnsüchte.

Juliana kommt natürlich zu spät. Das gehört eben doch zu ihr wie die Pünktlichkeit zu mir. Ich sehe es als positives Zeichen, dass sie nicht so spät kommt, dass meine Mittagspause schon vorbei ist.

Sie fragt uns jedenfalls, ob wir nicht übernächstes Wochenende mal zusammen weggehen wollen. Natürlich will ich und Nadja ist auch sofort dabei. Das dürfte witzig werden. Nadjas Mann wird uns begleiten und wir wollen in der Bar tanzen gehen, die garantiert nicht nur meine Stammbar werden wird. Es ist schön dort. Gemütlich und aufregend zugleich. Was spricht dagegen? Außer, dass ich Christoph diesmal vorher Bescheid sagen werde, nachdem er mir so eine Szene gemacht hat. Ich werde explizit darauf hinweisen, dass ich vermutlich die ganze Nacht mit Freunden unterwegs sein werde.

Nach der Freitagnacht mit Juliana war ich Samstagabend erst wieder zu Hause angekommen. Marcus habe ich auf Sonntag verschoben, nur an Christoph habe ich nicht gedacht. Er hat allerdings ein Talent dafür, auf sich aufmerksam zu machen. Während ich die Zeit bei Juliana genossen habe, hat er mich mit Nachrichten bombardiert. Per SMS, im Chat, per Email, sogar auf meiner Mailbox. Ich habe nicht gezählt, wie viele es waren, und werde es auch nicht nachholen. Es hat mir verdeutlicht, dass ich ihn vernachlässigt habe und er sich um mich gesorgt hat. Schon wieder. Dafür habe ich mich entschuldigt.

Was mich allerdings wirklich stört, ist der Zorn, der sich mit jeder Nachricht gesteigert hat. Er hat auf einem sehr hohen Level angefangen und sich so in Rage geredet und geschrieben, dass man es einen interaktiven Wutanfall nennen könnte. Fehlte nur noch das Aufstampfen mit dem Fuß, aber wie soll er das per SMS hinkriegen?

Jedenfalls habe ich mir fest vorgenommen, ihm Bescheid zu geben, wenn ich mal wieder ausgehen sollte. Dass ich ihn um Erlaubnis bitte, kommt mir nicht in den Sinn, obwohl es das ist, was ihm vorschwebt. Er ist jedoch nicht der Herrscher über mein Leben, das muss ich ihm hin und wieder klarmachen. Er sorgt sich eben, wenn ich die ganze Nacht nicht da bin, das ist doch ein schönes Gefühl. Deshalb werde ich ihm aber nicht gestatten, für mich zu entscheiden, wann ich wo hingehen darf.

In diesen paar Tagen bis zum großen Dinner hat Juliana jeden Abend bei mir angerufen. Sie stellt ein Menü zusammen, das sich gewaschen hat. Ich sollte Tina und Daniel vorwarnen, dass sie mindestens zwei Tage vorher mit dem Fasten beginnen. Ich werde am Freitag auch nicht auf den Markt gehen.

Am Samstagvormittag bin ich dann wieder als Küchenhilfe eingeteilt. Den Freitag habe ich ganz ruhig und allein in meiner Wohnung verbracht. Henry war natürlich da und Christoph per Webcam, aber Letzteres nicht lange. Ich habe ihm gesagt, was am Samstag ansteht. Nicht zu genau, weil ich nicht riskieren wollte, dass er auch kommt. Ich habe ihm nur gesagt, dass eine Freundin für ihren Bruder und dessen Freundin ein Dinner gibt und ich ihr helfen werde. Mehr nicht. Und ich merke, wie ich der felsenfesten Überzeugung bin, mehr geht ihn nichts an. Details soll er nicht erfahren. Nicht, weil ich fürchte, er könnte hinter meine merkwürdigen Gefühle für Juliana kommen, sondern weil ich fürchte, zu viel Distanz zu ihm aufzugeben.

Zwischen Juliana und mir ist alles klar, denke ich. Sie weiß, wie ich vielleicht fühle. Sie weiß aber auch, dass ich so nicht fühlen möchte. Daraus macht sie mir keinen Vorwurf und genießt die Freundschaft ebenso wie ich. Zumindest kommt es mir so vor, wenn ich bedenke, wie oft sie mir SMS schreibt oder mich anruft wegen des Essens am Samstag. Wir müssen nur aufpassen, dass es nicht zu spät wird, wenn wir einmal ins Quasseln kommen. Mit ihr funktioniert die Abmachung mit der Deadline leider nie.

Ich bin Freitagabend so zeitig schlafen gegangen, dass ich zum Samstag schon um fünf Uhr wieder aufstehe. Eine Stunde später hätte mein Wecker sowieso geklingelt, deshalb bin ich ja so zeitig zu Bett gegangen.

Mit Juliana einzukaufen, ist ein ähnlich schräges Erlebnis wie bei der Messe. Sie hat ein Menü entworfen und der Abfolge der Gänge entsprechend aufgeschrieben, was sie frisch braucht. Alles andere hat sie schon gestern besorgt und teilweise vorbereitet. Nur die Gemüse zum Beispiel will sie frisch kaufen und nimmt mich mit.

Muskelkater im Zwerchfell ist da vorprogrammiert, weil der Großhandel die Regale natürlich nicht dem Menüplan entsprechend aufgebaut hat. Als wir dann zum dritten Mal in dem gleichen Gang stehen, platzt mir der Kragen im lustigen Sinne. Ich reiße die Liste an mich und verordne uns einen systematischen Rundgang durch die ganze Halle. Der Großmarkt ist riesig und ich habe nicht vor, noch mehr Kilometer zurückzulegen. Juliana fügt sich, ebenso lachend wie der ältere Herr, der das mit angesehen hat.

Wir lachen immer noch darüber, als wir die vielen Kisten in ihre Wohnung tragen. Dort reiße ich gleich die nächste Aufgabe an mich: Aufräumen. Eine knappe Woche war ich nicht hier, die hat sie genutzt, ein ziemliches Chaos anzurichten.

Als Erstes sammle ich das dreckige Geschirr überall ein, befülle die Spülmaschine und schalte sie gleich ein. Als Nächstes ist die Wäsche dran. Juliana hat nur einen Wäschekorb, dort kommt alles hinein, das ich irgendwo finden kann.

„Hör endlich auf damit!", schimpft Juliana plötzlich. Sie steht hinter mir, hat die Fäuste in die Taillen gestemmt und funkelt mich an. So einen Blick hab ich mir noch nie verdient!

„Wieso?"

„Ich mache das dann noch."

Sie reißt mir eines ihrer herumliegenden Shirts aus der Hand, wirft es in den Wäschekorb und will wieder gehen. Diesmal halte ich sie auf. Meine Finger schlingen sich um ihre Handgelenke. Ich glaube nicht, dass sie wirklich wütend ist. Sie schämt sich und das ist unnötig.

„Es ist okay.", versichere ich ihr liebevoll. Sie soll unbedingt die Falten von ihrer Stirn scheuchen. „Ich mache das gern.“

Unsicher sieht sie zu mir auf. Sie lächelt nicht und die Falten bleiben. „Sicher?“

Ich dafür lächle so herzlich, dass mir erst im Nachhinein bewusst wird, dass mir das falsch ausgelegt werden könnte. „Ganz sicher. Ich weiß es doch, also was soll das jetzt?“

„Na ja, es zu wissen und es zu sehen, sind zwei Paar Schuhe.“

„Ich sehe dein Chaos nicht nur in deiner Wohnung.“, lache ich und sie kneift die Augen zusammen. Sogar den Kopf zieht sie ein, aber sie schmunzelt schwach. Darauf will ich aufbauen. „Es ist doch in Ordnung, Juliana. Kein Grund, sich zu schämen. Dafür bin ich doch heute hier, oder nicht?“

„Nein, eigentlich nicht. Meine Wohnung aufzuräumen, gehört nicht zu deinen vertraglichen Aufgaben als Küchenhilfe.“

„Ich weite den Vertrag aus und sehe mich als deine Haushaltshilfe. Geh du in die Küche und mach, was dich glücklich macht. Mich wird es nachher beim Essen ebenso glücklich machen. Den Rest überlässt du mir.“

Sie gibt sich geschlagen und geht mit leicht

hängendem Kopf zurück in die Küche. Ich muss sagen, es stört mich wirklich nicht, ihre Wohnung aufzuräumen und zu putzen. Ganz im Gegenteil. In meiner eigenen Wohnung ist es eine unschönere Aufgabe, die eben gemacht werden muss. Hier freue ich mich, Juliana etwas Gutes tun zu können. Und dafür gebe ich mir alle Mühe, wische sämtlichen Staub von den Möbeln, sauge komplett durch und wische sogar den Fliesenboden in Küche, Esszimmer und Flur. Die Wohnung ist kaum wiederzuerkennen. Nur der herrliche Duft, der sich langsam immer mehr ausbreitet, erinnert an die verrückte Köchin, die hier lebt.

Ich habe eine kleine Reisetasche mitgebracht. Wirklich nur eine Kleine, aber ich wollte nicht in chicem Hosenanzug putzen und aufräumen. Vorher gehe ich noch duschen und mache mich dann zurecht. Während Juliana im Bad ist, habe ich die Aufgabe, die Gäste zu empfangen, falls jemand zu früh dran sein sollte. Was für eine überflüssige Überlegung von mir. Tina ist nie zu früh dran. Genau wie Julian. Anita und Daniel haben es bisher nicht geschafft, den beiden Pünktlichkeit beizubringen. Immerhin zweimal habe ich Juliana schon Pünktlichkeit beigebracht. Was für ein Erfolg für mich!

Laufen wird Anita nicht so schnell können. Treppen hinaufzusteigen, ist derzeit nur ein Wunschtraum, der sich vielleicht mit viel Übung in ferner Zukunft mal erfüllen wird. Ihr Vater ist reich und hat die besten Ärzte für sie bezahlt, er wird auch die beste Reha bezahlen. Aber all sein Geld hilft seiner Tochter nicht, ihre Beine wieder voll funktionsfähig zu machen. Niemand ist reich genug, die Zeit zurückzudrehen. Sein Geld verhilft Anita nur zu geringfügig höheren Chancen auf eine Verbesserung ihres Zustandes. Mehr kann der offenbar liebende Vater nicht für seine Tochter tun.

Soweit ich weiß, soll die Reha auch schon diese Woche losgehen, aber Anita hat darauf bestanden, an diesem Essen teilzunehmen. Ihr Vater hat es akzeptiert und den Beginn der Reha auf Montag verschoben.

Julian liebt sie wirklich, das sieht ein Blinder! Er trägt sie die Stufen hinauf und setzt sie auf dem Sofa ab. Dann macht er uns bekannt und flitzt noch mal runter, um ihren Rollstuhl hinaufzutragen. In der Zwischenzeit bringe ich Anita ein Glas Saft.

Ich habe sie noch nie zuvor gesehen. Das Bild

werde ich auch nicht so schnell wieder los, selbst wenn ich wollte. Sie ist eine bildschöne, junge Frau. Aber das Bein ... Es sieht aus wie die Entstellung einer Skulptur. Ein Makel, der da nicht hingehört. Alle anderen Wunden, von denen Juliana mir erzählte, sind inzwischen verheilt. Die Operationsnarbe am Bauch sehe ich auch nicht. Nur das Bein lässt sich nicht verstecken und ich frage mich, wie der Fahrer des LKWs damit weiterleben kann, das Bildnis eines Engels verschandelt zu haben. Und das nur für ein paar Sekunden, weil er nicht auf die nächste Grünphase der Ampel warten wollte. Anita wird den Preis dieser Sekunden für den Rest ihres Lebens bezahlen.

Ich verfüge über genug Selbstbeherrschung, um nichts dergleichen auszusprechen. Mit aller Macht halte ich mich an dem Bild fest, wie Julian sie umsorgt. Der Blick, als er sie in Julianas Wohnung getragen hat ... Die Panik in ihm, als er nur für wenige Minuten von ihr getrennt ist, um den Rollstuhl zu holen ... Die Liebe in beiden Augenpaaren, als er endlich wieder ganz nah neben ihr sitzt. Es ist ein schöner Anblick, weil er Liebe zeigt. Liebe in der reinsten Form. Die beiden werden zueinandergezogen wie zwei Magnete. Darauf bin ich neidisch, obwohl ich zugeben muss, ich fühle ähnlich. Ein Tag, an dem ich Juliana nicht sehe, ist ein vergeudeter Tag. So fühlt es sich wenigstens an, aber ich hoffe immer noch, dass ich darüber hinwegkomme und die Freundschaft genießen kann, ohne gleichzeitig das Gefühl zu haben, mir würde etwas fehlen oder entgehen.

Die Entscheidung habe ich für mich im Laufe der vergangenen Woche getroffen. Ich will nicht spießig sein und freue mich über jede Gelegenheit, zu der ich aus der Spießigkeit ausbrechen kann. In einhundert Prozent der Fälle ist Juliana der Auslöser meines Ausbruchs.

Ich will nicht spießig sein, aber normal. Es ist meine Entscheidung, die ich mir von niemandem nehmen lasse, dass ich eben nicht bereit bin, so aufzufallen wie Juliana. Ihr ist egal, was andere von ihr denken. Mir nicht. Zumindest nicht in dem Ausmaß. Ich möchte mich lieber der gängigen Vorstellung der Normalität anpassen. Und das heißt, ich möchte einen Mann an meiner Seite. Keine Frau. Das kann ich einfach nicht. Das *bin* ich einfach nicht!

So ausführlich habe ich Juliana das natürlich nicht erklärt. Nach dem einen kurzen Gespräch der

Offenheit haben wir überhaupt keine klaren Worte zu diesem Thema mehr verloren. Aber ich gehe der Nähe aus dem Weg, soweit es eben unter Freunden möglich ist. Eine Umarmung zur Begrüßung gestehe ich Freunden zu. Es ist nichts, woraus Juliana mehr schließen könnte. Außerdem vermeide ich den Blickkontakt, falls die Gefahr besteht, dass ich mich in ihren Augen verlieren könnte. Das Gefühl dabei ist schön, aber die Folgen möchte ich nicht. Irgendwann werden sich die Gefühle für Juliana ändern und einfach nur eine enge Freundschaft zurückbleiben.

Bisher warte ich leider vergeblich auf diesen Augenblick, ab dem sie mich nicht mehr in erotischem Sinne anzieht. Sie sieht umwerfend aus, als sie aus dem Badezimmer kommt. Nach ein paar Tagen kann ich wohl nicht erwarten, dass sie mir egal ist, aber ein wenig gedämpfter dürfte meine Wahrnehmung schon sein, nachdem ich mich aktiv und endgültig gegen Juliana als Partnerin entschieden habe. Mein Hirn scheint das Rundschreiben noch nicht an meine Sinne übermittelt zu haben. Ich will den Glanz in Julianas Augen nicht sehen! Ich will das Blau ihrer Augen nicht anziehend finden! Ich will ihre rosigen und weichen und vollen Lippen nicht als einladend betrachten. Meine Augen sollen sich fort von ihr bewegen! Ich will nicht, dass mein Blick unauffällig an ihrem Körper hinabschweift und quälend lang an ihrem Po hängen bleibt. Schon oft habe ich mich gefragt, wie er sich wohl anfühlt.

Gleiches Problem, andere Zone: ihre Brüste. Vor allem bei engen Shirts oder Kleidern folge ich der abgezeichneten Form gern mit den Augen. Eigentlich würde ich, wenn ich ehrlich wäre, die Silhouette gern mit den Händen nachfahren. Das Problem ist nur, dass ich Julianas Vorderseite nicht so unauffällig betrachten kann wie ihre Kehrseite.

Ich könnte mich ohrfeigen! Wie sollen meine Sinne die bereits getroffene Entscheidung akzeptieren und ausüben, wenn ich in Julianas Gegenwart immer wieder vergesse, dass ich mich überhaupt entschieden habe?

Na ja ... Irgendwann ... Meine Hoffnung ist noch nicht gänzlich zerstört. Eines Tages wird sie nur eine Freundin sein. Sie selbst scheint sich damit besser abfinden zu können als ich.

Zwischen Elf und Zwölf sollten die Gäste kommen, hat Juliana gesagt. Nicht umsonst nennt sie ein Zeitfenster von einer Stunde. Wer selbst andauernd zu spät kommt, nimmt Rücksicht auf andere notorische Zuspätkommer.

Mehr oder weniger auf die letzte Minute, genau genommen sind es noch drei Minuten, klingelt Tina endlich.

„Pünktlich.", ist Julianas lachender Kommentar, als sie zur Tür geht, um die letzten Gäste einzulassen.

Unter *pünktlich* verstehe ich, dass man kurz nach Elf angekommen wäre. Bei einer so großzügigen Zeitspanne kann man auch das Ankommen innerhalb der ersten halben Stunde noch als *pünktlich* bezeichnen. Aber auf die letzte Minute? Das ist nicht mehr pünktlich, das ist gerade noch angehetzt kommen. Dafür spricht, dass Tina und Daniel ziemlich außer Atem sind.

Daniel sehe ich nun auch zum ersten Mal persönlich vor mir. Er ist Tina offenbar voll in die Falle getappt. Sein Blick schweift über mich und Juliana und Julian und Anita. Armer Kerl. Ehe er das verdaut hat, findet er keinen plausiblen Grund mehr für eine Flucht. Darüber muss ich so grinsen, dass mir die Begrüßung schwerfällt.

Erstmal nehme ich mein Schwesterchen in die Arme. „Herzlichen Glückwunsch."

„Zum Geburtstag oder zum geglückten Coup?", kichert sie leise.

Daniel steht so dicht neben uns, dass er es trotzdem gehört hat. „Das war von langer Hand geplant?!", fragt er entsetzt.

„Du solltest sie besser kennen.", lache ich und reiche ihm die Hand. „Marlene."

Seine Wangen sind glutrot. „Daniel. Tut mir leid."

„Kein Grund. Ich bin ja froh, dich endlich mal kennenzulernen."

„Was gibt es hier zu tuscheln?", funkt Juliana plötzlich dazwischen.

Tina reicht ihr lachend die Hand. „Du musst Juliana sein."

„Und du Tina, nehme ich an.", feixt sie. Ich wusste vorher, dass es peinlich werden würde. Und anstrengend.

„Und ob.", nickt Tina mit einem Grinsen, das ich ihr verbieten möchte! „Ich hab da mal ein paar Fragen."

„Ich auch.", grinst Juliana nun richtig breit und meine Wangen nehmen etwa die gleiche Farbe an wie Daniels.

„Die Wichtigste zuerst.", verkündet Tina und ich kenne die Frage, von der ich nicht will, dass sie sie ausspricht. „Wie hast du diese Spießerin dazu gekriegt, Boogie zu tanzen?"

Ich habe es ja geahnt. Wie automatisch schlägt meine rechte Hand sich selbst vor meine Augen. Ich wünschte, ich hätte diese Frage nicht gehört. Und die Umschreibung meiner Person: Spießerin! Ich hasse es, eine Spießerin zu sein! Dass ich keinen Ausweg finde, hasse ich noch mehr!

„Ganz spontan.", lacht Juliana, nimmt meine Hand von meinen Augen und strahlt mich an. „Genau wie die ungeplante Dusche im Brunnen. Sehr unspießig.", zwinkert sie mir zu und wendet sich dann endlich in den offenen Raum. „Kommt rein."

Dann werden alle anderen bekanntgemacht und ich bin endlich nicht mehr das Zentrum des Spotts. Die erste Hürde habe ich ganz gut gemeistert, hoffe ich.

Eines meiner größten Talente ist es, mir zu viele

Sorgen zu machen. Teile ich die Teilnehmer dieser Gesellschaft mal in schematische Beziehungen ein, dann sitzen hier zwei gemischte Pärchen beisammen und Juliana und ich irgendwie aus Versehen dazwischen. Die Liebe ist zwischen Daniel und Tina ebenso sichtbar wie zwischen Julian und Anita. Zugegeben, Daniel ist zurückhaltender, doch seine Blicke sind eindeutig. Als Schwester sehe ich natürlich sehr gern, dass Tina jemanden gefunden hat, der sie wirklich liebt, wie sie eben ist. Trotz ihrer ständigen Verspätungen und dem Chaos in ihrer Wohnung.

Juliana und mich dagegen verbindet auch eine gewisse Liebe, das kann ich nicht leugnen. Ich hoffe allerdings inständig, dass man mir nicht diese Liebe ansieht, wie sie zwischen den beiden Paaren herrscht. Vielleicht empfinde ich wirklich so, aber ich will es nicht. Ich verdränge es und will nicht, dass ein anderer sieht, was ich fühle.

Julian und Anita wissen, was sie erwartet, wenn sie zum Essen bei Juliana eingeladen werden. Tina habe ich vorgewarnt, aber vorbereitet ist sie nicht. Nach der zweiten Hauptspeise ist sie satt. Das hält sie nicht davon ab, alles Weitere trotzdem zu essen, aber es wird ihr schlechtgehen. Genau wie Daniel und mir, obwohl ich den Vorteil des Wissens vorher habe. Auch Julian und Anita hauen ganz schön rein. Es ist aber auch verdammt lecker! Da kann man doch gar nicht widerstehen.

Juliana ist die Einzige, die kaum einen Bissen anrührt. Der Höflichkeit wegen isst sie natürlich mit uns, aber sie lässt sich bei weitem nicht so in den Genuss fallen wie ihre Gäste.

„Oh Gott!", entfährt es Tina, als ihr die Augen zufallen und sie den ersten Bissen des Nachtischs auf ihrer Zunge zergehen lässt. Dann schlägt sie die Augen auf und fixiert Juliana mit ernster Miene. „Wieso machst du kein Restaurant auf?"

„Weil mir erstens das Startkapital fehlt und ich zweitens nur kochen möchte. Buchhaltung und die Bedienung von Gästen überlasse ich gern anderen. Ob ich mir eine Bedienung leisten könnte, weiß ich nicht. Das ist nicht gerade mein Ding, also bleibe ich angestellte Köchin und überlasse die Organisation anderen."

Ihr Arbeitgeber kann sich glücklich schätzen. Juliana ist wirklich eine Künstlerin in der Küche. Ein Restaurant würde sich garantiert zu einer Goldgrube mausern.

Ich beschließe, das Thema noch mal aufzugreifen, wenn wir wieder allein sind. Die Buchhaltung kann ich ihr ja erledigen. Staatliche Unterstützung gibt es für Existenzgründer auch. Vielleicht könnte ich ihr helfen, sich die eigene Existenz aufzubauen.

Aber nicht gleich. Erst mal wird gefeiert. Und zwar nicht zu knapp. Während des Essens ist es laut und chaotisch, aber auf sehr angenehme und amüsante Weise. Wir sind sechs Leute, etwa im gleichen Alter, und verstehen uns blendend.

Ich finde Anita netter, als Juliana sie beschrieben hat. Ja, ihr Vater und sein Geld kommen immer wieder zur Sprache, aber ich glaube, der Unfall hat ihr gezeigt, dass es Wichtigeres gibt. Auch Juliana unterhält sich mit Anita, als wären sie alte Freunde. Vielleicht kommen Julian und Anita nun doch öfter zum Essen zu Juliana?

Daniel lerne ich ja nun auch erst persönlich kennen. Tina hat Recht, er glaubt sich in allen Dingen nicht gut genug. Das einzige Thema, bei dem er anders von sich denkt, ist sein Job. Ein Computerspezialist. Von IT habe ich nicht die leiseste Ahnung und kann mich darüber nicht mit ihm unterhalten. Anita entwickelt Software für

Architekten und ähnliche Planstudios. Die beiden haben eine Sprache drauf, bei der keiner mehr mitreden kann. Dafür blüht Daniel in dem Gespräch auf und öffnet sich auch uns anderen.

Die Liebe zur Architektur teile ich dafür mit Anita. Und das Interesse an Umweltschutz verbindet Julian und Tina. Sechs Leute, alle völlig verschieden, aber jeder mit jedem in irgendeinem Punkt verbunden. Mit Anita unterhalte ich mich ewig über architektonisch schöne Viertel und Bauten unserer Stadt. Bevor wir uns über die Welt hermachen können, funkt Tina dazwischen und fragt, ob Anita denn auch nachhaltig ökologische Häuser entwirft. Da muss erst mal geklärt werden, dass Anita gar keine Häuser, sondern die Software für die Architekten entwirft, aber sehr wohl darauf achtet, alternative Energiezufuhr als Standardmenü einzubringen. Da wird Julian gleich hellhörig. Er ist Musiker in der Freizeit und Sachbearbeiter einer Versicherung im beruflichen Teil seines Lebens. Da wird ihm natürlich bewusst, wie viel Papier mit solchem Kram verschwendet wird. Das kann ich aus beruflicher Sicht ebenso bestätigen und wir treffen uns mit Tina wieder beim Thema „Wie kann man den Papierverbrauch in der Verwaltung reduzieren?".

Und so weiter und so weiter und so weiter ...

Die Zeit vergeht wahnsinnig schnell. Nach dem Essen verteilen wir uns auf den beiden Sofas und dem Sessel. Juliana scheint uns wirklich mästen zu wollen. Sie serviert noch kleine Snacks, alle selbstgemacht. Süß oder herzhaft, es ist für jeden was dabei und niemand kann widerstehen. Auch ich nicht. Vor allem die kleinen Gemüsehappen sind so lecker, dass ich mich kaum davon abhalten kann, mir die ganze Platte auf den Schoß zu stellen. Daniel und Anita sind ganz vernarrt in die sauer eingelegten Teilchen. Zum Glück bevorzugt jeder eine andere Sorte. Tina und Julian greifen dafür bei den kleinen Schokoladendingern zu. Ich weiß nicht mal so genau, was es ist, aber das ist auch nicht so wichtig. Für mich persönlich ist nur wichtig, dass ich Juliana ansehe, wie sie es genießt. Immer wieder steht sie auf und gießt Wein nach oder füllt die Platten auf, die sich rasend schnell leeren. Nebenbei unterhält sie sich mit uns. Die Bewirtung läuft nur in ihrem Hinterkopf ab und ruft einen dauerhaften Glanz der Zufriedenheit in ihren Augen hervor. Ja, ich denke auch, sie sollte ein eigenes Restaurant aufmachen.

Juliana hat eine wunderbare Wohnung, finde ich.

Sie ist groß und schön geschnitten. Nicht alltäglich mit dem großen, offenen Wohnzimmer, der angeschlossenen Küche und den bodentiefen Fenstern mit Blick ins Grüne ... Irgendwie passt die Wohnung zu Juliana. Außergewöhnlich und ein wenig verrückt, aber modern und offen.

Neben ihrem Schlafzimmer gibt es noch ein Gästezimmer. Noch vor Ankunft der Gäste haben wir das Bett frisch bezogen. „In weiser Vorraussicht", hat sie gesagt. „stelle ich meinen Gästen ein Bett zur Verfügung."

Ich verstand das erst nicht, dabei hätte ich es wissen müssen. Sie schafft eine so angenehme Atmosphäre, dass man eigentlich gar nicht gehen will. Außerdem stopft sie einen so voll, dass man gar nicht mehr gehen kann. Und drittens muss man damit rechnen, auch alkoholisch abgefüllt zu werden und nicht mehr fahren zu können. Genau deshalb bin ich mit dem Bus gekommen, was ich mir hätte schenken können.

Anita darf aufgrund der Medikamente keinen Alkohol trinken. Kein Problem, nur fahren kann sie mit der Verletzung auch nicht. Sie zieht mit Julian in das Gästezimmer.

Tina und Daniel haben sich meinem Rat entsprechend darauf vorbereitet und sind mit dem Taxi gekommen. Genauso fahren sie auch wieder. Juliana hätte sie ohne zu zögern in ihrem eigenen Bett einquartiert, aber Daniel schläft nicht gut in fremden Betten. Für einen mehrwöchigen Urlaub lohnt es sich, sich umzustellen, aber nicht für eine Nacht. Er würde kein Auge zumachen in der fremden Umgebung. Tina weiß das und hat vorgesorgt. In Daniels Wohnung steht eine Tasche mit ihren Sachen und wartet darauf, dass sie gebraucht wird.

Und ich? Tja, ich bin schwach. Sowohl vom Gefühl der Völlerei, als auch vom Alkohol, aber vor allem wegen Juliana. Sie steht vor mir, blinkert mir zu und bittet mich, bei ihr zu schlafen und morgen gemeinsam mit Julian und Anita zu frühstücken. Mir fällt nicht mal vor mir selbst ein Argument ein, das dagegenspricht. Eine glaubwürdige Ausrede finde ich auch nicht, also stimme ich zu.

Allerdings möchte ich ihr nicht schon wieder ihr eigenes Bett wegnehmen. Ich bestehe darauf, das Sofa zu nehmen. Nach einigem Hin und Her stimmt sie zu und verzieht sich in ihr Schlafzimmer.

Die Couch ist bequem, keine Frage. Vielleicht hätte ich mich aber auch dazu hinreißen lassen, bei ihr zu liegen, wenn sie die Einladung ausgesprochen hätte. Aber ich weiß, sie wartet auf meine Einladung. Die wäre mit falscher Hoffnung verbunden, deshalb verkneife ich sie mir. Sonst hätten wir vermutlich noch ewig gequatscht und wären gar nicht mehr zum Schlafen gekommen.

Im Wohnzimmer steht meine Handtasche neben dem Sofa auf einem kleinen Beistelltisch. Ich verfluche mich selbst, dass ich auf das Handy schaue. Eine SMS von Christoph, die irgendwie einen Schandfleck in mein kleines Paradies dieser Wohnung bringt. Und zwar noch bevor ich sie gelesen habe. Danach ist es noch schlimmer.

„Du bist immer noch nicht zu Hause?! Weißt du eigentlich, wie spät es ist? Melde dich!"

Jetzt ist es drei Uhr, die Nachricht kam gegen elf Uhr am Abend. Da war ich mit allem Möglichen beschäftigt, aber Christoph gehörte nicht dazu. Und dass der mir schon wieder so eine Szene macht, geht mir tierisch gegen den Strich. Er weiß doch, was ich vorhatte. Ich habe ihm extra Bescheid gegeben. Bekomme ich jetzt auch noch eine Sperrstunde auferlegt, zu der ich zu Hause sein muss?

„Krieg dich mal wieder ein.", schreibe ich im Rausch des Zorns, ungehemmt durch den Alkohol. „Es geht dich überhaupt nichts an, was ich wann mache!"

Na gut, es geht ihn irgendwie schon etwas an. Immerhin ist er mein Freund, wenn wir uns auch in einer Fernbeziehung befinden. Aber auch meinem Ehemann würde ich nicht zugestehen, mir vorzuschreiben, wie lange ich mit meiner Schwester esse. Oder wie lange ich mit einer Freundin ausgehe. Ich habe ihm vorher Bescheid gesagt, was ansteht. Das muss ihm verdammt noch mal genügen! Ich bin keine Fünfzehn mehr! Ich brauche keine gesetzte Deadline, wann ich zu Hause sein muss!

Christoph ist sogar noch wach. „Und ob mich das was angeht! Ich sitze hier und warte, dass du mir sagst, du bist wieder zu Hause! Und du lässt mich sitzen und warten wie einen Idioten!"

Das Geschreibe geht noch eine halbe Stunde so weiter. Eigentlich bin ich wirklich müde und will endlich schlafen, aber das muss jetzt geklärt werden! Ich hab die Schnauze voll davon, dass er sich immerfort aufführt wie eine Glucke über ihren

Eiern! Das hat nichts mehr mit Sorge zu tun, sondern mit reinem Misstrauen!

Irgendwann bin ich so wütend, dass ich platze!

Per Telefon Schluss zu machen, finde ich nicht gerade den richtigen Weg. Per SMS ist noch viel schlimmer. Man sollte sich von Angesicht zu Angesicht gegenüberstehen. Das ist nur schwierig, weil uns ein paar hundert Kilometer trennen und ich stinksauer auf ihn bin. Das würde sich aber auch nicht ändern, wenn ich es vor mir herschiebe.

Ich bin mir nicht so sicher, dass es die richtige Entscheidung ist, aber es fühlt sich richtig an. Das Telefonat mit Christoph läuft wie erwartet. Ich betrachte es recht nüchtern, das bestätigt mich in dem hitzig getroffenen Entschluss. Dass er meint, ich könne es nicht ernst meinen, sei vielleicht verwirrt wegen des Streits, macht es nicht besser. Das Ende dieses Gesprächs hätte er sich auch gründlicher überlegen sollen.

„Ich bin dir nicht mehr böse.", sagt er gönnerhaft. „Entschuldige dich und es ist alles in Ordnung."

In dem Moment wird mir bewusst, dass dieser Mann in seiner ganz eigenen Welt lebt. Er hat nicht eines meiner vorherigen Worte verstanden. Ich bin vielleicht angetrunken und spreche Dinge aus, die ich schonender hätte formulieren sollen, aber ich glaube, es ist egal, wie ich es ausdrücke. In seinem Hirn wird nie ankommen, dass ich für mich allein denken kann. Ich brauche ihn nicht als Führer durch mein Leben.

„Wofür sollte ich mich entschuldigen? Du bist der Einzige, der sich entschuldigen sollte."

Das versteht er gleich gar nicht, wird wieder wütend, was mich auch wütend macht, und schlussendlich lege ich einfach auf und mache den Ton aus. Ich habe keine Lust mehr, mich um vier Uhr morgens im Kreis zu drehen wie ein Hund, der seinem Schwanz nachjagt.

Meine Einschlafphase ist in Anbetracht der Umstände recht kurz. Ich hätte gedacht, die Trennung würde mir mehr ausmachen. Tatsächlich bin ich jedoch sehr ruhig, sogar ein wenig erleichtert. Als wäre Christoph eine Last, die ich von meinen Schultern geworfen habe. Das ist unfair! Ich mag ihn ja wirklich, nur als Paar sind wir offenbar unvereinbar. Das kommt vor. Wir sind nicht die Ersten, die sich nach einigen Monaten schon wieder trennen, weil es nicht funktioniert. Ihn als Last zu bezeichnen, hat er nicht verdient.

Mehr zu schaffen als die Trennung oder meine Unfairness macht mir die Angst, wieder in den Trott der Einsamkeit zu fallen. Im gleichen Atemzug weiß ich, dass das definitiv nicht passieren wird.

Juliana!

Sie wird nicht zulassen, dass ich einsam bin. Hört sie zu lange nichts von mir, dann meldet sie sich. *Zu lange* bedeutet bei Juliana mehr als zwei Tage. Ich glaube einfach nicht daran, dass ich je wieder einsam sein muss. Ich kann, wenn ich will, aber ich muss es nicht. Habe ich keine Lust, allein in meiner Wohnung zu sitzen und auf den nächsten Tag zu warten, dann bin ich überzeugt, dass Juliana irgendeine verrückte Idee hat und mit mir gemeinsam angeht.

Im Gegenzug kann ich mir aber auch gut vorstellen, wie ich neben Christoph einsam bin. Nicht allein, aber einsam. Die ganze Woche über waren die Konversationen zwischen uns recht friedlich verlaufen. Gut, es war hauptsächlich um den Alltag und berufliche Belange gegangen. Mit Juliana kann ich darüber nicht reden, weil sie nichts verstehen würde. Christoph versteht sehr genau, um was es geht, und ich habe genossen, dass ich meine

Probleme am Arbeitsplatz mit jemandem teilen konnte.

Juliana würde nachfragen, denke ich auf einmal. Wenn ich ihr etwas von der Arbeit erzähle, dann verwende ich natürlich andere Begriffe. Wenn sie den Zusammenhang trotzdem nicht verstehen würde, dann bin ich mir ganz sicher, würde sie so lange nachfragen, bis sie mir folgen und mein Problem nachvollziehen kann. Nicht unbedingt aus Interesse an der Materie, sondern aus Interesse an mir. Sie würde sich alle Mühe geben, um zu verstehen, was mich beschäftigt.

Das geht mir andersherum ja genauso. Ich habe nicht die leiseste Ahnung, wie die Hierarchie in einer gehobenen Restaurantküche aufgebaut ist, welche Geräte dort herumstehen und was man für Anforderungen stellt. In beide Richtungen. Aber als Juliana mir erzählt hat, dass sie einen neuen Chef vor die Nase gesetzt bekommen hat, habe ich Nachfragen gestellt, bis ich kapiert habe, was sie daran so stört und wo der überhaupt herkommt. Eigentlich interessiert es mich absolut nicht, aber Juliana beschäftigte es, also wollte ich so viel wissen, dass ich ihr Problem mit ihr teilen konnte.

Sie würde es genauso machen! Es ist völlig

unerheblich, ob einen der Job des anderen interessiert. Wichtig ist nur, dass einen der Mensch interessiert.

Meine Gedanken gehen in eine völlig falsche Richtung! Es fällt mir unbeschreiblich schwer, mein eigenes Denken nachzuvollziehen. Dass mich die Trennung von Christoph so kalt lässt, stört mich. Noch mehr missfällt mir, dass ich permanent einen Vergleich zu Juliana ziehe. Das ist verkehrt! Völlig verkehrt!

Krampfhaft versuche ich, Juliana aus meinem Geist zu verscheuchen und Trauer über das Ende der Beziehung in meinem Herzen zu finden, doch da ist nichts. Ich will traurig sein wie damals, als Thomas mir das Herz brach. Ich will Tränen um das Ende der Zweisamkeit vergießen. Ich will irgendetwas empfinden, das mir versichert, ich bin ein Mensch. Wieso kann ich nicht mal weinen, wenn ich es will? Nicht eine Träne ist Christoph mir wert, meine Augen werden nicht mal feucht, so sehr ich es versuche.

Natürlich tue ich, wie sollte es anders sein, genau das Falsche: Ganz kurz spiele ich mit dem Gedanken, mein Handy wieder einzuschalten. Aber nicht, weil ich mich mit Christoph aussprechen will, sondern weil ich zum x-ten Mal das Foto von Juliana und mir ansehen will. Leider ist es fest verschlossen. Eingekerkert hinter Christoph, wofür ich ihn verachte. Nur weil der sich nicht unter Kontrolle hat, darf ich mir jetzt das Foto nicht anschauen.

Wie erbärmlich ... Jetzt gebe ich ihm die Schuld für etwas, für das er nun weiß Gott nicht verantwortlich ist. Ich bin es schließlich, die sich nach Julianas Anblick verzehrt. Und ich bin es auch, die zu feige ist, das Handy wieder einzuschalten.

Machtlos bin ich trotz meiner Feigheit nicht. Ich darf mehr oder weniger zufrieden feststellen, dass ich mein Handy nicht zwangsläufig benötige, um das Foto zu sehen. Juliana ist in meinem Kopf so lebendig, dass ich sie vor mir sehen kann, wenn ich nur die Augen schließe. Bei ihrem Anblick fühle ich mich wohl. Leicht irgendwie. Nichts hat eine Bedeutung. Christoph ist ebenso eine Randnotiz wie die Trennung von ihm. Einfach ohne Relevanz. Wichtig sind nur Julianas strahlende Augen, die mich mit sich ziehen zu einer Rutschpartie über den Regenbogen ...

Meine Blase treibt mich verhältnismäßig früh aus dem Bett. Ich habe geschlafen wie ein Baby, aber gegen die Natur des menschlichen Körpers ist kein Schlaf tief genug. Wer muss, der muss. Ich habe keine andere Wahl.

Dann passiert es wieder. Ich komme aus dem Badezimmer und Juliana aus dem Schlafzimmer gegenüber. Wie vor einer Woche scheint die Zeit in diesem Augenblick zu verharren und uns die Möglichkeit zu geben, ihn auf allen Ebenen mit allen Sinnen auszuschöpfen. Das liebevolle Lächeln und der Glanz in ihren Augen. Ich koste diesen Moment aus und wünsche mir, dass er mir Aufschluss darüber gibt, was ich will.

Ich weiß nicht, wie die nächsten Sekunden ablaufen. Zwischen Juliana und mir ist ein Meter Platz. Aber was dann kommt? Ich nehme keine Bewegung wahr, weder von mir, noch von Juliana. Vielleicht wird der schmale Flur zusammengedrückt und die Wände schieben uns zueinander? Vielleicht habe ich mich auch bewegt. Oder sie. Auf jeden Fall finde ich mich in einem Kuss wieder, der so ganz anders ist als der Letzte. Da war ich so überrumpelt, dass ich mich kaum bewegt habe. Seither ist einige Zeit vergangen und ich habe mich mit dem

Gedanken auseinandergesetzt, den der erste Kuss ausgelöst hat. Jetzt bin ich bereit, mich mehr oder weniger bewusst zu entscheiden, ob ich diesen Kuss will.

Ich bin unfähig, ihn abzubrechen. Ob ich ihn abbrechen will, weiß ich nicht. Der Zweifel daran ist unüberhörbar laut in meinem Kopf zu hören. Ich habe doch eine Entscheidung getroffen! Ich hatte mich entschieden, nicht anders zu sein. Ich will nicht spießig, aber normal sein! Nicht lesbisch!

Meine zweite Seelenhälfte, die Emotion, ist viel lauter: Nein, ich will nicht, dass sie aufhört, mich zu küssen. Ich will nicht, dass sie aufhört, mich zu begehren. Ich will nicht, dass sie aufhört, mich in ihren Armen zu halten, mit den Fingern über mein Gesicht zu streifen und mich an sich zu drücken.

Ich will nicht, dass es jemals aufhört!

Das ist nicht fair!

Da ist sie wieder ... Die Stimme meiner Vernunft, die mir sagt, ich sollte dieses Geschenk, das ich nie zurückgeben kann, nicht annehmen, solange ich nicht sicher bin, wohin es führt. Wohin es führen könnte.

Mehr unter bestialischer Folter gezwungen als

freiwillig breche ich den Kuss nun doch ab. „Juliana, ich ...“

Sie lässt mich nicht zu Wort kommen. „Schweig.“, fordert sie energisch, denn sie spürt genau, dass ich eigentlich nicht aufhören will. In ihr scheinen irgendwelche Rezeptoren zu arbeiten, die mir fehlen. Sie fängt Schwingungen auf und handelt danach – nicht nach ihrer Vernunft. So hat sie wahrgenommen, dass ich nicht mehr ganz so unsicher bin wie vor drei Wochen. Sie weiß, dass ich eigentlich bereit bin, mich diesem Kuss hinzugeben. Das stimmt auch, nur den Folgen will ich mich vielleicht nicht hingeben.

„Lass dich gehen.“, flüstert sie an meinen Mundwinkel. „Schließ die Augen und denke an gar nichts.“

„Ich weiß nicht, ob ...“ Ich unterbreche für ein gestöhntes „Oh Gott!“, das aus mir herausbricht wie die Lava aus einem Vulkan. Ihre Lippen liegen an meinem Hals. Es ist eine so sanfte Berührung, dass ich gar nicht sicher weiß, ob sie mich überhaupt berührt oder ich mir das nur einbilde. Ich glaube, ihre Zungenspitze fährt an meinem Hals entlang.

„Stell den Kopf ab.“, haucht sie heißer unter mein

Ohr. „Heute habe ich das Sagen. Schließ die Augen und nimm nur die Berührungen auf deinem Körper wahr. Alles andere ist für den Moment nicht wichtig."

Für den Moment ... Sie spricht es selbst aus. Aber der Moment wird vergehen und ein neuer Moment wird folgen. In dem möchte ich aber immer noch in den Spiegel schauen können.

Kopf aus!

Mir fällt es entsetzlich schwer, das umzusetzen. Juliana hat gesagt, ich solle nur die Berührungen wahrnehmen, also lenke ich all meine Aufmerksamkeit darauf.

Ihre Hände liegen an meinen Hüften, mit nur leichtem Druck, und ihre Daumen kreisen ganz sanft über meinen Bauch. Es ist so nebensächlich und monoton, dass es mich beruhigen sollte, doch es weckt etwas in mir: den Wunsch, keinen Stoff mehr zwischen ihren Daumen und meinem Bauch zu haben.

Ihre Lippen sind so heiß wie der Atem, der aus ihnen strömt, der ein Eigenleben zu führen scheint. Er trifft auf meine Haut und umspielt sie, webt mich ein in einen Vanillekokon.

Ich lasse mich ohne Widerworte treiben auf der emotionalen Welle, die Juliana mir erschafft. Und nach nur kurzem Genießen spüre ich etwas anderes in mir. Etwas, das Juliana zwar auslöst, aber nicht direkt durch ihr Handeln, sondern als Folge ihres Handelns: Gier! Der Hunger nach ihr!

Ich glaube, ich bin nicht mehr ganz Herr meiner Sinne. Meine Gliedmaßen führen ein Eigenleben und brauchen keine Kommandos aus meinem Hirn mehr. Ganz von allein heben sich meine Arme, meine Hände umschließen das zierliche Gesicht von Juliana und ich hole mir einen Kuss, der ausdrückt, was sie ausgelöst hat. Ich verlange diesen Kuss. Ich bitte sie nicht darum, ich überfalle sie und spüre, wie sie wiederum darauf reagiert. Sie gibt sich mir hin! Und ich bin gerade dabei, mich ihr vollkommen hinzugeben.

Wir wanken zurück durch die Tür, aus der sie eben gekommen ist und ich lande mit dem Rücken an der Innenseite dieser Tür. Sehr langsam knöpft sie meine Bluse auf. Nicht weil sie es nicht schneller könnte, vermutlich würde sie sie auch aufreißen, sondern weil sie mir Zeit lässt. Sie lässt mir genügend Zeit, mir bei jedem einzelnen Schritt darüber klar zu werden, ob ich ihn will.

Peinlichkeiten gibt es trotzdem. Erfahrungsgemäß haben viele Männer so ihre Probleme beim Öffnen eines Büstenhalters. Instinktiv gehen meine Hände Juliana zu Hilfe.

Sie klatscht schmunzelnd, aber sanft nach meinen Händen. „Ich weiß, wie das geht."

Stimmt. Sie trägt schließlich auch einen. Das ist mir so peinlich, dafür gibt es keinen Ausdruck mehr! Am liebsten würde ich mich in Luft auflösen oder wenigstens eine Zeitreise wenige Sekunden zurück unternehmen, doch das ist ebenso unmöglich wie unnötig.

„Lass dich fallen.", schnurrt sie schon wieder seidenweich. Mit diesen Rezeptoren, um die ich sie beneide, hat sie wahrgenommen, was in mir vorgeht. Sie drosselt das Tempo und verharrt in dieser Phase aus sanften Küssen und beinahe harmlosen Streicheleinheiten, bis sie merkt, dass ich mich entspanne.

Wie könnte man so einer Frau nicht blind vertrauen?! Wie könnte ich mich nicht in ihren Armen gehenlassen? Wie könnte ich ihr nicht meine Seele anvertrauen? Wie könnte ich nicht daran glauben, dass alles gut wird?

Ich kann ihr nicht widerstehen!

Ich *will* ihr nicht widerstehen!

* * *

„Es hat geklingelt.", murmle ich irgendwann in ihr Kissen. Sie scheint die Türklingel nicht gehört zu haben. Zumindest regt sie sich nicht, als würde sie gerade einschlafen. Am liebsten würde ich es auch verschweigen, denn dann müsste auch ich nicht aufstehen, aber das wäre nicht fair. Wir wollten ja alle zusammen frühstücken und der Störenfried dürfte Tina mit Daniel sein.

Bereuen werde ich die letzten Stunden deshalb noch lange nicht!

„Bleib liegen.", flüstert Juliana weich. Sie hat sich von hinten an meinen Rücken geschmiegt und gibt mir einen zarten Kuss auf die nackte Schulter. „Schlaf für mich mit."

Schön wäre es, wenn es so einfach wäre. Ist es aber nicht. Ich habe die halbwegs bewusste Entscheidung getroffen, mich Juliana hinzugeben, statt mich noch mal hinzulegen und noch ein paar

Stunden Schlaf zu erhaschen. Wie meine Mutter schon immer sagte: *Wer freiwillig auf Schlaf verzichtet, hat auch keine Ausrede, seine Verpflichtungen zu verschlafen.* Das gemeinsame Frühstück möchte ich nicht unbedingt als Verpflichtung bezeichnen, aber im Moment hätte ich auch nichts dagegen, es nach hinten zu verschieben. Dabei freue ich mich doch, mein Schwesterchen schon wieder zu sehen. An zwei Tagen hintereinander? Das ist ungewöhnlich.

Ich mache mich im Bad ein bisschen frisch und klaube meine Sachen zusammen, die überall im Schlafzimmer verstreut liegen. Ordentlich, wie ich eben bin, will ich auch das Bett machen. Dabei fällt mir Julianas Slip in die Hände. Ich erinnere mich, wie ich ihn ihr ausgezogen habe. Wie zittrig und aufgeregt ich war, weil ich noch nie einer Frau das Höschen ausgezogen habe. Das ist natürlich Schwachsinn, aber irgendwie wusste ich nicht, was mich erwartet. Wieso eigentlich nicht? Das sollte mir vertrauter sein als der Schritt eines Mannes.

Unsicher lege ich den Slip neben die Tür zu den Sachen, die ich dann in den Wäschekorb legen will, und beginne mit meinem eigentlichen Plan: Bett machen! Nebenbei lasse ich Revue passieren, was heute Morgen geschehen ist. Ich lag noch nie bei einer Frau im Bett. Zumindest nicht im sexuellen Sinne. Das hatte den Vorteil, dass ich mich ohne Erwartungen hingelegt habe und mit der Lust auf mehr wieder aufgestanden bin. Was sagt das jetzt über mich aus? Und über mein Problem? Nicht viel, muss ich leider gestehen. Nur eines kann ich jetzt mit Gewissheit sagen: Ich bin nicht so heterosexuell veranlagt, wie ich immer gemeint habe. Dafür habe ich Juliana zu sehr genossen, um das noch leugnen zu können. Jede Berührung in beide Richtungen, jeden Kuss und jedes Gefühl, das sie mir mit ihren Fingern und Lippen entlockt hat. Ich glaube, ich habe mich noch nie zuvor so verstanden und geliebt gefühlt.

Autsch!

Wenn Christoph wüsste, was ich heute getan habe! Ich habe mich von ihm getrennt, er hat kein Recht auf Eifersucht. Im Streit, im Zorn, habe ich die Entscheidung getroffen, mit ihm zu brechen. Ich weiß nicht mal so genau, ob er verstanden hat, dass es aus ist zwischen uns, aber ich weiß, wie er sich fühlen würde, wenn er wüsste, dass ich ihn wegen einer Frau verlassen habe.

Und Juliana weiß von gar nichts. Sie hat es nicht

ausgesprochen, aber ich glaube, sie geht davon aus, ich hätte mit Christoph wegen meiner unsicheren Gefühle gesprochen. Habe ich aber nicht, er hat überhaupt keine Ahnung. Ich mache das alles mit mir selbst aus.

Besonders fair ist das keinem der beiden gegenüber. Eigentlich ist es sogar richtig falsch. Verachtenswert. Das kann ich so nicht weiterlaufen lassen. Julianas Hoffnungen schüre ich immer wieder an, nur weil ich mich nicht unter Kontrolle habe, und Christoph ahnt noch nicht mal etwas. Genau dafür war der Morgen ja da. Nicht geplant, aber dass ich bei Juliana zum Orgasmus finde, sollte mir zu denken geben. Es war ein Ereignis, das mir Sicherheit darüber verschaffen könnte, was ich will. Und was ich wirklich fühle. Das große L-Wort oder nur die Freude, nicht mehr allein zu sein, dafür albern zu sein und eine Freundin gefunden zu haben?

Müsste ich aus dem Bauch heraus jetzt sofort eine Entscheidung treffen, würde ich Christoph wieder in den Wind schießen, Juliana an mich reißen und nie wieder hergeben. Dieser Entschluss ist allerdings immer noch durch den Zorn der Nacht auf Christoph getrübt. Die Vernunft soll die Emotionen leiten, nicht umgekehrt, haben die alten Philosophen gesagt. Vernünftig betrachtet ist es nicht ratsam, dem Zorn in dem Moment zu viel Beachtung zu schenken. Der Zorn vergeht, die Entscheidung bleibt.

Schiebe ich die Wut beiseite und denke an die schöne Zeit mit ihm, wird die Entscheidung schon nicht mehr so leicht. Christoph und ich sind uns sehr ähnlich. Tina hat ihre Witze darüber gemacht, aber wahrscheinlich käme es wirklich so, dass ich Juliana immerfort alles hinterherräumen muss. Sie war jetzt zweimal pünktlich – eine Sensation. Als ich vorm Finanzamt auf sie gewartet habe, dachte ich noch, ich würde ihr am liebsten den Hals umdrehen. Ähnliche Wut, wenn auch mit anderem Ursprung empfinde ich jetzt für Christoph. Mit Juliana bin ich vorerst diesbezüglich ins Reine gekommen, aber wie groß ist die Wahrscheinlichkeit, dass es so bleibt? Wie oft werde ich als Freundin oder Geliebte irgendwo stehen und auf sie warten, weil sie sich verspätet? Das nervt mich schon bei Tina immer. Mit Christoph wird sich der Streit auch noch klären, hoffe ich. Dann steht da ein Mann, der meinen Tick nach Plänen, Terminen und Ordnung teilt. Ihm werde ich nie die Dreckwäsche hinterherräumen oder ihn an Termine erinnern müssen. Gestern hat es mich allerdings kein bisschen gestört, Julianas Wohnung aufzuräumen.

Viel zu viele rationale Gedanken, entscheide ich, nehme mir noch eine Tasse Kaffee und fange von vorn an. Wir sitzen schon zusammen beim Frühstück. Irgendwo im Hinterkopf habe ich aufgenommen, dass ich Tina und Daniel begrüßt habe und auch Julian und Anita einen guten Morgen gewünscht habe. Seither schweige ich und esse und grüble. Soweit ich mitbekomme, ist Juliana, sie sitzt mir gegenüber, auch sehr schweigsam.

Die Frage in meinem Kopf lautet nicht, was wäre wenn. Auch nicht, was ich bei beiden habe oder nicht habe, womit ich leben könnte und womit ich partout nicht zurechtkäme. Die einzige Frage, die ich mir stellen sollte, ist die Frage nach der Liebe. Wen liebe ich? Ohne wen kann ich mir eine Zukunft nicht vorstellen? Beziehungsweise *mit* wem kann ich mir eine Zukunft vorstellen? Wen möchte ich auch in dreißig Jahren noch bei mir haben? Und welcher Verlust würde mich zerstören?

Immer noch zu rational, aber für mich ohne Führung nicht anders möglich und dennoch ein gewaltiger Fortschritt.

Ich starre vom Tisch aus in einen großen Baum. Das Blätterdach ist dicht und Vögel springen darin herum. Gedanklich stelle ich den Baum vor ein Häuschen am Rande der wuseligen und lauten Stadt. Ich bin vielleicht Sechzig, Christoph steht neben mir. Im Garten an einem großen Tisch sitzen unser Sohn und unsere Tochter mit ihren Ehegatten. Dahinter toben unsere Enkelkinder über die Wiese und um die Schaukel, die Christoph seinerzeit für unser erstes Kind hat bauen lassen.

Noch ein weißer Lattenzaun und einen rosa Himmel dazu und es könnte der Hintergrund eines kitschigen Films sein.

Genau so habe ich mir meine ferne Zukunft immer vorgestellt. Mir ist nie in den Sinn gekommen, dass es auch anders ginge: Eine große Stadtwohnung und Juliana, die immerfort ihre leeren Kaffeetassen irgendwo rumstehen lässt. Vielleicht ein adoptiertes Kind, das das Chaos perfekt macht. Und eine Putzfrau, weil ich kein Hausmütterchen sein will. Ich will arbeiten gehen. Auch als Eigentümerin eines weißen Gartenzauns.

Erst als ich noch eine Weile in der Stadtwohnung schwelge, wird mir der Unterschied der beiden

Szenarien bewusst. Mehrere Unterschiede. Der Gewichtigste ist wohl das Alter. In dem Häuschen sehe ich Christoph und mich im Alter. Als alte Leute, die auf ihr Leben zurückblicken. In der Stadtwohnung sehe ich mich kaum älter als jetzt, weil Juliana mich jung hält. In ihrer Gegenwart gibt es kein Alter und keine Vergänglichkeit. Zumindest nicht in meiner himmlischen Vorstellung.

Der zweite Unterschied ist die Nähe. Christoph steht neben mir, berührt mich aber nicht. Unsere Kinder und Enkel sind entfernt von uns. Juliana dagegen sitzt neben mir auf dem Sofa und lässt mich an sich lehnen. Unser Kind sitzt jeweils auf einem von unseren Oberschenkeln und drückt sich zufrieden zwischen uns.

Und der dritte Unterschied ist meine Regung. Von dem Häuschen habe ich ein Standbild im Kopf. Es bewegt sich niemand, es ist ein Foto. Eine Momentaufnahme, bei der ich nicht lange verharre. In der Stadtwohnung fallen mir tausend kleine Szenen ein und während ich sie alle wie einen Film durch meinen Kopf laufen lasse, lächle ich.

Ich glaube, jetzt kenne ich die Antwort. Versuche ich, aus dem Standbild einen Film zu machen, gelingt es mir nicht, ohne dass der Himmel sich zu einem Unwetter verfärbt und alle hektisch ins Haus rennen. Blitze zucken durch die nachtschwarzen, unheilverkündenden Wolken. Donner grollen und echoen in meinem Herzen nach. Mir ist kalt! In diesem Bild fehlt etwas. Etwas Entscheidendes, das mich glücklich macht. Das Einzige, das mich wirklich glücklich macht. Und das ist nicht die erwachsene Ordnung, sondern das kindliche Chaos.

Ja, ich glaube, ich habe mich verliebt. Anders verliebt, als ich bei Christoph geglaubt habe. Einfacher vielleicht, auf jeden Fall intensiver. Es geht tiefer. Juliana berührt nicht nur die Oberfläche, sie wühlt mein Innerstes auf und bringt jede einzelne Zelle zum Beben. Ich muss nur an ihr Lächeln denken, schon wallt die Sehnsucht nach der wahrhaftigen Juliana in mir auf.

Vielleicht sollte ich den Satz meiner Mutter umformulieren: *Folge deinem Verstand nur so weit, wie es dein Herz ertragen kann.* Mein Verstand will nicht anders als die breite Masse der Bevölkerung sein. Aber mein Herz erträgt nicht mal die Vorstellung eines Lebens ohne Juliana. Wie soll ich dann die Realität ohne Juliana ertragen?

Ob es richtig ist, sich Hals über Kopf auf etwas so Neues einzulassen, weiß ich noch nicht. Ob ich wirklich mit Juliana alt werden kann und will, weiß ich auch noch nicht, immerhin besitze ich nicht die Fähigkeit der Hellseherei. Diese Ungewissheit bringt jede Beziehung mit sich. Es ist völlig unerheblich, ob man in klassischen Schubladen von Mann und Frau denkt oder in kunterbunten Variationen. Auch in der Bigamie kann niemand vorhersehen, wohin die Reise geht.

Aber wenn man sich nicht mal ansatzweise vorstellen kann, miteinander ins Alter zu gehen und dem Tod Hand in Hand gegenüberzutreten, dann kann daraus nichts Gutes wachsen. Diese Illusion von Christoph und mir kann nicht gutgehen, weil ich nicht daran glauben kann, dass es hält. Ich werde mich ihm nie ganz öffnen können, weil ich insgeheim weiß, er ist nicht der Richtige für mich. Mit diesen Vorkenntnissen die Beziehung zu intensivieren, nur weil ich nicht einsam sein will, ist unsinnig.

Erkenntnis Nummer Eins: Meine nächtliche Entscheidung gegen Christoph war richtig! Und fair, denn so weiß er, woran er ist. Vorausgesetzt, er hat mir zugehört.

Erkenntnis Nummer Zwei bezieht sich natürlich auf Juliana. Ja, ich liebe sie. Ja, ich will sie. Aber will ich wirklich so anders sein? Wo auch immer wir hinkommen, wir werden angestarrt werden. Hand in Hand durch die Stadt zu gehen, wäre einfacher, wenn ein Mann an meiner Seite wäre. Ich weiß nicht, ob ich das kann.

Sie sitzt mir gegenüber, wirft zwei Stück Zucker in die Tasse, gießt Kaffee darüber und rührt um. Ich kenne nicht viele, die erst den Zucker in die Tasse geben und dann den Kaffee auffüllen. Die meisten machen es andersherum.

Ist das nicht völlig egal? Ist es nicht egal, ob man Zucker zum Kaffee hinzufügt oder Kaffee zum Zucker? Ist es nicht völlig egal, ob neben mir ein Mann läuft oder eine Frau, solange wir uns lieben?

Sie sieht auf. Wir beide beteiligen uns nicht an den lauten und vielleicht interessanten Quergesprächen der anderen beiden Paare. Zum Nachdenken habe ich in den großen Baum gesehen. Juliana beobachtet die vier Menschen, die sich unterhalten.

Dabei streift sie meinen Blick, während ich sie beobachte, und schwenkt nicht weiter. Ich möchte eigentlich wegsehen, weil ich Angst habe vor der Intensität unserer Blicke. Noch mehr Angst habe ich jedoch davor, etwas zu verpassen. Jede Sekunde, die ich sie nicht ansehe, ist eine Sekunde, in der ich etwas Wichtiges verpasse. Ein ganzes Leben, das sinnlos an mir vorüberzieht.

Sie lächelt nicht. Es ist selten, dass ich sie so ernst gesehen habe. Nicht nur sie kann in meinem Gesicht lesen, auch ich in ihrem. Sie fragt sich gerade, ob sie zu weit gegangen ist. Sie fürchtet, mit der Zärtlichkeit des Morgens einen Keil zwischen uns getrieben zu haben, der uns auch die Freundschaft kosten könnte.

Unsicher und nur ansatzweise hebe ich meine Mundwinkel, um ihr zu zeigen: Ich nehme ihr nichts übel. Ich bin ihr nicht böse, ich mache ihre keine Vorwürfe und ich wäre froh, wenn die Freundschaft nicht zerbrechen würde.

Als Antwort schenkt sie mir etwas, das ich mehr begehre als sonst irgendetwas auf dieser Welt: Ein strahlendes Lächeln. Sie ist immer noch vorsichtig, aber sie lächelt mich endlich wieder an und der Glanz in ihren Augen macht mir deutlich, dass ich nicht ohne sie kann. Ich will nicht ohne sie einschlafen, ich will nicht ohne sie aufwachen, ich will nicht ohne sie fernsehen, ich will nicht ohne sie ausgehen, ich will nicht ohne sie essen ... Ich will nicht ohne sie leben. Ich *kann* nicht ohne sie leben! Nun, da sie in mein Leben getreten ist, weiß ich, es wird niemanden geben, den ich nicht mit ihr vergleichen würde. Diesem Vergleich könnte keiner standhalten. Egal ob Mann oder Frau.

Ich liebe sie!

Julian kommt lachend aus dem Badezimmer zurück und reißt Juliana und mich aus der Trance des Augenblicks. Ich weiß nicht mal, wieso er uns stören kann. Die lauten Gespräche haben uns kein bisschen gestört. Das Lachen ist auch nicht lauter und schafft es doch auf unsere Wolke der Harmonie und stummen Konversation.

„Was ist denn mit dir passiert?", begrüßt Anita ihn ebenso lachend. Klar, wer kommt schon lachend vom Klo zurück? Was soll ihm dort denn passiert sein?

„Das müsst ihr euch ansehen.", gluckst Julian. „Vorm Haus steht ein Kerl in piekfeinem Anzug und wettert wie Rumpelstilzchen. Ich glaube, wenn er noch öfter auf den Boden stampft, reißt er ein Loch in die Erde."

Das wollen wir natürlich alle sehen. Wir drängen uns allerdings nicht alle neben dem Klo, sondern stürmen das Gästezimmer. Dort gibt es zwei große Fenster, an denen wir alle Platz finden.

Und dann trifft mich der Schlag!

„Was will der denn hier?!", rufe ich entsetzt, aber zum Glück leise genug, damit es Christoph da unten nicht hört.

„Du kennst den?", staunen gleich mehrere um mich herum.

„Ja, leider.", knurre ich wütend und verlasse das Zimmer.

Auf dem Weg aus dem dritten Stock hinab zum Ausgang steigert sich meine Wut schon wieder so sehr, dass ich vermutlich noch vor Christoph ein Loch in den Boden schlage! Oder ich explodiere und mache das gesamte Viertel dem Erdboden gleich!

Was zum Henker will der hier?! War meine Ansage nicht eindeutig genug?! Und wieso wütet der hier so herum wie ein Bekloppter?! An allen Häusern drücken sich die Menschen die Nasen an den Fenstern platt, nur um dem Verrückten zuzusehen! Tickt der noch ganz richtig?!

Er könnte mich in meinem Entschluss kaum mehr bekräftigen! Dieser Kerl ist nicht mehr ganz dicht und hat in meinem Leben keinen Platz!

Ich stürme aus dem Haus und weiß auf einmal: Ich hätte mir Geleitschutz mitnehmen sollen. Er starrt mich an und in seinen Augen steht solche Wut, dass ich Angst vor ihm bekomme. Aber was soll er denn machen? Hier gibt es genügend Zeugen, die ihn von Dummheiten abhalten, hoffe ich.

„Was willst du hier?!", blaffe ich ihn an. Er kam nur zum Luftholen, aber dann legt er richtig los. Die niedlichen rosa Flecken auf seinen Wangen sind purpurrote Vorzeichen für einen Riesenkrach.

„Was ich hier will?!", faucht er. „Ich versuche seit Stunden, dich zu erreichen!"

Der Ton von meinem Handy ist aus. Ich sah keinen Grund, den Ton wieder einzuschalten. Und seit ich aufgestanden bin, habe ich auch noch keinen Grund gesehen, überhaupt nachzusehen, ob jemand etwas von mir wollte. Vielleicht wusste ich auch im Unterbewusstsein, dass Christoph mich mit weiteren Nachrichten wütend gemacht hätte, und habe deshalb dem Handy einfach keine Beachtung geschenkt. Nicht mal der Uhrzeit, obwohl in Julianas Wohnzimmer keine funktionsfähige Uhr hängt.

„Woher weißt du überhaupt, wo ich bin?!", will ich lauthals wissen. Dann können meine Freunde über uns wenigstens mithören.

Christoph gibt vorerst die aggressive Haltung auf. „Ich habe dein Handy geortet."

Da wird meine aggressive Haltung nur deutlicher. „Du hast was?!" Nicht zu glauben! Das darf der doch gar nicht!

„Ich habe dein Handy unter Beobachtung.", erklärt er völlig erhaben über jeden Widerspruch. „Irgendjemand muss doch auf dich aufpassen."

„Auf mich ..." Ich halte verkrampft die Luft an, bevor ich wirklich noch platze. „Das geht viel zu weit, Christoph. Du hast kein Recht, den Standort meines Handys abzufragen! Du hast auch kein Recht, mir hinterherzulaufen! Und am allerwenigsten hast du das Recht, mir Vorschriften zu machen! Das ist *mein* Leben!"

Es ist zwecklos. Wie schon in der Nacht am Telefon kapiert er einfach nicht, was los ist. Er packt meinen Oberarm so fest, dass mir ein stechender Schmerz durch die Schulter schießt.

„Ich bringe jetzt wieder Ordnung in dein Leben.", legt er fest und schleift mich einfach mit sich wie ein ungezogenes Kind.

Mit aller Macht stemme ich mich in den Boden,

um mich loszureißen. „Lass mich los!", schreie ich noch immer wütend, aber vor allem geleitet von Angst. Nachdem er damals unsere Schule verlassen hat, das hat er ja selbst erzählt, hat er abgenommen und immer auf seinen Körper geachtet. Er geht regelmäßig ins Fitnessstudio und hält seine Muskeln auf einem Level. Er will nicht aussehen wie ein Bodybuilder, aber auch nicht wie ein dürrer Hänfling. Das wird mir jetzt zum Verhängnis, denn dagegen komme ich nicht an. Meine Versuche, mich zu befreien, zeigen überhaupt keine Wirkung.

Irgendwie weiß ich auch, dass er vom Grunde her kein böser Mann ist. Er ist sich nicht bewusst, dass er sich falsch verhält. In seinem Kopf bin ich, sind alle Frauen zerbrechliche Wesen, die er schützen muss. Notfalls auch vor sich selbst. Er sieht sich vollkommen im Recht, wenn er mich verschleppt, weil er es ja nur zu meinem Wohl tut. Mittelalterliche Weltvorstellung vielleicht oder ein überempfindliches Selbstbewusstsein, das nicht vertragen kann, wenn eine Frau ihren eigenen Weg gehen will. Ich weiß nicht, worin dieser Zug in ihm wurzelt, aber ich erinnere mich, dass es mir schon eher hätte auffallen müssen. Schon am Tag, als ich mit Juliana zur Messe gehen wollte. Er hat plötzlich vor meiner Tür gestanden und gebettelt, mehr verlangt, dass ich Juliana absage. Ich fand es noch irgendwie niedlich, obwohl meine Sinne eindeutig auf Flucht programmiert waren. Offenbar aus gutem Grund, denn schließlich hat er zugestimmt, dass ich zur Messe gehe. Er hat mir die Erlaubnis erteilt, zu der Messe zu gehen. Nur ich habe es da noch nicht so klar verstanden wie jetzt.

Christoph ist verrückt!

Er hat mich bis zu seinem Wagen mit sich gezogen wie einen Sack Kartoffeln und reißt die hintere Tür auf. In mir wallt solche Panik auf, dass ich verzweifelt versuche, mich von ihm loszureißen. Ich will nicht mit ihm fahren! Unter keinen Umständen will ich in seine Fänge geraten. Allein! Ohne Wissen, ob ich überhaupt wieder frei sein werde. Und was es aus mir machen würde. Ich will nicht gehen, ohne Juliana einmal gesagt zu haben, was ich fühle.

„Lass mich los!", schreie ich in purer Verzweiflung. Tränen laufen meine Wangen hinab. Ich will nicht! Ich will da nicht rein! „Ich liebe sie!"

Jetzt ist es in Angst aus mir herausgeplatzt, dabei wollte ich das erste Mal, dass ich diese Worte in den

Mund nehme, dass Juliana vor mir steht und ich sie in Liebe sage, nicht in Panik. Es sollte ein Liebesgeständnis sein! Noch wenige Minuten zuvor habe ich mir ausgemalt, wie ich Tina, Daniel, Julian und Anita verabschiede und mit Juliana allein zurückbleibe. Dann wollte ich es ihr sagen, wollte sie um Vergebung für die letzten Wochen bitten, wollte mich in ihren Armen versenken und sie bitten, mir zu helfen, mich dem zu stellen, was ich fühle und was mich ängstigt!

Und dann kam Christoph!

Ich sehe genau, was diese Worte in ihm auslösen. Er fühlt sich als Versager, weil es so weit kommen konnte. Er empfindet es als seine Pflicht, mich wieder auf den rechten Weg zu führen. Auf den Weg an seiner Seite.

„Ich ordne dein Leben wieder zur alten Struktur.", knurrt er bedrohlich. Seine Oberlippe zuckt. „Eines Tages wirst du mir dafür danken."

Im Hintergrund höre ich Juliana schreien. „Marlene!" In ihrer Stimme höre ich die gleiche Verzweiflung, die ich in meinem Herzen erkenne. Als wären unsere Seelen verknüpft, spürt sie meine Angst und ich ihre. Statt sich aufzuheben, steigert sich meine Angst. Was muss sie empfinden, mit anzusehen, wie ich verschleppt werden soll?

„Lass mich los.", flehe ich Christoph an. Meine Stimme ist nur ein Flüstern und ich suche in ihm irgendwo das Herz, das mich auf Händen getragen hat. Die Vernunft, der ich so viele interessante Diskussionen zu verdanken habe. Ich suche einen Menschen in dem stählernen Körper, doch da ist nichts. Nur Zorn. Und der entlädt sich mit einem Knall!

So schnell kann ich nicht reagieren, da schlägt er mich beinahe bewusstlos. Ein Hieb genügt. Ich sah ihn nicht kommen, ich habe es ihm nicht zugetraut, das war der Fehler. Ich werde so überrumpelt, dass ich schwanke, mit dem Kopf gegen das Autodach schlage und benommen zusammensacke.

Erst mal Sternchen zählen.

Mir ist schwindlig und ich spüre, dass ich mir an der Augenbraue eine Platzwunde zugezogen habe. Nicht gravierend, ich werde es überleben, doch mir wird bewusst, ich werde gerade entführt! Brutal entführt!

„Lene!", höre ich Tina kreischen. Sie sieht gerade zum Fenster des Treppenhauses zu mir hinab.

Sie kommen!

Christoph schiebt meine Beine in den Wagen wie sperriges Transportgut. Das Schwindelgefühl ist nicht stark genug gegen die Panik. Ich wehre die Autotür ab, als er sie schließen will. Ich hätte wenig Chancen, wenn ich allein wäre, doch ich bin nicht allein. Meine Schwester sieht zu und meine Freunde und viele Fremde, die ein solches Unrecht nicht geschehen lassen wollen.

Julian ist der Erste bei uns. Er packt Christoph an der Schulter und zieht ihn jäh zurück. Daniel ist nicht muskulös, aber er hilft Julian und bekommt zusätzliche Unterstützung von einem mir fremden Mann. Dagegen hat Christoph dann keine Chance mehr.

Und vor mir ... Ja, vor mir kniet weinend eine Frau, die ich niemals weinen sehen wollte. Ich werde Christoph nie vergeben, was er mir antun wollte und auch angetan hat. Aber ich verachte ihn nur dafür, dass er Juliana Tränen auf die Wangen gebracht hat. Die gehören da nicht hin. Die sollen da nicht sein! Sie ist doch wie ein Kind und Kinder sollten fröhlich sein und ausgelassen lachen. Juliana soll nicht weinen.

Sie lässt nicht mal meine Schwester zu mir. „Marlene.", schluchzt sie und hält mein schmerzendes Gesicht sanft in ihren Händen. „Oh Gott. Der Krankenwagen kommt gleich. Wie geht´s dir?"

Ich muss einfach lächeln im Angesicht ihrer rührenden Sorge. Tina steht ebenso verweint hinter ihr, doch Juliana hat eine Barriere vor mir errichtet. Ich sitze immer noch halb in Christophs Wagen und Juliana lässt niemanden zu nahe an mich heran.

Meine Hände legen sich an ihre Wangen und wischen sanft die Tränen fort. „Mir geht´s gut.", versichere ich. „Danke."

Mehr oder weniger freiwillig muss sie dann doch Platz machen, als der Notarzt kommt und mich begutachtet. Soweit habe ich Glück gehabt und verweigere mich einem Aufenthalt im Krankenhaus. Die Platzwunde wird gereinigt und steril verklebt, das genügt. Den Rest übernimmt die Zeit. Nur schonen soll ich mich und mich vom Hausarzt noch mindestens drei Tage krankschreiben lassen. Am Montag dann ...

Dem Polizisten muss ich auch noch erklären, was passiert ist. Juliana und Tina sind meine Flanken, sie stehen ganz nah bei mir. Anita sitzt oben am Fenster und Julian bildet mit Daniel einen Schutzwall hinter mir. In dieser Gesellschaft kann mir nichts mehr passieren. Auch Christophs Rufe nach mir prallen an dem Wall ab und hinterlassen keine Spuren an mir.

Schließlich stehen wir Freunde allein da und sehen zu, wie Christoph in ein Polizeiauto gedrängt wird und fortfährt. Das ist das Ende seiner Karriere und seiner Bedeutung in meinem Leben. Zurück bleibt nur eine wichtige Lektion: Das Leben ist zu kurz und zu wertvoll, um es damit zu vergeuden, sich selbst in Normen zu zwängen, die andere definieren. Es ist *mein* Leben!

Und es ist mir egal, was andere denken!

Entschlossen nehme ich Julianas Hand. „Ich weiß jetzt, was wir mit Tante Brigittes Geld machen."

„Ach ja?", staunt Tina.

„Ja." Mein Blick geht zu Juliana. „Wir eröffnen ein Restaurant. Du stehst in der Küche und ich mache die Buchhaltung. Dann können wir uns auch eine Bedienung leisten."

Sie hat kaum richtig zugehört, das weiß ich. Beim ersten Wort meines Vorschlags brach ihre Aufmerksamkeit ab. „Wir?", wispert sie voller

Hoffnung, die ich nicht schon wieder enttäuschen werde.

„Wir.", bestätige ich und drehe mich gänzlich zu ihr. „Ich liebe dich, Juliana." So sollte das sein, kein Panikausruf!

„Oh Lene!", schluchzt sie, fällt mir um den Hals und drückt sich an mich. Theoretisch eine schöne Reaktion, aber ich bin ein wenig angeschlagen und halte mit schwachem Kreislauf keinen Angriffen mehr stand. Zum Glück steht Julian hinter mir.

„Gewöhn dich dran.", feixt er. Und genau das werde ich, denn das gehört zu Juliana.

Sie lässt auch gleich ab von mir. „Entschuldige.", piepst sie verlegen und alle müssen lachen. Einschließlich Anita über uns.

Die Pflege meiner Krankheitstage übernimmt Juliana höchst persönlich. Mit dem Verdacht auf eine leichte Gehirnerschütterung will sie mich nicht allein lassen und quartiert mich bei sich ein. In ihrem Schlafzimmer, in ihrem Bett und in ihrem Herzen.

Geschäftliche Termine kann ich vorerst sowieso nicht wahrnehmen. Mich würde niemand ernstnehmen, solange ich keine Steuerprüfung bei einem Boxclub machen will, sagt Juliana. Ich gönne mir also eine Woche Freizeit und genieße es, von jemandem umsorgt zu werden, der mich liebt und den ich liebe. Nur Henry musste sie abholen und mir ein paar Sachen mitbringen.

* * *

Tina steigt mit ihrem Anteil von Tante Brigitte mit ein. Die Idee verbreitet sich wie ein Lauffeuer und schließlich eröffnen wir gemeinsam „6 Freunde" in guter Lage in der Innenstadt.

Daniel verkabelt den Laden, da kommt keiner mehr hinterher. Ich habe nicht die leiseste Ahnung, wie das alles funktioniert und zusammenhängt, aber ich brauche nur einen Knopf zu drücken, schon nimmt die Nebelmaschine ihre Arbeit auf oder die Markise fährt aus oder oder oder. Anita hilft ihm beim Aufbau der Software. Ein PC mit Touch-Funktion ist alles, was übrig bleibt. Dort können wir nach Belieben diverse Menüs und Funktionen auswählen. Anita hat das Programm toll entworfen. Sehr einfach zu bedienen, auch für uns, die nicht gerade Genies in der Materie sind.

Juliana steht natürlich in der Küche, unterstützt von Tina und Daniel, wenn er Feierabend hat. Mein Feierabend endet in der Buchhaltung des Lokals. Auch dafür hat mir Anita mit Daniel ein wunderbares Programm gefertigt. Ganz simpel. Es macht die Buchhaltung beinahe von selbst.

Anita übernimmt auch unseren Internetauftritt. Schon von der Reha aus hat sie uns eine erstklassige Website erstellt. Mit Julians Hilfe, denn der hat die meisten Wochenenden bei ihr verbracht. Laufen kann sie inzwischen wieder, nur nicht schnell und nicht weit. Die Physiotherapie dauert an, aber die gute Laune und das Glück in ihrem Leben beflügeln sie. Das sieht auch ihr Vater und hat uns einen ersten Großauftrag zugeschoben. Ein Firmenfest mit über hundert Gästen. Da war unser Restaurant restlos ausgebucht und die Gäste waren so zufrieden, dass sie immer wieder kommen und anderen von uns erzählen.

Julian und seine Band übernehmen meist am Wochenende abends die musikalische Unterstützung, wenn aus dem Restaurant eine Bar wird. Wir haben viele Stammgäste, die kommen, um zu tanzen, zu quatschen, gut zu essen, Cocktails zu trinken oder einfach beisammen zu sein.

Julian kündigt schon bald seinen Job bei der Versicherung und hat jetzt einen Arbeitsvertrag mit uns allen. Als Bedienung. Wir haben beschlossen, keine Fremden einzustellen. So hilft Daniel eben mit in der Küche oder auch Tina oder wer sich sonst noch findet. Wir alle Sechs haben in diesem Restaurant eine Erfüllung gefunden. Wir brauchen jeden Einzelnen und verstehen uns so blendend, dass Geld nie ein Gesprächsthema ist.

Unser Startkapital können wir uns schon wenige Monate nach Eröffnung teilweise zurückzahlen. Nicht nur Tina und ich haben investiert, wir haben alle zusammengelegt. Prozentual an der Einlage gemessen verteile ich jeden Monat eine kleine Rückzahlung. Viel Gewinn bleibt nicht übrig, aber der wird gleichberechtigt durch Sechs geteilt. Auch der verbuchte Lohn der Köchin, der Bedienung, die Gage für Julian und so weiter ... Ich buche es als Ausgabe, um die Steuer zu senken, aber ausgezahlt wird es nicht. Es fließt in den Teil ein, der gerecht durch Sechs geteilt wird.

Niemand von ihnen will wirklich wissen, was dahintersteckt. Sie freuen sich jeden Monat über die pünktliche Überweisung, mehr interessiert sie nicht. Nur am Jahresende gebe ich bei einer Flasche Wein einen Überblick über unser Geschäftsjahr. Diese Zahlen können sich sehen lassen.

Auch Jahre später sind wir noch drei Paare, bestehend aus sechs Freunden. Wir lieben uns alle irgendwie und haben Spaß an unserem Restaurant. Das merken die Menschen und kommen immer und immer wieder.

Juliana und ich kaufen uns eine gemeinsame Stadtwohnung, heiraten und adoptieren ein Kind. Auch Tina heiratet Daniel, der sich uns schon nach dem ersten gemeinsamen Wochenende voll geöffnet hat. Er genießt unsere Freundschaft und hat durch uns mächtig an Selbstbewusstsein zugelegt. Anita und Julian haben ebenfalls geheiratet und wurden mit einem Kind beschenkt. Nach der Dreifachhochzeit toben nun auch Kinder durch das Lokal und machen mein ganz persönliches Chaos zu einem perfekten Paradies, in dem wir nie altern werden ...

Das könnte Ihnen auch gefallen:

Samantha und Jessica lernen sich über einen gemeinsamen Kunden kennen. Die Akte beschäftigt sie eine Weile und sorgt dafür, dass sie genügend Zeit miteinander verbringen, um zu merken, dass es doch mehr als den Job im Leben gibt. Einen Weg in die Zukunft sehen sie dennoch nicht Seite an Seite. Neben dem Job, den sie beide über alles lieben, trennen sie zu viele Kilometer.